O SAMURAI AFRICANO

O SAMURAI AFRICANO

BASEADO NA HISTÓRIA
REAL DE YASUKE

TRADUÇÃO DE CELINE MIGDALSKI

CRAIG SHREVE

ALTA BOOKS
GRUPO EDITORIAL
Rio de Janeiro, 2024

O Samurai Africano

ALTA NOVEL é um selo da EDITORA ALTA BOOKS do Grupo Editorial Alta Books (Starlin Alta e Consultoria Ltda.)

ISBN: 978-85-508-2259-4

Translated from original The African Samurai. Copyright © 2023 by Craig Shreve. ISBN 9781668002865. This translation is published by arrangement with Westwood Creative Artists Ltd.. PORTUGUESE language edition published by Starlin Alta Editora e Consultoria Ltda., Copyright © 2024 by Starlin Alta Editora e Consultoria Ltda.

Impresso no Brasil — 1ª Edição, 2024 — Edição revisada conforme o Acordo Ortográfico da Língua Portuguesa de 2009.

Dados Internacionais de Catalogação na Publicação (CIP)
(Câmara Brasileira do Livro, SP, Brasil)

Shreve, Craig
O samurai africano / Craig Shreve. -- Rio de Janeiro : Alta Books, 2024.

ISBN 978-85-508-2259-4

1. Ficção canadense (Inglês) I. Título.

24-194235 CDD-813

Índices para catálogo sistemático:

1.Ficção : Literatura canadense em inglês 813

Eliane de Freitas Leite - Bibliotecária - CRB 8/8415

Produção Editorial: Grupo Editorial Alta Books
Diretor Editorial: Anderson Vieira
Vendas Governamentais: Cristiane Mutüs
Gerência Comercial: Claudio Lima
Gerência Marketing: Andréa Guatiello

Coordenadora Editorial: Illysabelle Trajano
Produtora Editorial: Beatriz de Assis
Assistente Editorial: Viviane Corrêa
Tradução: Celine Migdalski
Copidesque: Beatriz Guterman
Revisão: Alessandro Thomé
Diagramação: Joyce Matos

ALTA BOOKS
GRUPO EDITORIAL

Rua Viúva Cláudio, 291 — Bairro Industrial do Jacaré
CEP: 20.970-031 — Rio de Janeiro (RJ)
Tels.: (21) 3278-8069 / 3278-8419
www.altabooks.com.br — altabooks@altabooks.com.br
Ouvidoria: ouvidoria@altabooks.com.br

Editora
afiliada à:

Para Ryan Swayze, que sei que teria amado
a história por trás deste livro.

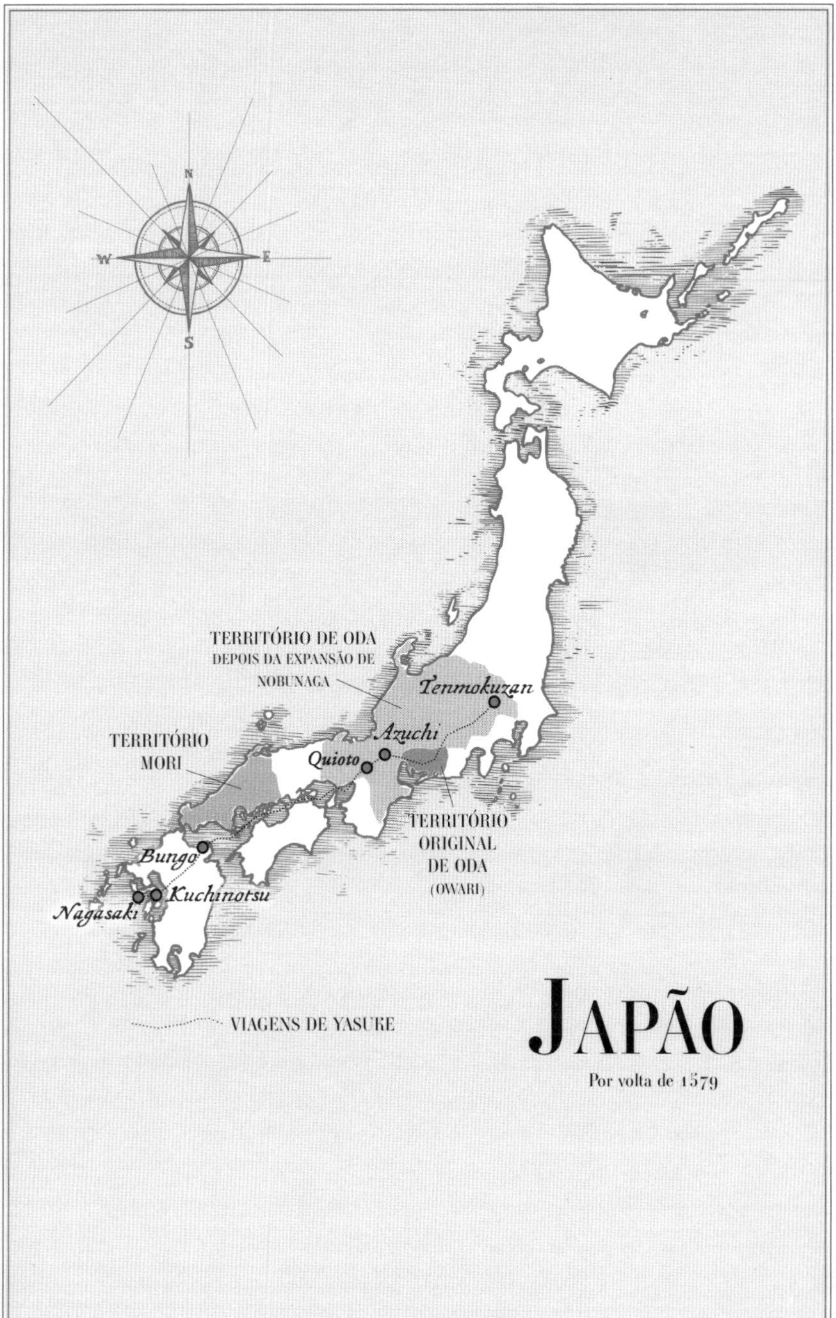

N
W
E
S
TERRITÓRIO DE ODA
DEPOIS DA EXPANSÃO DE
NOBUNAGA
Tenmokuzan
Azuchi
TERRITÓRIO
MORI
Quioto
TERRITÓRIO
ORIGINAL
DE ODA
(OWARI)
Bungo
Kuchinotsu
Nagasaki
VIAGENS DE YASUKE
JAPÃO
Por volta de 1579

PERSONAGENS

Uma observação sobre os nomes: Muitos personagens-chave desta história mudaram de nome múltiplas vezes durante a vida. Para simplificar, decidi usar os nomes com maior significado histórico, ainda que eles não estivessem usando esses nomes quando ocorreram os eventos retratados no livro.

O samurai africano

Yasuke: Originário do leste da África, foi escravizado quando menino. O nome que ele recebeu de seus pais é desconhecido. Seu local de nascimento também é incerto, embora se especule que ele seja membro do povo Macua, de Moçambique.

O primeiro grande unificador do Japão

Oda Nobunaga: Um daimiô[1] (senhor da guerra) que é visto historicamente como o primeiro dos Três Grandes Unificadores do Japão. Originalmente, Nobunaga foi o daimiô da província de Owari, antes de expandir seu território para grande parte da região central do Japão.

1 Os daimyo [大名] foram, até o início do período Meiji, os poderosos senhores feudais japoneses. Eles recebiam esse título hereditariamente, ou eram promovidos das fileiras dos samurais, e governaram a maior parte do Japão a partir de suas vastas propriedades. Etimologicamente, dai (大) significa "grande", e myo ou myōden (名田) significa "terra privada". (N. da T.)

Os jesuítas

Alessandro Valignano: Um padre italiano e missionário jesuíta a quem foi concedido o título de Visitador das Missões nas Índias, o que fez com que sua autoridade na Igreja perdesse apenas para a do Papa em toda a Índia e Ásia.

Irmão Ambrosius: Um missionário jesuíta da região de Nagasaki.

Irmão Organtino: Um jesuíta designado por muito tempo para a missão no Japão, um dos primeiros emissários da Igreja a chegar no país e um dos poucos padres autorizados a permanecer no Japão quando a Ordem, como um todo, foi posteriormente expulsa.

Os generais

Akechi Mitsuhide: De início, um samurai do clã Saitô, depois um protetor do Xogum Errante Ashikaga Yoshiaki antes de se estabelecer a serviço de Nobunaga.

Tokugawa Ieyasu: Daimiô da província de Mikawa e o aliado mais confiável de Nobunaga.

Toyotomi Hideyoshi: Nascido na classe camponesa, mas alçado à posição mais alta por Oda Nobunaga.

Guarda samurai de Oda Nobunaga

Jingorou: Irmão de Ogura.

Ogura: Irmão de Jingorou.

Ranmaru: Um samurai jovem e o assistente mais próximo de Nobunaga.

A serviço de Oda Nobunaga

Hidemitsu: Genro de Akechi Mitsuhide e seu tenente mais confiável.

Masahide: Um samurai de confiança a serviço do pai de Oda Nobunaga. Masahide cometeu seppuku[2] em uma tentativa de colocar Nobunaga no caminho certo. Em Azuchi, Nobunaga construiu um templo para honrá-lo.

Tomiko: Criada na casa de Oda Nobunaga.

2 O seppuku era uma forma de suicídio tradicional do Japão feudal e, ao longo da história, foi utilizado pela classe guerreira japonesa (samurai) como um modo de morrer de maneira honrosa e servindo ao seu mestre. (N. da T.)

Os daimiôs

Arima Harunobu: O daimiô sitiado que recebeu Valignano na sua chegada em Kinchotsu.

Hatano Hideharu: Chefe do clã Hatano e mantenedor do castelo Yakami.

Takeda Shingen: O legendário "Tigre de Kai", um renomado líder militar e rival de longa data de Nobunaga.

Ōmura Sumitada: O primeiro daimiô a se converter ao cristianismo.

Os clãs

Clã Mori: Um clã poderoso que dominou a maior parte do Japão ocidental.

Clã Oda: Tradicionalmente um clã secundário, até que o jovem Nobunaga alcançou uma série de vitórias e ganhou projeção nacional, fazendo dele o clã mais poderoso do Japão.

Clã Takeda: Com uma rivalidade duradoura com o clã Oda, o clã Takeda já foi poderoso, mas enfraqueceu consideravelmente depois da morte de seu lendário líder, Takeda Shingen.

Personagens adicionais

Ikko-Ikki: Grupos levemente organizados por todo o país, unidos sob uma determinada seita do budismo. Eles representaram desafios econômicos, políticos e militares para Nobunaga e outros daimiôs.

Murakami: Uma linha de piratas (ou senhores do mar) que controlavam o Mar Interior de Seto durante o período Sengoku e que eram temidos por muitos daimiôs.

Exceto por Tomiko, todos os personagens mencionados são pessoas reais. Quaisquer outros personagens não mencionados aqui são inteiramente fictícios.

Oda

Akechi

Tokugawa

Toyotomi

I

O Escravo e o Daimiô

Faça uma xícara de chá deliciosa; posicione o carvão para que esquente a água; arrume as flores como no campo; o verão sugere frescor, o inverno, calidez; prepare tudo com antecedência; prepare-se para a chuva; e trate com consideração todos que estiverem com você. Não há outro segredo.

— Sen Rikyu, mestre de chá

1

Lar é um lugar ausente para mim, mais um sonho do que uma memória. Mesmo os fragmentos aos quais me agarrei pareciam estranhos e distantes, como coisas que aconteceram na vida de outra pessoa. A vida de alguém que não foi levado para longe, que não foi destituído de suas próprias possibilidades. E ainda assim, às vezes, uma memória surgia tão claramente que chegava a doer.

Quando eu era criança, minha família e alguns outros membros da tribo percorreram a longa trilha que ia, à sombra do Monte Namuli, da nossa aldeia até a costa. O ano já estava acabando, e era época da postura dos ovos. Nós erguemos nosso acampamento na beira da praia e, à noite, observamos as tartarugas chegarem à terra, uma multidão delas, com seus cascos duros e escuros e suas barrigas manchadas e macias. Elas pareciam se mover de forma independente, mas também em sintonia. E usavam as nadadeiras para criar reentrâncias na areia, em cima das quais repousavam. Nós gravamos esses locais na memória e fomos dormir.

Pela manhã, quando as tartarugas já tinham ido embora, nós desenterramos os ovos, pegando apenas a quantidade de que precisávamos. Então, percorremos a trilha de volta para a aldeia, carregando cuidadosamente os ovos em cestas. Cerca de dois meses depois, nós fizemos a longa caminhada até a praia novamente. Erguemos nosso acampamento no mesmo lugar, na beira da praia. E sob a luz da lua cheia, a areia começou a formar sulcos e se deslocar. Uma minúscula tartaruga-de-escamas apontou para fora, depois mais uma, seguida por mais uma dúzia e uma centena. Um bando de pequenas tartarugas rastejando em direção à enorme extensão de espuma verde, atraídas por algo que nunca poderíamos entender. Eu queria acreditar que estavam rastejando para o mar em busca de suas mães, para se juntarem a elas.

A primeira viagem até o mar havia acontecido para coletar alimento. A segunda viagem, para que aprendêssemos a razão de deixar o máximo possível de ovos, de pegar apenas o necessário. Eu consigo me lembrar da voz da minha mãe, mas não do seu rosto. Também não me lembro do rosto do meu pai. Tenho breves lembranças de ler e escrever embaixo de uma mangueira. De trabalhar nas minas, ao lado dos outros meninos, desgastando as paredes da caverna para extrair minério; de brincar com eles nos campos, usando pedrinhas para jogar mancala[1] nas ruas sujas. Lembro-me de festas com tambores, máscaras e túnicas de cores vibrantes, da empolgação de ver visitantes de outras terras e das cerâmicas que eles traziam para negociar. E me lembro das tartarugas, surgindo da areia e abrindo caminho até o mar.

Ali, fui livre pela última vez.

— Você não precisa ficar me cercando, não tem ninguém no barco a não ser nossos próprios homens.

Padre Valignano falou sem levantar os olhos de seu trabalho. O jesuíta parecia envelhecido sob os tênues raios de sol que entravam pela escotilha, as sombras realçando as linhas de seu rosto e da testa e aprofundando as cavidades ao redor dos seus olhos. Sua cabeça balançava para dentro e para fora do feixe de luz pálida, ressaltando o cabelo grisalho curto. Sua barba igualmente grisalha, aparada e estreita, chegava quase ao papel que ele rabiscava. Contudo, sua mão estava firme quando mergulhou a pena no tinteiro e rapidamente, mas com cuidado, a desenhou ao longo da página. Sua voz, como sempre, manteve a firmeza de alguém acostumado a comandar.

— Meu trabalho é protegê-lo de todos os homens. Não só dos outros homens — respondi.

— Você tem tão pouca confiança em seus companheiros de viagem?

1 Mancala é um jogo de tabuleiro de origem africana, também conhecido como o Xadrez do Oriente.

— Um guarda-costas que se fia na confiança geralmente falha em sua tarefa.

— Em japonês, por favor.

Valignano ainda não tinha levantado os olhos da escrivaninha. Eu hesitei, procurando as palavras. Tinha passado muitos meses aprendendo a língua e a história japonesa, em preparação para a viagem e durante os longos dias a bordo do navio, mas sempre sentia dificuldade em fazer a transição do português. Depois de um momento, repeti minha declaração em japonês. Valignano aquiesceu em aprovação e fez algumas correções mínimas, então continuou na língua que era nova para nós dois.

— Por que você não sobe e vai tomar um pouco de ar? — perguntou, acenando para que eu saísse.

— Você sabe que eu não gosto do mar — afirmei.

— Sim. Para um homem tão grande, você tem medo de muitas coisas.

— Ao homem que não teme, falta prudência.

— Ao homem que teme demais, falta fé. Você precisa confiar em Deus, meu filho. Aquele cuja fé é firme caminha ileso pelo mundo. Sem medo.

Aceitei a reprimenda em silêncio. Eu aprendera muito com os jesuítas. Conseguia recitar trechos extensos da Bíblia deles, tanto em português quanto em latim, e uma quantidade crescente de trechos em japonês. Admirava a convicção dos padres e acreditava que ela era genuína, mas uma pequena parte de mim resistia a ceder completamente a ela. Para mim, um homem que convoca Deus para lutar suas batalhas rapidamente se esquece de como lutá-las sozinho. A fé parecia um privilégio proporcionado aos protegidos, aos que vivem no conforto, mas eu sempre escolheria uma espada, e não uma cruz, para me proteger.

E embora ele nunca fosse admitir, suspeito que Valignano concordaria comigo.

O padre de olhos de aço levantou o olhar do seu trabalho, com a paciência, notoriamente conhecida como parca, esgotada.

— Logo chegaremos ao porto, e você terá oportunidades suficientes para se plantar atrás de mim e fazer cara feia.

Eu fechei a cara ao ouvir o comentário, e então sorri quando me dei conta do que estava fazendo. Fiz uma reverência e abaixei a cabeça sob o batente da porta ao sair.

Passei meu aniversário de 24 anos naquele barco, a caminho do Japão. Doze anos tinham se passado desde que vi minha aldeia pela última vez, e havia muito eu tinha desistido da esperança de vê-la de novo. Doze anos livre, na África; doze anos escravizado, na Índia, em Portugal, na China, vendido a mercenários, a um exército, a uma Igreja. Metade da minha vida em meio à família, metade da minha vida entre estranhos. Metade da vida, uma criança; a outra metade, um soldado.

Eu abominava o convés, mas, mesmo assim, subi até lá. Havia observado atentamente o capitão e aprendido o funcionamento básico de suas ferramentas e de seus cálculos, mas ainda não conseguia entender como os homens podiam navegar quando não havia nada além de água para ser vista em todas as direções. Tentei ler as estrelas, como havia visto o capitão fazer algumas vezes, mas não tinha muita habilidade para a tarefa. E isso me frustrava. Para todas as outras coisas, eu tinha provado ser um aprendiz rápido, fossem as armas e estratégias dos mercenários ou os livros e idiomas dos sacerdotes, mas os caminhos do mar permaneciam um mistério para mim.

Fiquei em pé na amurada, a sotavento, e a fim de evitar olhar para o mar, fiquei observando o movimento das velas. Um punhado de homens se debatia com cordas e nós, enquanto outros limpavam o sal acumulado no convés dianteiro do navio. Os conveses, os mastros e o navio inteiro haviam sido enegrecidos com betume, e a mancha branca brilhante da água do mar mostrava até onde as ondas do dia anterior haviam chegado.

A maior parte dos homens estava no convés inferior, e embora tivessem me convidado a acompanhá-los em algumas poucas ocasiões, eles confiavam em mim ainda menos do que eu confiava neles. Sentava-me ao lado deles enquanto contavam histórias e apostava algumas moedas contra eles enquanto jogavam pedrinhas, mas meu dever era permanecer vigilante o tempo todo, então eu não bebia com eles, e isso os fazia suspeitar de mim. Além disso, tínhamos alcançado o ponto da viagem em que a violência estava logo abaixo da superfície, pronta para aflorar com a menor disputa ou na mais inocente das ofensas. A rota de Valignano para o Japão tinha incluído paradas na Índia e na China, e apesar de termos trocado de barco e de tripulação em determinados pontos do caminho, esse grupo estava no mar havia quase um mês. Eu não tinha nenhuma intenção de agir como pacificador nem paciência para escutar as reclamações dos homens. Seus alojamentos apertados e suas rações amanhecidas eram luxos em comparação com minha própria experiência em navios.

Um dos tripulantes, que tinha uma barba imensa e provavelmente estava muito bêbado, estava ralhando com outro homem, em pé sobre um caixote que havia caído e estava rachado. Aos pés deles, sedas de cores vibrantes da China se espalhavam, caindo da brecha para o convés esfregado com sal.

No porão de carga, abaixo de nós, um número impossível de caixotes continha Bíblias, cruzes, tecidos europeus, joias e outros itens de qualidade. Mas principalmente armas. Caixotes e mais caixotes de mosquetes, carabinas e o prêmio de Valignano: três canhões novos, poderosos, capazes de destruir a muralha de uma fortaleza ou devastar uma fileira de cavalaria.

As armas seriam oferecidas aos japoneses se eles se revelassem suficientemente devotos. Se permitissem que os jesuítas construíssem suas igrejas. Se permitissem que ensinassem sua religião aos seus filhos e filhas japoneses. Se eles se convertessem, e se também ordenassem a conversão dos membros de seus clãs, então teriam as poderosas armas europeias para usar contra seus rivais. E Valignano teria uma posição segura na Ásia. Armas em troca de almas.

Algumas partes da religião dos jesuítas ainda permaneciam obscuras para mim, mas eu entendia muito bem o comércio. Eu havia sido entregue aos jesuítas. Nas escolas deles, aprendi a ler e escrever; lá me ensinaram a história do homem branco e a religião do homem branco.

Ao ouvir meu nome, o padre jesuíta carrancudo que me recebeu havia feito um muxoxo de desgosto, substituindo-o por um nome cristão. Eles me deram o nome do filho de Abraão e me contaram a história de como Deus pediu que ele provasse sua fé pelo assassinato de seu único filho. De como Abraão construiu um altar, amarrou seu filho nele e afiou seu facão, mas Deus ordenou que ele parasse, pois estava satisfeito.

Os portugueses escolheram bem o nome. Isaque. Um homem para ser sacrificado. Uma coisa para ser oferecida.

2

Meu primeiro vislumbre do Japão foi decepcionante. Nós deveríamos atracar em Nagasaki, na província de Hizen, onde os comerciantes portugueses haviam estabelecido um entreposto lucrativo. Eu estava esperando ver uma cidade portuária vibrante, mas uma névoa espessa pairava sobre a baía, deixando qualquer coisa além do tortuoso cais de madeira obscurecida demais para que eu pudesse descrever com segurança. O cais propriamente dito era movimentado, mas não excessivamente — havia, em grande parte, canoas carregando sacos de arroz ou pacotes de peras e maçãs. Homens em roupas escuras e largas se equilibravam com destreza na beirada de barcos minúsculos e jogavam sua carga no convés, ou manobravam as longas varas na popa dos barcos para levar suas coisas para mais perto da costa.

Ao ouvir o capitão gritar "Terra à vista!", a tripulação subiu do porão, e o convés ficou repleto de marujos. O mau humor da semana que passou transformou-se em sorrisos e aplausos. Ao meu lado, Padre Valignano soltou um grunhido quase inaudível. Segui o olhar dele. Uma das canoas estava sendo empurrada para fora da doca, levando a bordo um homem vestido com a familiar túnica preta. Valignano reparava em tudo.

— Lance a âncora aqui, capitão — determinou ele calmamente. — E prepare-se para ajudar um visitante a embarcar.

O capitão vociferou ordens. Uma vibração coletiva atravessou os homens, seguida por um turbilhão de atividade.

Valignano observou a canoa se aproximar, como se seu olhar fosse a única coisa impulsionando a embarcação na nossa direção. O padre que ela carregava foi conduzido a bordo e apresentado. Ele juntou as mãos em frente ao corpo e abaixou a cabeça.

— Irmão Ambrosius.

— Padre Valignano, é uma benção ver que sua viagem foi bem-sucedida. Estamos honrados em receber um visitante tão estimado de Roma.

— Tão honrado que decidiu me receber aqui, e não em terra firme.

Os ombros do padre ficaram tensos, como se tivesse sido fisicamente atingido, mas ele permaneceu em silêncio e com a cabeça baixa. Valignano suspirou. Ele fechou os olhos e beliscou ligeiramente a ponta do nariz. Quando falou, não fez esforço algum para esconder a impaciência.

— Muito bem, então. Capitão, vamos precisar dos seus aposentos.

Quando entramos nos aposentos do capitão, Irmão Ambrosius se permitiu um momento para me avaliar. Eu estava acostumado a isso. Minha pele era de um preto mais profundo do que a da maioria dos africanos, preta o suficiente para parecer brilhar. Meu cabelo, normalmente raspado, mas que havia crescido durante a viagem, estava trançado e chegava quase até o colarinho. Eu era uma cabeça mais alto do que a maioria dos europeus, e meu treinamento havia deixado meus ombros largos e meu corpo musculoso o suficiente para se revelar, a despeito da pantalona fluida e da blusa larga de algodão que eu vestia. A espada de bordo presa ao meu quadril também ressaltava o que pretendia ser uma imagem intimidadora, com sua lâmina e seu punho pintados de preto para resistir à ferrugem causada pelos respingos de água salgada de uma longa viagem oceânica e, se necessário empunhá-la no escuro, para evitar o brilho revelador do metal.

O novo padre permaneceu em pé, vacilante, suas pernas não habituadas até mesmo ao leve balanço das águas rasas, mas ele disfarçou bem o desconforto. Seu cabelo castanho formava cachos embaixo das orelhas, mas era bem cuidado, e sua barba por fazer falhava em esconder uma cicatriz de aparência suspeita no lado esquerdo da mandíbula.

A maior parte dos padres que vi se enquadrava em uma de duas categorias: os acadêmicos de pele rosada e macia e rosto redondo, que haviam se preparado para a atividade com anos de estudo; e os homens esguios, de pele bronzeada e olhos penetrantes, que haviam sido endurecidos pela vida antes de encontrar uma ambição dentro da Igreja. Esse homem pertencia à segunda categoria. Assim como Valignano. Havia rumores de que, quando jovem, Valignano tinha esfaqueado um homem até a morte em uma briga de rua em Veneza, e embora fosse impossível conhecer a verdade a respeito desse tipo de coisa, eu não descartava a veracidade da história. Alguns homens nasceram para a fé. Outros, de origens menos aprazíveis, foram convertidos à fé.

Em vez da postura habitual de cruzar as mãos na frente do corpo e enfiá-las na manga do braço oposto, o outro padre permaneceu com os braços relaxados e para baixo, deixando as mãos completamente visíveis. Quando chegamos aos aposentos do capitão, Valignano não ofereceu comida, nem bebida, e o outro religioso foi esperto o bastante para perceber a advertência que isso encobria.

— Sua jornada foi longa, padre. Não vou atrasá-lo com as formalidades de praxe. Vim até aqui para pedir que estenda sua viagem por mais um dia.

— Há problemas na colônia?

— Não, padre. Nenhum problema sério.

Valignano voltou-se para o conjunto de escotilhas atrás da mesa do capitão e olhou para as ondas que quebravam suavemente. Irmão Ambrosius continuou:

— O senhor da região é um homem chamado Ōmura Sumitada. Ele não se opôs à nossa presença aqui, mas achamos que ele poderia ser... mais amistoso com a Igreja. Nossa missão em Kuchinotsu conta que o senhor daquela região está disposto a ser mais colaborativo.

Observei Padre Valignano, buscando por algum sinal, mas ele permaneceu impassível. Sua visita ao litoral japonês era a primeira feita por um dos padres do alto escalão da Igreja jesuíta. Seu título de Visitador das Missões nas Índias lhe dava completa autoridade sobre quaisquer assuntos da Igreja na Índia e na Ásia. Considerando que levaria mais de um ano para enviar uma mensagem a Roma, e mais um ano para receber uma resposta, para todos os efeitos, ele era o Papa da região. Seria difícil subestimar o valor e o prestígio concedidos a qualquer senhor que o recebesse. O outro padre era esperto o suficiente para não tentar apelar ao ego de Valignano, explicando a questão a ele. Valignano tinha, sim, um ego prodigioso, mas durante os meses em que passei a conhecê-lo, nem uma única vez eu o vi colocar seus próprios interesses à frente daqueles da Igreja. Sua devoção à missão era obstinada. E eu o conhecia o bastante para saber quais seriam suas perguntas.

— E esse Sumitada, como ele responderá a uma afronta dessa natureza?

— Mal, com certeza. Mas não fará nada contra nós. A moratória sobre o comércio entre China e Japão permanece intacta, o que segue sendo lucrativo para nós. A cada dois meses, um dos nossos barcos chega com mercadorias da China e carrega mercadorias do Japão destinadas a Macau e, a partir de lá, aos mercados chineses. O Senhor Sumitada não vai colocar o comércio em risco com retaliações.

— E o equilíbrio entre Nagasaki e Kuchinotsu?

— Não será afetado de maneira significativa. Certamente não a ponto de causar mais... instabilidade.

— Então o Japão continua dividido.

— Sim, mas não tanto quanto da última vez que você recebeu notícias.

— Conte-me.

A mudança de assunto indicava que a decisão havia sido tomada. A tripulação não ficaria contente com a perspectiva de navegar por mais um dia, e eu também não estava, mas Valignano não costumava ouvir ninguém antes de tomar uma decisão, nem se desviava dela depois de tomada. Os homens já estavam sonhando com terra firme, camas confortáveis e comida fresca, mas esses desejos pouco significavam para Valignano.

Ele tirou os olhos da escotilha e se virou, gesticulando em direção ao mapa rudimentar do Japão que estava estendido sobre a escrivaninha do capitão. Ambrosius pigarreou e deu a volta na mesa.

— Oda Nobunaga ainda é o mais importante dos daimiôs e consolidou seu poder na região central do Japão. Ele derrotou a cavalaria de Takeda em Nagashino e, embora Takeda Katsuyori tenha fugido, em vez de se submeter, o clã está enfraquecido demais para representar uma força relevante na região. O cerco do senhor Nobunaga ao templo budista Ishiyama Hongan-ji continua, mas os monges guerreiros não conseguirão resistir por muito mais tempo...

Irmão Ambrosius apontava locais no mapa enquanto falava, e eu ansiava por perguntar sobre táticas, números e armamentos, mas sabia que Valignano não toleraria que eu falasse fora de hora. O nome de Nobunaga me era familiar, o líder do clã Oda que tinha derrubado o xogunato havia cerca de vinte anos e sinalizado aos daimiôs — os senhores da guerra dos territórios fragmentados do Japão — que pretendia governar todos eles. Depois de mais de cem anos de um Japão dividido, com cada senhor local lutando novamente com seus vizinhos, a cada primavera, para garantir seu território ou estendê-lo, Nobunaga pretendia reunir o país sob um único líder mais uma vez, a despeito da força necessária para fazê-lo. Alianças antigas foram desfeitas e novas foram forjadas à medida que senhores menos importantes buscavam a proteção de uma aliança com os mais poderosos e os senhores poderosos tinham em vista a reunificação do Japão sob sua própria bandeira. Engoli minhas perguntas e ouvi, absorvendo o máximo possível.

— Há resistência na província de Iga. Os anciões dizem que Iga nunca foi e nunca será conquistada, mas em breve Nobunaga voltará sua atenção para lá. O filho dele, Nobutada, foi derrotado ali, mesmo tendo um exército maior, e Nobunaga não permitirá que essa humilhação passe em branco — explicou Irmão Ambrosius. — Os Takeda, ainda que severamente enfraquecidos, mantêm o controle da região ao redor do Monte Fuji, e Nobunaga também não pode permitir que Fuji permaneça fora do seu controle se seu objetivo é governar o Japão.

Valignano apontou um dedo para mim, fazendo com que Ambrosius ficasse em silêncio pelo choque.

— Fale — ordenou Valignano.

— Eu não disse nada — protestei de maneira suave.

— Precisamente. Viajamos juntos há tempo suficiente. Sei quando sua língua está impaciente, e é cansativo tentar ignorar. Fale.

— Irmão Ambrosius — comecei, desconsiderando o ligeiro desdém estampado em seu rosto, além do claro desagrado que sentiu ao perceber que Valignano permitiria que eu me dirigisse a ele. — Qual é o valor do Monte Fuji? Não parece estar estrategicamente posicionado.

Ambrosius enrijeceu a mandíbula, mas respondeu:

— O Monte Fuji não tem nenhum valor estratégico, mas tem uma enorme importância cultural. É importante para as pessoas como um símbolo.

— Então ele não deseja apenas conquistar — afirmei, pensando em voz alta. — Ele quer que as pessoas aceitem seu governo de bom grado.

Irmão Ambrosius ignorou o comentário e prosseguiu:

— Nobunaga está próximo do seu objetivo de unificar o Japão. Ele já tem o controle de cidades-chave como Quioto e Sakai. Provavelmente marchará contra Iga dentro de meses e, se for bem-sucedido lá, entrará em ação para liquidar o clã Takeda.

Ele fez uma pausa para levantar os olhos do mapa e gesticulou com a mão, como se para sugerir que ele mudava com muita frequência e fosse inútil estudá-lo.

— A única resistência efetiva que ainda resta é o clã Mori, no oeste. Ninguém mais é forte o bastante, organizado o suficiente e tem os recursos necessários para erguer uma defesa viável. A guerra entre os Oda e os Mori é inevitável. Uma vitória lá, e nada ficará entre Nobunaga e um Japão unificado.

Padre Valignano olhava tranquilamente para o mapa e ouvia sem reação, mas eu sabia que ele também estava absorvendo tudo, avaliando o cenário e calculando as oportunidades para a Igreja.

— Como ele vê a nossa missão?

Irmão Ambrosius me olhou rapidamente, para ver se eu seria dispensado.

— Talvez os assuntos da Igreja devam ser discutidos...

— Os assuntos da Igreja serão discutidos onde e quando eu tiver perguntas sobre eles — declarou Valignano friamente, sem nunca levantar a cabeça para fitar Ambrosius.

Lutei contra a vontade de sorrir. O padre ficou ainda mais cauteloso.

— Eu diria que ele é... tolerante. Recusou-se a se converter e a ser batizado, mas escrevemos a você sobre o padre xintoísta, Nichijo, não escrevemos?

— Sim. Ele continua causando problemas?

— Não mais. Ele tinha convencido o imperador a banir o cristianismo, mas Nobunaga interveio. Ele ordenou que Nichijo participasse de um debate sobre religião com nosso Padre Frois. Eu infelizmente não pude comparecer, mas Padre Frois, pelo que sabemos, comportou-se de forma esplêndida. Nobunaga revogou o decreto do imperador, e Nichijo foi... punido. Devo registrar que Nobunaga tem sido particularmente duro com os monges budistas que têm manifestado oposição a ele nos territórios. Ele incendiou o templo deles em Monte Hiei e chacinou todos que lá estavam, sem exceção.

— Não lamentarei as vidas perdidas dos infiéis.

O padre limpou a garganta.

— Claro, padre. Eu não conheço os sentimentos de Nobunaga em relação à Igreja, mas é fato que ele aprecia imensamente os ornamentos e as iguarias estrangeiras, assim como algumas das nossas outras oferendas.

Desta vez, o padre não olhou para mim, e não precisava. Pensei nos caixotes de armas abaixo de mim e nos canhões. O suficiente para fazer um guerreiro abraçar qualquer religião que lhe pedissem.

O padre se inclinou novamente sobre o mapa. Parecia vacilante no balanço gentil da embarcação. Seu rosto havia empalidecido ligeiramente, e ele agarrava as laterais da mesa com força demais.

— Está confortável, Irmão Ambrosius? — perguntei.

Ele me encarou, e eu escondi o sorriso. Valignano inclinou a cabeça e me lançou um olhar que dizia: *Vou permitir isso, mas nada mais.* Dei um passo para trás, para mostrar a Valignano que havia recebido a mensagem, e ele continuou a inquirição.

— O imperador não se opõe mais à Igreja, então?

— Oficialmente, não. O imperador prefere os métodos antigos...

— Como, sem dúvida, costumam fazer os líderes descartados.

A interrupção fez Ambrosius parar. Eu não sabia há quanto tempo o padre estava no Japão, mas certamente ele estava acostumado a ouvir pessoas falando do imperador com cuidadosa reverência. Com uma simples observação, Valignano havia deixado claro que não prestaria homenagens a homem nenhum, e eu tinha certeza de que foi esse precisamente o objetivo do comentário.

Ambrosius se recompôs e prosseguiu, inseguro.

— O imperador ainda permanece do lado dos xintoístas e dos budistas, mas se Nobunaga nos aceitar, o imperador cederá à vontade dele.

— E ao exército dele. Qual é nosso contato com esse Nobunaga?

— Padre Frois encontrou com ele diversas vezes, e o Irmão Organtino tem uma boa posição com ele. A Igreja em Quioto tem apelado para ele com regularidade. No momento, Nobunaga está na capital. Em breve estará no templo Honnō-ji, nos arredores de Quioto. Ele organizou uma festa em honra do imperador, como gesto de gratidão por sua intervenção com os Ikko-ikki.

— Aqueles que chamam de monges guerreiros? — perguntou Valignano, ironicamente. — Então eles não vão mais ficar no caminho de Nobunaga?

— Isso não é certo. Mas há fortes sinais de que a corte imperial vai recomendar aos Ikko-ikki que larguem as armas, e de que eles vão concordar. O imperador não tem muita escolha, na verdade, e a visita de Nobunaga à capital garantirá que ele expeça esse decreto favorável. Depois disso, provavelmente Nobunaga vai retornar ao seu castelo em Azuchi para começar a planejar as campanhas da primavera.

— Então parece, como sempre, que Deus abençoou o momento da minha chegada. A que distância fica Quioto?

Ambrosius esfregou sua mandíbula marcada e estudou o mapa.

— Depende de quanto você está disposto a arriscar. Se puder assegurar uma passagem segura, a rota mais rápida é pelo Mar Interior de Seto e, depois, por terra até Quioto. Isso levaria cerca de duas semanas, partindo de Kuchinotsu. Só que pode ser difícil conseguir uma passagem segura. A água lá é controlada por piratas. Não ousamos enviar nem mesmo nossos próprios barcos.

Valignano enrolou o mapa, indicando sem muita sutileza que a conversa estava encerrada. Ele sorriu, uma coisa rara que geralmente inspirava mais medo do que conforto.

— Vou informar o capitão do nosso novo destino. Atracaremos em Kuchinotsu amanhã, e uma vez que nossos assuntos estejam concluídos lá, prosseguirei pessoalmente até Quioto. Nada deve ficar no caminho da nossa missão. Levaremos a palavra de Cristo a todos os cantos. Não serei impedido por piratas. Além disso, tenho proteção.

Ele deu uma batidinha no meu braço e, em seguida, se virou para a porta.

— E tenho Deus — clamou por cima do ombro.

3

A tripulação realmente ficou insatisfeita com o novo destino, e o capitão ficou ainda mais. Ele havia estudado as cartas de navegação para as águas ao redor de Nagasaki, não para esse novo porto. Entramos no ancoradouro de Kuchinotsu a meia vela, os homens a vante jogando suas linhas de prumo na água e anunciando suas leituras. Quando o capitão decidiu que havíamos nos aproximado o máximo que podíamos com segurança, ordenou que a âncora fosse lançada e as velas, erguidas. A grande embarcação preta agigantou-se na baía, e a comoção que isso criou em terra era evidente mesmo de longe.

Uma pequena multidão já havia se reunido no cais, e era possível ver outras pessoas fluindo naquela direção, abrindo caminho por estradas estreitas e esburacadas e se acotovelando com comerciantes de mercadorias variadas. Os navios mercantes de que falara o padre de Nagasaki com certeza também atracavam naquele porto, mas talvez não com tanta frequência, e seguramente, não um navio daquele tamanho. Os europeus ainda eram uma novidade por ali. E eu seria algo totalmente novo.

O primeiro dos batéis foi lançado na água. Eu desci uma frágil escada de corda para embarcar e fui seguido por Padre Valignano (que recusou a ajuda de um marujo). Depois, embarcou o Irmão Ambrosius e uma pequena comitiva de padres do baixo escalão. Nós nos juntamos à meia dúzia de remadores que já haviam descido e estavam alinhados, três de cada lado. A carga seria retirada depois, e os marujos desembarcariam por último, provavelmente não até mais tarde naquela noite, ou quem sabe apenas de manhã.

Apesar do calor, os padres estavam vestidos em longas túnicas pretas e usavam seus terços e crucifixos ao redor do pescoço. Padre Valignano posicionou-se em pé na proa do barquinho, enquanto os remadores inclinavam-se para trabalhar. Eu estava atrás, com pantalonas folgadas que farfalhavam com a brisa e uma camisa branca esvoaçante cortada para expor os músculos dos meus braços, além de um turbante branco que me fazia parecer ainda mais alto. A longa espada de bordo estava presa em uma faixa em volta da minha cintura, e na mão direita eu segurava uma lança de aparência imponente, de lâmina longa e curva. A maneira mais garantida de ganhar uma batalha era desencorajá-la, e embora eu não esperasse nenhum problema em terra firme, queria fazer qualquer um que estivesse considerando tal coisa pensar duas vezes. À medida que nos aproximávamos da costa, os padres menos importantes começaram a cantar, de forma cadenciada, um hino em português. Todos tínhamos uma aparência a manter.

Em terra firme, o jovem senhor da região de Kuchinotsu aguardava. Tendas haviam sido erguidas logo após o cais, e bandeiras, com o que devia ser o emblema da família Arima, tinham sido fincadas no chão. Arima Harunobu e seu séquito vestiam quimonos leves e estavam com as espadas embainhadas.

— Eles sabem que não deveriam estar armados para recebê-lo?

Valignano dispensou a pergunta com um aceno da mão, sem se preocupar em olhar para mim.

— Temos que fazer algumas concessões aos costumes locais.

O Senhor Arima, praticamente um adolescente, entrou na água para saudar o barco, um sinal de respeito. Padre Valignano ofereceu a mão, e Arima, obedientemente, beijou seu anel. Em seguida, Valignano lançou uma benção a todos que estavam em terra, os padres em pé atrás dele mantiveram as cabeças solenemente curvadas. O silêncio era quebrado apenas pelos sussurros abafados dos comerciantes, que apontavam para mim e gesticulavam uns aos outros sobre meu tamanho. Valignano já era uma cabeça maior do que qualquer homem naquele cais, e eu era uma cabeça e um ombro maior do que ele.

Avaliei a multidão e não constatei nenhuma indicação de ameaça. Então voltei minha atenção aos homens enfileirados atrás de Arima. Eu sabia que somente os samurais eram autorizados a usar as duas espadas presas em uma faixa na cintura: a mais longa, katana, e a mais curta, chamada de *wakizashi*.

Como protetor de Valignano, eu havia prestado atenção especial aos ensinamentos que recebemos sobre os samurais: guerreiros de elite treinados não apenas nas espadas, mas também em arco e flecha, lanças e uma variedade de outras armas. Homens e, algumas vezes, também mulheres que juravam lealdade total e estavam dispostos a morrer por seus senhores sem questionar. Na época do xogunato, eles eram, de fato, a classe dominante do Japão. Esperava-se que todos os cidadãos se curvassem em sua presença. E de acordo com as regras, não fazer isso, ou mostrar qualquer sinal de desrespeito, conferia ao samurai a permissão de abater o cidadão sem repercussão alguma.

Os samurais parados atrás de Arima eram de baixa estatura e não pareciam pesar mais do que algumas poucas bolas de canhão, mas eu conseguia perceber seu controle, mesmo no mais simples dos movimentos. Eles não seriam adversários fáceis em uma batalha, e eu estava agudamente ciente de que pouquíssimos de nós tínhamos desembarcado até aquele momento.

Enquanto Padre Valignano e o Senhor Arima trocavam gentilezas, eu avaliei a cidade: só algumas dúzias de casas com telhados de palha; um templo, também de madeira, mas com cobertura de telhas e todo decorado para a chegada de Valignano; ruas de terra serpenteando entre as casas apertadas e um punhado de comerciantes de rua obstruindo o caminho com carroças, embora a maioria deles estivesse ali no cais.

Fomos conduzidos na direção do templo para uma recepção formal, e, de perto, as edificações eram ainda mais suscetíveis a violações do que eu tinha suspeitado. As paredes de madeira eram finas o suficiente para que um homem forte as atravessasse aos murros, e as janelas e portas eram cobertas por rolos simples de papel pendurados nos batentes.

A estrada sinuosa que levava para fora da cidade e subia a montanha também era de terra, que virava pedregulho e, depois, pedra. O castelo de Arima estaria em algum lugar ao longo daquela estrada, quem sabe a horas de distância, talvez dias, mas eu já conseguia perceber que aquela região não era adequada ao tamanho da ambição de Valignano. Não ficaríamos muito tempo ali, e o Irmão Ambrosius se arrependeria de ter levado todos de Nagasaki para lá. Um dos padres mais jovens ficaria para trás para implementar as instruções de Valignano, e nós iríamos embora tão rapidamente quanto a educação permitisse.

A ESTRADA PARA O CASTELO do Senhor Arima estava dominada por seus inimigos. Ele e seus homens haviam atravessado uma trilha quase toda coberta de mato, por meio de uma selva na encosta da montanha, depois desceram o rio de balsa na calada da noite para chegar ao porto para receber Valignano. Não tínhamos escolha a não ser fazer o mesmo caminho de volta. A maior parte do grupo jesuíta foi mandado com antecedência para a cidade-porto de Bungo, um deslize que Arima não poderia ter deixado passar e que Valignano provavelmente não pretendia que ele perdesse.

Nós cruzamos o rio em jangadas, na escuridão quase total. Os homens de Arima ficaram na frente das jangadas e moviam suas varas hesitantemente pela água, guiando-se pela memória.

— A passagem é segura? — perguntei a um dos remadores.

— Para pequenos grupos, sim. O território ainda é nosso, e o conhecemos melhor do que ninguém. Conseguimos fazer com que algumas pessoas entrem e saiam até depois das barricadas inimigas, só não conseguimos fazer passar suprimentos em quantidades significativas.

Os sons da selva ao redor eram uma cacofonia para nossos ouvidos desacostumados, mas os homens de Arima ouviam buscando por algum som fora de contexto, e cada vez que eles reagiam, eu tentava identificar qual havia sido o barulho que causara tal resposta.

Dormíamos nas jangadas sempre que podíamos, um descanso breve e irregular, e acordávamos com as costas das túnicas encharcadas pela água que vazava pelas tábuas da jangada ou espirrava por cima das bordas. De manhã, o calor nos envolvia e apertava com força. As pesadas túnicas de lã grudavam na pele dos poucos padres que acompanhavam Valignano, e se algum deles puxasse a manga para trás ou dobrasse a bainha até os tornozelos para tentar obter alívio, era selvagemente atacado por insetos.

Eles se coçavam e sofriam, e um dos padres desmaiou, seu rosto vermelho e reluzente de suor. Eu me virei melhor em minha camisa e calças folgadas, mas todos olhávamos com inveja para os quimonos de seda leve dos japoneses e nos perguntávamos por que eles não estavam sendo atacados pelos insetos como nós.

Ao longo da jornada, Valignano permaneceu inalterado, aceitando estoicamente as desculpas constantes do Senhor Arima e, ao mesmo tempo, recusando qualquer celebração de acordo enquanto não alcançássemos nosso destino.

— Tem sido um cerco longo — lamentou Arima quando chegamos ao castelo. — Receio que temos pouco a oferecer.

— Não estamos aqui por comida ou bebida — assegurou e ele Valignano, embora os demais possam ter discordado, a julgar por sua aparência abatida.

O castelo de Arima era muito parecido com as estradas — se algum dia estiveram em bom estado, não estavam mais. Havia rachaduras na argamassa e grandes pedaços de pedra faltando nas paredes, e tudo havia sido vitimado pela devastação de trepadeiras crescidas sem controle. Na parte de dentro, gotejava e havia vazamentos intermináveis, e nos dias de chuva, nos deitávamos em nossos tatames no chão molhado ou nos aconchegávamos em nossos mantos úmidos, tremendo, se o vento esfriasse. Comíamos modestamente e dormíamos mal, com as forças inimigas reunidas fora das muralhas, tocando tambores durante a noite para impedir que a guarda de Arima descansasse.

As negociações foram misericordiosamente breves, a não ser que você fosse Arima. Ficou claro para todos que ele não poderia manter aquela região por muito mais tempo sem as tão necessárias armas portuguesas, e ele capitulou completamente.

A amante dele, que, pela aparência, era praticamente uma adolescente, foi mandada embora em lágrimas. Os altares budistas e xintoístas foram amarrados com cordas e levados ao chão, e Arima, vestido com uma túnica branca que brilhava incongruentemente entre o cinza, a areia e a sujeira que permeavam a fortaleza, foi batizado em uma pequena piscina no pátio do castelo. Depois de poucos dias, já estávamos de saída, mas não antes de dois dos soldados de Arima chegarem, escoltando um padre suado e semiconsciente que eles haviam guiado rio acima e através da selva.

Padre Valignano recebeu o outro padre, que arfava e estava com evidente dificuldade, no portão do castelo.

— Uma mensagem. — Ele respirava pesadamente. — De Ōmura Sumitada.

Eu fiquei ao lado de Valignano, com um olho no padre que sofria e o outro na fileira de árvores atrás dele, observando e ouvindo por qualquer sinal dos inimigos de Arima. Dei uma olhada de lado para Valignano, imaginando se ele ofereceria água ou descanso ao padre, mas ele não ofereceu nada.

— Continue.

O padre engoliu em seco e aquiesceu.

— O Senhor Sumitada está feliz em saber da sua chegada ao Japão. Ele ficou desapontado por não ter tido a chance de cumprimentá-lo pessoalmente e espera que o estimado Visitador das Missões nas Índias saiba que ele e seus padres jesuítas são sempre bem-vindos em seus domínios. Como confirmação da amizade contínua do Senhor Sumitada, ele oferece o porto de Nagasaki à Igreja dos jesuítas, em perpetuidade, para que façam o que bem entenderem.

Com a mensagem entregue, o padre caiu de joelhos, apoiando-se pesadamente no soldado de Arima, que estava ao lado dele. Era um presente impressionante. A propriedade do porto significava não apenas o controle irrestrito do comércio, mas também o direito de cobrar impostos sobre todas as mercadorias que passavam por ele. Mais do que um ponto de apoio, era uma verdadeira arca de ouro e uma clara declaração da influência da Igreja jesuíta.

Ao meu lado, Valignano sorriu. Dois senhores regionais, Arima e Sumitada, submeteram-se à sua vontade, e um importante posto comercial foi assegurado. Sua missão no Japão teve um início muito bem-sucedido.

4

Em Bungo, nosso pequeno grupo foi recebido por um padre de rosto ruborizado que vestia blusa de lã e calças. Ele informou a Valignano que havia providenciado um barco com um homem chamado Murakami e, em seguida, fez uma reverência e se retirou da tenda. Eu aguardei um momento para garantir que ele não estava ouvindo do lado de fora, algo que, infelizmente, os padres eram famosos por fazer.

Quando me assegurei de que estávamos sozinhos, me virei para Valignano.

— É difícil protegê-lo quando me mantém no escuro sobre nossos planos de viagem.

Valignano olhou para mim por um segundo, decidindo se permitiria aquela conversa ou simplesmente mandaria que eu obedecesse. Ele suspirou.

— Nossos planos são do tipo que você tipicamente desaprova.

— O tipo perigoso, então.

— Não há perigo contra o qual Deus não possa nos proteger.

— E mesmo assim, você me traz para protegê-lo.

— Tome cuidado.

Valignano apontou um dedo para mim, e eu assenti, em silêncio. Algumas vezes ele permitia que eu fosse franco, mas nunca que eu falasse ignorando a fé. Com uma concha, ele encheu dois copos com água de uma tigela no canto e me deu um.

— Murakami vai garantir que a nossa passagem até Sakai seja segura.

— Então ele é um pirata?

— Sim, mas ao que parece, um pirata esperto. Ele sabe que, se o pagamento for o mesmo, é mais fácil nos transportar do que nos roubar, especialmente se isso também gerar oportunidades futuras.

— Em Kuchinotsu, nós tínhamos marujos, homens armados e lutadores experientes. Aqui, estou sozinho. Os homens de Murakami vão perceber rapidamente que há apenas um homem armado em todo o grupo de viagem.

— Bem, então você vai ter que parecer extraordinariamente assustador, não é?

Valignano desapareceu no escuro, na parte de trás da tenda, e quando ressurgiu, ele segurava uma pequena vela, que colocou sobre a mesa ao lado da tigela de água. Ele procurou papel e pena no meio das suas coisas, e a conversa estava encerrada.

No dia seguinte, embarcamos no barco de Murakami, trinta homens no total. Os poucos que tinham viajado para o castelo de Arima com Valignano, assim como eu, estávamos agradecidos pelo ar fresco do mar, felizes por estarmos longe da umidade e dos insetos.

Os homens de Murakami estavam descalços e vestiam quimonos curtos. Eles usavam faixas em volta da cintura, para adagas e outras armas pequenas, e grossas tiras de couro amarradas na testa. Evitavam as armaduras mais pesadas de couro e metal, assim como os capacetes elaborados dos samurais, caso acabassem na água. Preferiam se arriscar na batalha do que correr o risco de serem arrastados e se afogar.

Eles permaneceram parados no convés enquanto os jesuítas carregavam seus pertences, sem fazer qualquer esforço para ajudar. Mas se moveram ligeiramente e me encararam quando subi a bordo. Murakami, que estivera na frente do navio checando as cordas, assobiou e caminhou na minha direção. Ele estava desarmado, de peito nu e usava calças de couro que pareciam caras.

— Não quero problema com esse aí — falou aos seus homens, em tom irônico.

— Então não cause nenhum — respondi.

Os piratas se surpreenderam com meu japonês. Murakami se manteve firme, mas ficou me olhando boquiaberto e, em seguida, riu e deu uma batidinha no meu braço. Os homens também riram, e Murakami começou a gritar ordens de preparação para a partida. Padre Valignano sorriu para mim muito de leve e, então, acomodou-se embaixo de uma das tendas que os piratas haviam erguido no convés para nos proteger do sol.

Nosso caminho nos levaria através das ilhas interiores e, em três dias, chegaríamos em Sakai. Havia um caminho mais curto e mais próximo da costa, mas passava por águas controladas pelo clã Mori, o último que representava uma ameaça real ao domínio de Nobunaga. Neste ponto, Nobunaga já havia obtido êxito ao usar as armas portuguesas contra o clã Takeda na batalha de Nagashino, e os Mori estariam sedentos para destruir a possibilidade de qualquer estreitamento de laços adicional entre os jesuítas e seu inimigo. Seria preferível percorrer as ilhas a cruzar o litoral norte e o território Mori.

Navegamos durante o primeiro dia e acampamos em terra à noite. Enquanto estávamos no mar, Padre Valignano ficou a maior parte do tempo sob o convés, e dentro da tenda quando desembarcamos. Eu dei uma olhada nele com a frequência que achei que seria tolerada, mas fui dispensado todas as vezes. Ele pulou refeições e dormiu pouco. Valignano não era de deixar os detalhes nas mãos dos outros, e cada detalhe da próxima etapa da nossa viagem tinha de estar perfeito. Estávamos viajando para Quioto, sem convite, para visitar o daimiô Oda Nobunaga. Valignano tinha de encontrar uma maneira de conseguir um convite e se preparar para a visita. Se o Japão pudesse ser unificado e se o homem que alcançasse isso abraçasse abertamente o cristianismo, então Valignano converteria o país inteiro de um golpe só.

Enquanto Valignano trabalhava, o resto de nós se juntou ao redor de uma fogueira ao entardecer e comeu arroz e peixe; os piratas beberam saquê até ficarem corados. Eu abri um caixote e ofereci a eles algumas garrafas de vinho tinto português. Eram destinadas aos senhores japoneses e aos dignitários, mas umas poucas garrafas não fariam falta, e com o grupo inteiro de jesuítas para proteger, achei que me sentiria mais confortável na presença de piratas agradecidos. Eles passaram as garrafas de mão em mão, bebendo e fazendo caretas, e em seguida bebendo de novo. Ofereceram a bebida para mim, mas me abstive. Eu estava sempre em serviço e preferia assim.

Os piratas gritaram e contaram histórias até tarde da noite, e quando finalmente fizeram silêncio, foram substituídos pelas cigarras. Eu dormi dentro da barraca de Valignano, em um tatame, com as pernas estendendo-se bem além de seus limites, por mais que eu fizesse força para encolhê-las.

Pela manhã, os piratas moviam-se devagar, as cabeças amortecidas pela bebida, mas ao meio-dia, já estavam recuperados. Eu me permiti relaxar. Embora os homens de Murakami tivessem a reputação de serem lutadores ferozes, ficou claro que obedeciam a seu mestre sem hesitação e que Murakami não tinha intenção alguma de causar problemas. Ele poderia ter facilmente ajustado o curso para o norte e vendido todos nós para os Mori em troca de uma quantia considerável.

Quando perguntei por que não tinha feito isso, ele deu de ombros e respondeu:

— Não é sensato ajudar o lado que vai perder.

— Então os Oda derrotarão os Mori? — questionei.

Ele aquiesceu.

— Ninguém sabe o que vai acontecer. Estas águas — ele acenou uma das mãos em direção ao mar — pertencem a um senhor num dia, e a outro no dia seguinte. Num dia, este senhor luta ao lado daquele senhor, e no outro, eles lutam entre si. Tem sido assim desde que me conheço por gente. Mas talvez não continue assim por muito tempo. Logo, talvez, isso tudo pertença a um único homem. De uma coisa eu sei: não serei eu a irritar esse homem.

— Mas isso tudo já não pertence ao imperador?

Murakami fez um gesto vago.

— Nós tratamos o imperador com extrema reverência, mas a autoridade do imperador vem dos céus. A autoridade de Nobunaga vem da espada. Mesmo o mais crente dos homens teme o segundo, mais do que o primeiro, quando tem uma espada apontada para a garganta.

Murakami sorriu e se afastou para checar alguns de seus homens, que penduravam armadilhas na lateral da amurada de madeira para pegar o jantar. Observei a costa. As ilhas eram escassamente povoadas, e os poucos que lá habitavam haviam se mudado da costa, provavelmente por causa da ameaça de Murakami e de outros como ele. Havia sempre um barraco avulso construído com madeira descolorida pelo mar e pelo vento, muitas vezes inclinado precariamente para um lado, mas havia, sobretudo, campos de grama e flores silvestres, colinas onduladas e uma visão clara das montanhas ao longe. E como os homens de Murakami não mostraram nenhum sinal de hostilidade contra nós, passei um tempo ali, apenas apreciando a vista.

Ainda era mágico ver um lugar pela primeira vez, respirar ar novo, ouvir novos sons. Na primeira ocasião em que fui pego, os traficantes de escravos me levaram à Índia. E a despeito do meu terror e da minha exaustão, fiquei fascinado pelo aroma quando me conduziram pelo cais, atônito com o clamor das vozes na cidade. Até aquele ponto, eu havia passado minha vida inteira em um vilarejo tranquilo e nunca esperei conhecer nada do mundo além daquele lugar, nunca tinha precisado acreditar que existiam outros lugares nem perder tempo pensando sobre eles.

Meu pai havia viajado para muitas cidades e vilarejos, e eu amava ouvir histórias sobre os lugares que ele tinha visto e as pessoas com quem havia negociado, mas elas nunca fizeram surgir em mim o desejo de ver aqueles lugares por mim mesmo. Quem sempre ficava enfeitiçada era minha mãe.

As lembranças de casa apareciam muito raramente agora, e quando isso acontecia, eu as apagava o mais rápido possível. Por um tempo, eu tinha tentado lembrar. Cada nova paisagem que avistava, eu tentava descrever nas palavras do meu pai, tentava falar dela para minha mãe, mas havia muito tempo que eu tinha perdido essa vontade. Não conseguia mais me comunicar com meus ancestrais. Talvez tivesse viajado para muito longe de casa.

Em uma formação rochosa a sotavento, uma mulher estava esparramada ao sol. Ela não usava nada além de um pano enrolado nos quadris. Suas pernas eram magras e musculosas, sua barriga era lisa, e a água refletia azul, verde e amarelo em sua pele. Ao lado dela, havia uma pilha de cerca de meia dúzia de mariscos, alguns pedaços de coral e uma única estrela-do-mar. Ela se inclinou para a frente, para nos ver passar, e pude ver a fileira irregular de seus dentes, lascados por carregar conchas do fundo do mar raso, e seus olhos manchados de vermelho, com vasos sanguíneos rompidos pela pressão das profundezas.

Os piratas que pescavam na amurada imediatamente desviaram o olhar, e eu fiz o mesmo. Estive a bordo de navios por tempo o bastante para reconhecer as superstições dos marujos e compreender até onde iriam para remover alguém que, na visão deles, trazia infortúnio. Ouvi um barulho suave e me virei para ver os círculos ondulantes onde a mulher havia entrado na água, e permaneci observando o local até o barco fazer a curva, mas não a vi ressurgir.

5

Nem bem tínhamos desembarcado no porto de Sakai e Valignano já estava dando ordens. Ele havia decidido fazer uma caminhada de vários dias entre Sakai e Osaka, seguida por uma noite de descanso antes da caminhada final entre Osaka e Quioto. Não era a maneira mais rápida de viajar, mas era a que geraria mais comoção. Era possível que a notícia chegasse aos ouvidos de Nobunaga e despertasse suficiente interesse nele para que requisitasse uma apresentação.

Valignano conduziu a procissão de padres com precisão militar. Ele cavalgava à frente vestindo uma túnica preta formal, usava um crucifixo no pescoço e carregava uma caixa que continha um fragmento da sagrada cruz. Eu seguia atrás, com a lança polida como um espelho e quase tão alto, a pé, quanto Valignano era montado no cavalo.

Em seguida, vinham os demais padres, vestindo túnicas marrons mais simples e sandálias, que na minha opinião não sobreviveriam à viagem. Foram instruídos a segurar livros abertos à frente do peito, mas eu sabia que apenas poucos deles conseguiam ler. O restante olhava para a página atentamente e cantava os hinos de memória. Outros carregavam sinos presos em cordas que balançavam de um lado a outro, em harmonia. Liderando esse grupo estavam três padres a quem foi atribuída a indesejada tarefa de segurar na vertical uma cruz entalhada de madeira que era maior do que qualquer um deles, plenamente cientes de que Valignano ficaria irritado se a deixassem mesmo que ligeiramente inclinada. Carregadores profissionais que Murakami havia arranjado caminhavam fechando o grupo, com estritas instruções de não chamar atenção para si mesmos.

A procissão cuidadosamente planejada do Padre Valignano teve exatamente o efeito esperado. O som dos sinos levou os moradores da cidade para a rua, e eles formaram filas para nos ver passar, apontando, batendo palmas e comentando animadamente uns com os outros. Aqui e ali, eu compreendi palavras como "gigante", "touro" ou "tinta", e sabia que os dedos estavam quase sempre apontados para mim.

O primeiro dia correu bem, mas os problemas começaram a surgir à medida que chegamos mais perto de Osaka. As cidades portuárias já haviam visto africanos carregando e descarregando navios no cais, e até mesmo pela cidade, às vezes, quando os marujos forasteiros passavam a noite em terra, mas nas cidades do interior, muitos nunca haviam visto um homem de pele preta antes.

As pessoas invadiam as ruas e colocavam os braços ao lado dos meus, comparando tamanho e cor, e eventualmente pulavam para ver se suas cabeças alcançavam a minha, e desafiavam os amigos a fazer o mesmo. Quando conseguíamos afastá-las, elas se juntavam ao final da nossa procissão, e assim foi também com os homens e as mulheres das cidades menores. Nossa comitiva de dúzias tornou-se um desfile de centenas de pessoas. Chegamos a Osaka pelo menos doze horas depois do que esperávamos e fomos recebidos por estudantes seminaristas de Quioto, que ficaram ansiosos para se juntar à nossa marcha capital adentro. Eles haviam levado sandálias novas para os padres, que aceitaram agradecidos, pois estavam com os pés feridos e inchados.

Pela manhã, uma multidão aguardava do lado de fora do muro, muito maior do que aquela que se juntou ao longo do caminho. Os rumores haviam se espalhado durante a noite, e as pessoas estavam impacientes para dar uma olhada nos europeus com roupas esquisitas e no gigante de pele preta.

— É muito perigoso — adverti Valignano. — Devemos nos separar. Viajaremos para Quioto em pequenos grupos, evitando a multidão o máximo possível, e nos encontraremos lá.

— Besteira. Marcharemos Quioto adentro em toda a glória da Igreja, e quanto mais almas japonesas marcharem atrás de nós, melhor.

Valignano ordenou a abertura dos portões e enviou meia dúzia de cavalos para abrir o caminho através da multidão. E caminhamos na direção de

Quioto na mesma formação de antes. Os estudantes seminaristas engrossavam as fileiras atrás dos padres, como penitentes. Eles haviam abaixado as túnicas até a cintura e andavam com a cabeça inclinada, cantando e açoitando as costas e os ombros até sangrar com cordas curtas, cheias de nós, e feixes de junco bem amarrados.

A multidão estava compacta, mas nos deixou passar. No meio da tarde, nós tínhamos alcançado os limites da cidade, e as pessoas estavam mais desordeiras. A procissão havia adquirido uma atmosfera festiva. Homens bebiam saquê em odres de couro e dançavam em movimentos selvagens e espasmódicos. Mulheres profissionais deslizavam seus quimonos, abrindo-os para revelar um seio e eventualmente mais, para chamar a atenção de clientes em potencial. A massa de pessoas empurrava e se acotovelava. As pessoas rasgavam minhas roupas, pulavam e tentavam se segurar em meus ombros como crianças.

Os carregadores estavam presos no meio da multidão e não conseguiam se mover. Os penitentes tiveram os açoites arrancados das mãos, e homens da multidão os usavam uns nos outros, rindo e gritando. A cruz estava no chão, e o coro havia desistido de qualquer tentativa de cantar. Valignano girou, examinando tudo, e pela primeira vez desde que o conheci, ele parecia incerto.

Uma investida da multidão empurrou alguns de nós para a frente e outros para trás, separando-nos ainda mais. Um homem caiu debaixo da onda de corpos e foi pisoteado. A multidão se ergueu como um pulmão gigante. Carrinhos de comida foram virados. Alguns clientes ricos, carregados em liteiras, foram imprensados nas laterais dos edifícios. Os mendigos, os boticários, os artistas e os comerciantes abandonaram seus produtos em busca de segurança. Panelas foram quebradas, telas foram rasgadas. Animais se libertaram das gaiolas retorcidas, aumentando a comoção. Houve brigas espalhadas entre a massa de corpos, e uma chuva de lascas de madeira se espalhou quando um homem foi atirado através de uma parede.

Na minha frente, o cavalo de Valignano entrou em pânico e empinou, e ele lutou para controlá-lo. Ele apontou para a igreja, gritou alguma coisa inaudível e puxou com força as rédeas. A igreja estava a apenas alguns quarteirões de distância, construída no mesmo estilo arquitetônico de um pagode dos outros edifícios a seu redor, para fazer com que os potenciais convertidos japoneses se sentissem confortáveis. Mas, felizmente, fora construída alta o suficiente, se comparada aos seus vizinhos, para ser claramente visível.

As palavras de Valignano se perderam no caos, mas seus gestos eram inconfundíveis: era cada um por si.

Eu empurrei as pessoas com o cabo da minha lança, para abrir o caminho e correr. Joguei longe homens e mulheres, e os fanfarrões bêbados começaram a me perseguir como uma cobra se contorcendo pelas ruas atrás de mim. Tentei manter o telhado da igreja à minha frente, mas às vezes era forçado a desviar. Através de ruas estreitas e dos becos ainda mais apertados, perdi de vista a cobertura do telhado, depois o localizei de novo. A multidão havia captado a emoção do jogo, aplaudindo cada vez que me avistava e chamando uns aos outros com entusiasmo. Minha camisa foi rasgada nas costas, e um homem a segurou acima de si como um prêmio antes de ser ultrapassado por seus compatriotas.

Com os pulmões e as pernas queimando, forcei meu caminho adiante o mais rápido que pude, apontando meu corpo na direção do alvo sempre que podia. Uma quadra depois, virei uma esquina e entrei em uma rua sem saída, o caminho bloqueado por uma cerca de madeira. Dei meia volta, mas era muito tarde. A abertura do beco já estava sendo preenchida pelos perseguidores mais rápidos.

Eu me joguei contra a cerca, esperando que ela cedesse. Arremessei-me para a frente e ouvi um estalo satisfatório. Lascas cravaram-se em meus antebraços, e, atrás de mim, a multidão ficou maravilhada com a demonstração de força. O sangue escorria pelos meus pulsos e dedos, mas o portão da igreja estava agora à minha frente, com dois homens carecas vestindo túnicas acenando ansiosamente para que eu entrasse. Caí no chão, exausto, e eles fecharam o portão atrás de mim, deixando cair um tronco grosso e prendendo-o no lugar.

— Venha.

Os dois agarraram meus braços e me conduziram para dentro. Valignano e alguns poucos padres já estavam lá.

— E os outros? — perguntei.

— Ainda fora dos muros, mas devem estar a salvo. A turba seguiu você, basicamente.

Como se para frisar as palavras de Valignano, um canto foi ouvido do lado de fora, exigindo que entregassem o gigante preto. As vigas de madeira estalaram sob o peso da multidão que se imprensava contra elas. Valignano olhou pela porta.

— Vai aguentar?

— Não foi construída para ser uma fortaleza.

O padre que respondeu parecia alguém que passou mais tempo em bibliotecas do que em navios. Ele parecia quase rechonchudo sob as vestes largas, mas seu rosto era todo anguloso — com as saliências das bochechas brilhando quase através de sua pele, e com o nariz que era uma flecha afiada e oblíquo. Seu rosto estava barbeado, e seus olhos eram de um verde pálido e brilhante que tinha um estranho efeito calmante. Ele beijou a mão do Padre Valignano.

— Sou o Irmão Organtino. Gostaria que estivéssemos nos conhecendo em circunstâncias mais confortáveis, mas estamos felizes por estarem seguros. — Ele se virou para mim. — Você tem feridas que precisam ser tratadas.

Olhei para meus braços, arranhados, sangrando e com lascas de madeira enfiadas nos cortes. Organtino gesticulou, e uma tigela de água foi trazida. Eu fiz uma careta quando um padre jovem começou a limpar as feridas.

Valignano se ocupou conferindo os demais. Uma pedra jogada do lado de fora da cerca ribombou contra as telhas da cobertura, depois mais uma. A cantoria da multidão, antes bêbada, tornou-se raivosa. Algumas cabeças surgiram por cima do portão quando os homens subiram uns nos outros para conseguir olhar para dentro. O portão se inclinou para dentro.

Os gritos mudaram de tom mais uma vez, e as cabeças viraram para trás, em seguida sumindo de vista. Ouviu-se o som de cascos e de algum tipo de vara ou bastão batendo violentamente contra pele, contra ossos. Gritos, pânico e caos enquanto a multidão se dispersava, e depois de alguns momentos, quietude.

— Abram o portão.

Organtino deu uma olhada rápida para o Padre Valignano e, então, entrou no pátio a passos rápidos para remover o tronco e abrir o portão. Uma dúzia de homens montados em cavalos entrou, vestindo armaduras pretas e fortemente armados. Cada um deles carregava um bastão longo, que tinham usado para reprimir o tumulto, e duas espadas na cintura. As costas de suas selas ostentavam bandeiras com um emblema idêntico: quatro pétalas de uma flor, pretas e enfeitadas com ouro.

O homem no cavalo da frente apeou.

— O senhor Nobunaga quer ver o homem responsável por esta perturbação.

Irmão Organtino fez uma leve reverência.

— Servimos conforme a vontade do senhor Nobunaga, mas, por favor, informe ao seu senhor que não somos responsáveis pelo distúrbio.

O homem passou por Organtino e subiu os degraus da igreja. O caos de apenas alguns momentos antes foi substituído por silêncio, quebrado tão somente pelo tilintar da armadura do homem e pelos relinchos de um dos cavalos atrás dele. Os olhos dele arregalaram quando me viu. Sua mão deslizou para mais perto do punho da espada, e ele curvou-se ligeiramente, pronto.

Ao meu lado, Padre Valignano ficou em pé e alisou a túnica.

— Eu sou o Padre Alessandro Valignano, Visitador das Missões nas Índias e representante de Sua Santidade, o Papa. Vim de Portugal, passando por Roma. Sou responsável por esta missão agora, e ficaríamos muito felizes de nos encontrar com seu estimado senhor.

A pouca compostura que o soldado havia perdido foi rapidamente recobrada. Ele ficou em pé e tirou a mão da espada.

— O senhor Nobunaga quer ver o homem de pele preta, ninguém mais. E meu senhor quer vê-lo agora.

6

Permitiram que eu me trocasse, basicamente isso. Irmão Organtino sussurrou alguns conselhos enquanto me ajudava a vestir uma camisa limpa e o gibão.

— Ele pode ser... instável. Mas quase nunca é irracional. Se ele o cumprimentar calorosamente, não fique muito à vontade. Se o cumprimentar com raiva, não entre em pânico. Ele não espera que você conheça os costumes deles, então haverá alguma tolerância com erros, mas muito pouca. Ele é, acima de tudo, curioso. Se conseguir contar algo que ele desconheça, vai valorizar você por isso.

Eu tentei assimilar as palavras de Organtino, mas ele falava como alguém que estava nervoso, e isso apenas aumentou meu próprio desconforto. Eu havia sido treinado para lidar com ameaças, não com política internacional. Muitas vezes, fui testemunha da diplomacia suave e sutil de Valignano, mas meu papel nesse tipo de cenário sempre foi ficar quieto, parecendo imponente e atento ao perigo. Ele é que deveria ser levado até Nobunaga, não eu.

O Padre Valignano mal conseguia conter a fúria de ser passado para trás. Por um momento, pensei que ele poderia atacar os soldados de Oda e exigir um convite. Depois de todos esses cuidadosos preparativos para atrair a atenção de Nobunaga e obter uma audiência, eu é que seria levado à presença do líder militar japonês, e Valignano estava excluído. Na verdade, eu desejava desesperadamente que o padre pudesse falar por mim. Contudo, eu é que teria de ficar diante de Nobunaga, depois de ter causado um tumulto em sua capital. Cada botão que o Irmão Organtino abotoava parecia apertado demais, cada conselho que ele oferecia parecia esmagador.

Valignano estava aflito em um canto, desacostumado a estar em uma situação que não podia controlar de todo. Ele observou enquanto sussurrávamos e começou a caminhar em nossa direção, esperando oferecer suas próprias instruções, mas o olhar inflexível dos soldados que esperavam o fez parar. Da parte dele, não haveria ajuda.

Fora dos portões da igreja, restavam ainda alguns fanfarrões, mas eles se encostaram nas paredes e entraram nos becos para dar passagem aos cavalos do clã Oda. Eu seguia atrás deles, a pé. Entretanto, não havia sido amarrado. Eu esperava que isso fosse um bom sinal, mas o cenário mais provável era o de que eu estivesse a caminho de minha própria execução.

O templo de Honnō-ji era um complexo budista amurado que ficava a poucas quadras de distância da igreja jesuíta. Teria sido impossível para Nobunaga, ou qualquer um ali dentro, não ter notado a comoção de menos de uma hora antes. Fiquei repentinamente cansado, os eventos do dia pesando em meus ossos, mas tinha de estar em minha melhor forma. Não só porque minha vida dependia disso, mas porque agora eu seria o primeiro emissário da missão do Padre Valignano, e embora Irmão Organtino já tivesse estabelecido relações relativamente amigáveis com o senhor Nobunaga, o futuro da Igreja no Japão podia, de fato, depender desse encontro.

O rumor da convocação do homem estranho havia se espalhado por Honnō-ji, e uma pequena plateia estava reunida, dentro dos portões, para me ver. O grupo era muito mais contido do que a turba desenfreada que estivera nas ruas. Eles mantinham a distância e me examinavam com curiosidade, mas não revelaram mais nada, com as expressões vazias e nenhum sinal perceptível, amigável ou não. Fui conduzido além deles até um pátio interno, passando por uma fileira de edifícios baixos e modestamente decorados.

Confiei no meu treinamento e estudei os arredores. As representações de Buda estavam notavelmente ausentes do templo budista. Lembrei-me do relato do Irmão Ambrosius sobre o incêndio no Monte Hiei e do recente fim ao cerco contra os Ikko-ikki, os monges guerreiros cuja influência sobre os japoneses Nobunaga havia rompido. As estátuas certamente tinham sido removidas e, na verdade, o uso do templo como residência temporária por Nobunaga provavelmente era um ataque nada sutil aos padres budistas que remanesciam. Eu teria de ser cuidadoso com a política. Valignano havia treinado bem a todos nós, mas eu ainda desconhecia coisas demais.

Guiaram-me escada acima em um grande edifício ao lado do santuário principal. A antessala estava repleta de samurais, mercadores, senhores menos importantes e outros dignitários, todos trazendo presentes que eram tanto exóticos quanto requintados. Eu estava claramente ciente de que estava prestes a encontrar de mãos vazias um dos homens mais estimados do Japão, mas não havia nada que pudesse ser feito a respeito.

Eu também estava desarmado, pela primeira vez desde que conseguia me lembrar. Eu sempre mantinha minha lança por perto, mesmo enquanto dormia. Naquele momento, estar desarmado era tão desconfortável quanto estar nu seria para a maioria das pessoas. E por mais que os samurais a cavalo tivessem me tratado casualmente, não havia dúvida de que eu era um prisioneiro, não um convidado. As pessoas murmuravam na sala. Minha cabeça roçava o teto baixo, e todos os olhos estavam fixados em mim, apesar de a maioria ser respeitosa o suficiente para disfarçar.

O líder da cavalaria entrou no salão principal em silêncio e voltou rapidamente. Estava acompanhado por um homem jovem, de pele pálida e macia e olhos pretos como carvão. O homem estava vestindo um elaborado quimono laranja, enfeitado com verde e realçado com pontos prateados. Um dos senhores que esperavam o chamou de Ranmaru, mas o jovem apenas acenou para ele com educação.

Ranmaru gesticulou para que eu me aproximasse, e alguns dos suplicantes que esperavam me olharam torto ao perceber que eu havia sido chamado antes deles.

Fui parado na porta. O homem que havia atendido pelo nome de Ranmaru me apresentou erroneamente como "Monge Preto", mas agora não era hora para correções. Abaixei a cabeça sob o batente e entrei no salão principal. De imediato, me prostrei e encostei minha cabeça no chão, permanecendo assim. Valignano havia se certificado de que todo o grupo que o acompanhava na viagem estivesse bem preparado. Eu tinha sido treinado nos costumes da corte japonesa e, ao menos nessa ocasião, estava relutantemente agradecido por Valignano dar tanta atenção aos detalhes. Alguém tocou em meu ombro, e eu me levantei completamente.

A sala principal era um amplo espaço aberto com um teto alto abobadado, cruzado por vigas de madeira e pintado em cores vivas, com algumas pictografias localizadas de lendas budistas. Se eles tomaram a decisão de remover as estátuas no pátio, não fizeram o mesmo ali. Se era uma concessão, significava que Nobunaga havia aceitado que seu poder tinha limites; mas essa era uma presunção muito grande para ser feita sem saber mais.

As venezianas das janelas que percorriam a parede estavam salpicadas de folhas de ouro, mas, de resto, as paredes estavam nuas. Junto delas, os homens sentavam-se em tatames, enfileirados, vestindo quimonos de cores vivas decorados com desenhos de flores ou peixes. A maioria estava imóvel, mas alguns lançaram um olhar de soslaio para onde Ranmaru e eu estávamos.

Do outro da sala, uma série de serigrafias elaboradas era exibida em um estrado elevado de vários níveis. No nível inferior, três homens estavam sentados de lado para a entrada da câmara, e atrás deles, no nível mais alto do estrado, estava Oda Nobunaga.

Ele tinha uma barba curta triangular, preta como ébano, e um bigode bem aparado. O cabelo dele estava puxado com força para trás e amarrado em um nó na nuca. Ao contrário dos homens que se sentavam nas fileiras ao longo da parede, Nobunaga vestia um quimono verde-floresta simples, mas obviamente de alta qualidade, com tons que brilhavam à luz das lanternas. Nobunaga ergueu a mão e acenou para que avançássemos.

As portas da sala se fecharam atrás de nós, em trilhos de madeira, e eu permiti que Ranmaru me levasse em direção ao estrado. Eu me ajoelhei e fiz uma reverência, novamente tocando o chão frio com minha cabeça.

Ouvi um farfalhar de movimento. Ranmaru bateu em meu ombro mais uma vez, e quando olhei para cima, Nobunaga estava na minha frente, segurando as mãos atrás das costas. Nobunaga inclinou a cabeça e me avaliou. Logo, acenou para que eu me levantasse. Ele olhou para cima, para o homem preto imponente diante dele, e um sorriso de divertimento quase imperceptível surgiu em seus lábios. Ele levou uma das mãos até meu pescoço, segurou a pele entre os dedos e depois examinou a ponta dos dedos. Em seguida, observou o ponto de meu pescoço que ele havia esfregado para ver se a pele tinha ficado mais clara. Eu não tinha certeza se estava autorizado a falar, mas decidi arriscar.

— Se agradar ao meu senhor, falo um pouco de japonês. Espero que meu senhor não se desagrade com a qualidade da minha pronúncia.

Houve um arquejo audível dos homens sentados junto às paredes, ao qual se seguiu um murmúrio abafado. Mesmo os três homens no primeiro nível do estrado, estoicos até aquele momento, olharam para cima. Esses homens não podiam ser mais diferentes uns dos outros. O primeiro era pequeno, magro e feio, com os lábios curvados para esconder os dentes e os olhos muito próximos. O segundo era gordo e enrubescido e tinha as feições perdidas nas dobras de pele embaixo do queixo. E o terceiro era mais velho, praticamente careca e com os cabelos nas laterais da cabeça acinzentados e ralos.

A surpresa também pôde ser vista nos olhos de Nobunaga, mas o sorriso não desapareceu, como se ele estivesse farejando algum truque.

— Você pode remover a camisa? — perguntou.

Assim fiz, desabotoando o gibão e, então, retirando a blusa que estava embaixo. Nobunaga acenou com a mão e requisitou um lavatório. Um trio de criadas apareceu em segundos, duas carregando um balde de madeira cheio de água, e a terceira trazendo uma escova. Elas se ajoelharam, esconderam o rosto e seguraram os itens acima da cabeça.

Nobunaga sorriu novamente para mim, mergulhou a escova na água e começou a escovar minha pele, primeiro o peito, então os braços, e depois deu a volta para escovar minhas costas. Lembrei-me, por um momento, da humilhação de ser cutucado e examinado pelos rudes homens brancos que nos carregaram no porão do navio que nos levaria para longe de casa.

As cutucadas curiosas de Nobunaga eram mais respeitosas.

Fiquei o mais imóvel que pude, com o queixo grudado no peito, as mangas da blusa drapeadas em volta dos pulsos como correntes frouxas. A escova arranhava dolorosamente minha pele, especialmente onde, mais cedo naquela tarde, eu já havia cortado meus braços atravessando a cerca de madeira quebrada no beco. Ou onde feridas muito mais antigas, nas minhas costas e em meu tronco, haviam cicatrizado, formando uma pele franzida e rugosa. Nobunaga jogou a escova no balde de água, e as criadas se afastaram caminhando como caranguejos, sem virar as costas nem mostrar o rosto.

Ele examinou minha pele novamente, beliscando e, então, analisando seus dedos para ver se saíram resíduos. Estava impressionado, pois a cor não havia sido transferida às suas mãos.

— Qual é o seu nome?

Dei a Nobunaga o nome que os portugueses tinham me dado. Ele tentou repeti-lo, em uma tentativa angustiante.

— Yasuke.

Aquiesci, não querendo contrariá-lo.

— Esta pele. Como é possível?

— Eu venho de muito longe, meu senhor. Esta é a cor do meu povo.

— E todos são tão altos?

— Sim, meu senhor, embora nem todos sejam tão fortes. E nenhum é tão belo.

A piada era arriscada, mas valeu a pena. Nobunaga bateu em meu ombro e riu alto. Os homens ao longo das paredes entenderam a deixa e juntaram-se a ele, o som ecoando pela sala.

— Venha, sente-se! Hoje você será meu convidado. Estou ansioso para aprender mais.

Eu abotoei minha camisa e o gibão. Nobunaga requisitou comida e bebida, o que gerou uma onda de atividade. Um tatame foi colocado do lado direito de Nobunaga, e eu fui instado a me sentar ali. Ranmaru se posicionou atrás de mim. Criados apareciam e desapareciam, tantos e tão rápido que era difícil acompanhar.

Tábuas compridas e planas foram colocadas na frente dos homens no estrado, e depois, na frente dos homens que circundavam a sala. Depois xícaras, depois pratos e mais pratos com pequenas porções. Havia bolinhos de arroz, peixes e carnes de caça que poderiam ser faisões, codornas ou gansos selvagens, servidos junto com rabanetes, feijões, uma pequena batata japonesa, tofu, nozes, inhame, damascos, pêssegos, maçãs, laranjas e ameixas verdes.

Uma jarra de saquê foi trazida, e Nobunaga serviu o primeiro copo para mim com as próprias mãos, algo que reconheci ser uma grande honra. Eu havia evitado o álcool durante a maior parte da viagem, apenas poucos drinques com alguns dos oficiais do navio, e nada desde que chegáramos em terra firme. Meu dever de proteger Valignano exigia que eu sempre estivesse alerta, mas eu estava livre desse dever naquela noite.

Suspeitei que recusar o copo que Nobunaga oferecia seria uma ofensa considerável. Assim, levantei o copo em sua direção com as duas mãos e bebi. Era como fogo, em comparação com o suave vinho português que eu ocasionalmente havia experimentado, e tossi e apertei os olhos, mas Nobunaga apenas riu.

Observei atentamente como meus anfitriões comiam e tentei imitá-los o melhor que pude. Os hashis ficavam desajeitados em minhas mãos largas.

— Você está indo bem, Yasuke. Pegue a comida com os dedos, se precisar. Apenas seja discreto — sussurrou Ranmaru em meu ouvido.

Agradecido, comi depressa, tentando disfarçar minha falta de habilidade. Os sabores haviam sido perfeitamente combinados, e depois de meses das rações do navio, seguidas das refeições limitadas que o senhor Arima conseguiu providenciar enquanto seu castelo estava cercado, então a comida queimada e com gosto de fumaça dos piratas, já em terra, e as ofertas sem gosto nenhum da marcha religiosa até Quioto, eu saboreei cada bocada.

Nobunaga se virou para mim, animado, estalando os dedos.

— Você acha que consegue levantar aquela moça? — perguntou, apontando para uma das criadas. Ela havia acabado de pegar a bandeja de Nobunaga para substituí-la por uma nova e agora estava paralisada. Olhou para seu senhor e, então, para mim, claramente desconfortável por ter sido notada.

Eu me levantei e sorri para ela, de uma maneira que esperei ser reconfortante. Olhei para ela por tempo suficiente para perceber detalhes: os olhos castanhos emoldurados de preto, mas realçados com surpreendentes pontos alaranjados; o queixo estreito e levemente deslocado do centro, como se ela tivesse o hábito de morder o lábio; o cabelo com aroma cítrico fraco. Mas afastei esses pensamentos e fixei o sorriso no rosto. Raramente estive perto de mulheres, e cada vez que estava perto de uma, sentia emoções contra as quais eu tinha de me proteger. Coisas que eu não poderia me permitir sentir.

— Você está segura — falei, imediatamente me sentindo um bobo por fazê-lo.

Fiz sinal para que ela juntasse as mãos, e ela colocou a bandeja no chão. Usei meus dedos para envolver suas mãos entrelaçadas, pequenas e macias dentro da minha, e a levantei facilmente no ar. Virei-me para indicar que outra criada se aproximasse e também a levantei, usando a outra mão.

Os homens bateram palmas e comemoraram, enquanto, no estrado, eu segurava as duas moças acima da cabeça. Nobunaga levantou os braços, entusiasmado. Eu achei difícil conciliar a imagem desse indivíduo amigável com as histórias que ouvira sobre o homem que incendiava templos e ordenava a mortes de mulheres e crianças. Mas havia visto bastante da guerra para saber que alguns homens têm duas almas dentro de si.

— Você tem que me mostrar de onde vem!

Nobunaga distribuiu ordens. A moça com os olhos salpicados de alaranjado foi embora, sem nem me olhar, antes que eu pudesse lhe dizer alguma coisa mais. Um criado correu na direção de Nobunaga, trazendo um pergaminho de lona.

— O seu Monge Organtino ofereceu este presente — disse Nobunaga, desenrolando orgulhosamente o pergaminho. Era um mapa-múndi, lindamente pintado e tão detalhado quanto permitia o conhecimento dos navegadores portugueses. Ele me fitou, na expectativa. Eu podia ver a ânsia por informações novas, a curiosidade que Organtino já havia notado.

Olhei para o mapa, inseguro, não querendo desapontá-lo. Eu havia visto as cartas náuticas nos aposentos do capitão muitas vezes, mas tinham sido traçadas para o mar, não para a terra. Tentei distinguir como aqueles desenhos estavam relacionados ao mapa desenrolado à minha frente. Apontei para onde achava que a África estava, e Nobunaga traçou com os dedos a distância de lá até o Japão.

Observei, mas ao mesmo tempo em que ele estava atônito com o quanto a distância era grande, eu estava atônito com o quanto era pequena. Eu tinha muito pouco interesse no trabalho dos marujos, mas entendia o suficiente para julgar distâncias em um mapa, e embora eu me sentisse a um mundo de distância do lugar para onde havia sido levado a primeira vez, Nobunaga tinha marcado o intervalo com a extensão de uma mão.

— Eu gostaria de ver essa maravilha um dia!

Eu fiquei satisfeito com a animação, mas me lembrava do conselho do Irmão Organtino. Nobunaga podia mudar de um estado de espírito a outro em um segundo. Não havia tempo para reflexão. As coisas haviam começado bem, mas eu estava longe de estar salvo.

Havia mais saquê e mais comida. Os homens sentados no chão da sala principal riam e faziam piadas, mas continuavam dignos, sempre cientes da presença de Nobunaga. Apenas os três homens sentados no nível inferior do estrado permaneciam em silêncio.

Eu os examinei por um momento: o mais velho, de cabelos grisalhos e calvo no topo da cabeça, o homem mais corpulento, com barba espessa e bigode preto, e o terceiro homem, magro, com rosto feio e retorcido e olhos penetrantes. Os três vestiam quimonos de seda, mas por cima deles usavam túnicas com padrões elaborados, largos nos ombros e afinando em direção à faixa na cintura. Eles se ajoelhavam de maneira confortável, com os calcanhares cuidadosamente acomodados sob eles. Ficaram parados a maior parte do tempo, mas cada pequeno movimento tinha a formalidade de uma cerimônia. Notei que somente eles tinham permissão para usar suas espadas no salão, enquanto os homens alinhados nas laterais sentavam-se sem as suas.

Pensei em perguntar quem eles eram, mas desisti. Depois de Nobunaga haver comido até se fartar, ele bateu palmas novamente.

— Tragam um contador de histórias. Vamos ouvir sobre o Vento Divino.

— Nobunaga gostou de você. Essa história é uma das favoritas dele — sussurrou Ranmaru, inclinando-se em minha direção.

Em pouco tempo, as portas de correr que ficavam nos fundos foram abertas mais uma vez, e três homens marcharam em uníssono até o centro da sala. À primeira vista, pensei que eles estavam vestidos como os homens que haviam me retirado da igreja jesuíta, com armaduras de corpo inteiro. Quando olhei mais de perto, porém, percebi que, ao contrário dos cavaleiros e à exceção dos elmos, não havia metal nas armaduras desse trio. Elas eram compostas totalmente de couro grosso, um pouco mais volumoso e de aparência desajeitada. Parecia uma versão mais antiga da armadura dos samurais a cavalo, e se de fato era uma fantasia, quase não houve tempo para aqueles homens a vestirem. A única possibilidade era a de que houvesse um pequeno exército de artistas prontos, esperando para responder a qualquer solicitação de Nobunaga.

Os três homens fizeram uma reverência até o chão, então ficaram em pé de um salto, com uma graciosidade que desmentia o peso das fantasias. A sala ficou em silêncio, e o primeiro dos três homens clamou em voz alta e clara:

— Há três séculos, os mongóis enviaram seus navios às nossas praias. O tirano Kublai Khan tinha conquistado o império chinês e estava buscando o próximo desafio. Ele ainda não tinha ouvido falar do Japão, mas chegaram aos seus ouvidos relatos dos nossos piratas invadindo as cidades costeiras da China e da Coreia, e assim nos tornamos conhecidos dele. No dia em que as velas mongóis foram avistadas pela primeira vez em nossa costa, houve um incêndio no santuário de Hachiman, a grande divindade da arquearia e da guerra. Um presságio muito desfavorável.

A história parecia ser bem conhecida entre todos os senhores e samurais presentes, mas mesmo assim, os homens estavam extasiados, e ninguém mais do que Nobunaga. Arrisquei examiná-lo mais detidamente de perfil. O nó do cabelo amarrado bem baixo na parte de trás da cabeça, as lanternas bruxuleantes sombreando a curva de sua bochecha e do queixo. Ele não estava apenas observando os atores, ele os fitava com o olhar atento, como se quisesse que representassem a história exatamente à sua maneira. Os três atores se espalharam em formação defensiva, com as mãos nas espadas.

— Os navios mongóis atacaram Tsushima em primeiro lugar, e não estávamos preparados para suas táticas selvagens. Nunca antes um exército estrangeiro tinha pisado em nossas terras, e os mongóis avançavam por elas, derrubando-nos.

A narração do ator principal seguia, e os dois outros, atrás dele, caíam dramaticamente, levantavam-se, caíam de novo.

— O honorável samurai Sukesada sacou a espada e derrubou vinte e cinco invasores em combate individual, mas os mongóis eram muitos e saíram vitoriosos.

Os atores sacaram espadas de madeira de suas bainhas e fizeram poses de batalha.

— Eles seguiram para Iki, onde encontraram a mesma resistência corajosa, mas, no final, obtiveram o mesmo resultado. Eles navegaram para a baía de Hakata com os corpos dos guerreiros japoneses pregados na proa de seus barcos e pendurados nos mastros, manchando as velas de roxo com nosso honrado sangue. As forças japonesas se reuniram na costa, esperando o sol nascer e o ataque acontecer, mas à noite, o vento veio. Nos limites da floresta, árvores centenárias foram derrubadas sob sua força. As rajadas arrancaram telhas das coberturas dos templos e as lançaram contra os navios inimigos. A água se agitou com raiva e subiu para atacar. As velas incharam e depois rasgaram, e os mongóis gritaram para serem ouvidos pelo homem ao lado deles. Os navios avançaram para o mar, e quando amanheceu e os ventos se acalmaram, os mongóis fugiram de volta para costas mais seguras.

Os homens inclinaram-se sobre suas espadas, fingindo exaustão, e rezaram em agradecimento pelo tufão que os salvou. O ator principal levantou a cabeça.

— Levaria sete anos para os mongóis retornarem. E a segunda guerra desenrolou-se essencialmente como a primeira. Tsushima, depois Iki e, em seguida, os navios navegando para a baía de Hakata. Eles subiram nos barcos a remo e chegaram à costa como pulgas. Caíram sob nossas flechas, mas continuaram em terra mesmo assim. Para cada mongol que abatemos, outro pegava o corpo e o usava como escudo. Eles empurraram seus mortos em nossa direção e nos atacaram por detrás. Um mar de carne caindo sobre nós, corpos retorcidos e dentes podres, e não podíamos distinguir os vivos dos mortos, a não ser quando percebíamos quais olhos tinham raiva dentro deles e quais não tinham mais.

"Quando ficaram tão próximos que não era possível usar nossas flechas, sacamos nossas espadas e atacamos o horror diante de nós, mas caímos sob seu peso, fomos derrubados de nossos cavalos e massacrados. A linha de combate se rompeu, e os homens recuaram para a cobertura da floresta, abandonando a costa. Corpos de ambos os exércitos estavam espalhados pela praia, mas quando tudo parecia perdido, o céu escureceu mais uma vez. Os mares ficaram turvos, e as águas subiram e espumaram.

"No momento em que o primeiro raio caiu, os navios mongóis já estavam inclinados, sendo perigosamente empurrados para um lado e depois rolando de modo violento para o outro. O capitão de um dos navios interpretou mal as águas e moveu-se junto com as ondas. Assistimos, dos limites da floresta, enquanto a parte traseira do navio era levantada e desmoronava para a frente. O grosso mastro central rachou com o impacto da água, e o convés se estilhaçou. Uma dúzia de mongóis caiu gritando para dentro do mar revolto, removidos vergonhosamente deste mundo para o próximo. Outro barco virou em silêncio e afundou inteiro, desaparecendo como o batimento cardíaco de um moribundo.

"Os capitães remanescentes foram mais decididos nas suas ações, levantando rapidamente as âncoras e deixando-se empurrar para águas mais calmas do mar profundo. Na costa, os mongóis entraram em pânico. Algumas dezenas correram estupidamente em direção aos navios e se lançaram nas águas turbulentas, nadando algumas braçadas curtas antes de serem puxados para baixo, afogando-se. Outros se espalharam pela praia em qualquer direção. A maioria apenas ficou parada e assim permaneceu, enquanto pegávamos nossos arcos e acalmávamos nossos cavalos. Nos dias que se seguiram, eliminamos os mongóis nas praias e nas florestas, rastreando até o último deles e acabando com todos. Nunca mais seus navios retornaram às nossas costas. Mais uma vez, o Vento Divino atacou a favor do Japão e varreu nossos inimigos."

Todos na sala ficaram em pé e comemoraram. Os atores retiraram seus elmos e fizeram uma reverência baixa, primeiro em direção ao estrado, depois voltados para cada uma das direções e mais uma vez para o estrado antes de voltar pelo caminho que vieram. Nobunaga ergueu o queixo, como se a vitória contada pelos homens fosse a sua própria.

— *Tenka fubu*! — gritou um dos homens da sala, com seu copo levantado para Nobunaga.

Os outros se somaram ao grito, e logo todos os homens na sala estavam em pé com os copos voltados para Nobunaga, exclamando:

— *Tenka fubu*! *Tenka fubu*!

Fiquei indeciso por um momento, tentando descobrir a tradução.

Tenka fubu.

O reino sob uma única espada.

7

Era tarde quando retornei à igreja jesuíta, escoltado por quatro soldados de Nobunaga. Por um breve momento, depois da história do Vento Divino, o clima havia ficado melancólico, mas em pouco tempo já estávamos em festa. Um homem sentado encostado à parede solicitou corajosamente que o estrangeiro os agraciasse com uma história, e eu, a pedido de Nobunaga, obedeci.

Tive a sensação de que a plateia era composta principalmente por guerreiros, para meu alívio. A política me deixava intranquilo, mas eu me sentia confortável com os costumes dos soldados. Comecei a contar a história de como derrotei um comandante sultão e seus dois guardas, todos nós montados em camelos. Se existia uma palavra em japonês para "camelo", eu não a conhecia, então descrevi grandes cavalos, uma cabeça e meia mais altos que os corcéis japoneses, com pelos curtos e desgrenhados e corcundas nas costas, onde carregavam água para que conseguissem atravessar os desertos por dias sem beber. Arranquei murmúrios espantados da audiência enquanto descrevia os cavalos altos, com corcundas, carregando príncipes ou guerreiros, detalhando as vestes esvoaçantes e as lâminas curvas de meu inimigo.

Tentei imitar os movimentos dramáticos dos atores enquanto narrava a batalha, e quando voltei para o tatame ao lado de Nobunaga, os homens comemoraram minha vitória. Eles gritaram especialmente alto quando descrevi que, para remover o sultão de sua montaria, eu havia batido no rosto do camelo com a mão nua. Quando Nobunaga se virou para mim e perguntou baixinho se a história era verdadeira, respondi:

— Nenhuma palavra dela, meu senhor.

E isso fez Nobunaga dar um sorriso largo e servir mais bebida.

Quando fui liberado ao final da noite, saí da sala andando de ré e fazendo reverência a todos os meus anfitriões, mas com maior intensidade para Nobunaga. Bati a parte de trás da cabeça sonoramente ao chegar ao batente da porta, conquistando uma última risada do grupo antes de partir.

Agora, no portão da igreja, respirei profundamente o ar noturno e organizei as ideias. Eu não estava exatamente bêbado, mas já estava cansado quando a noite chegou e, naquele momento, estava com os olhos pesados e os pensamentos lentos. Um soldado bateu no portão e ouviu-se o som de pés, calçados em sandálias, caminhando rapidamente pelo pátio. Eles ficaram esperando.

O portão foi aberto, e Irmão Organtino parou do outro lado. Seu olhar, que primeiro foi de alívio, se tornou de curiosidade. Ele fez uma ligeira reverência aos soldados, que deram meia-volta e se afastaram sem dizer uma palavra.

Organtino tocou a manga de minha camisa.

— Você bebeu?

— Eu quis ser educado.

— O Padre Valignano não vai gostar. Venha. — Organtino suspirou, mas pensei ter visto um arremedo de sorriso.

O portão se fechou, e nós entramos. Organtino fez um aceno, e trouxeram chá, cuja xícara fumegante praticamente sumiu dentro de minha mão. Valignano realmente não ficou satisfeito, o desdém aparente em seu rosto. No entanto, depois de passar tanto tempo na companhia de marujos, ele havia aprendido a reduzir seus padrões religiosos, ao menos em relação a quem lhe era útil.

— Parece que você foi bem recebido.

Aquiesci. O que eu mais queria era me deitar em meu colchão e dormir, mas isso não ia acontecer. Bebi o chá, absorvendo seu calor.

— Havia muita gente lá, levando presentes e fazendo fila para prestar homenagens. Poucos foram admitidos. Dentro da sala, havia cerca de duas dúzias de homens, provavelmente a maior parte sentada no chão. Três deles estavam em um estrado, e Nobunaga estava acima de todos.

— O que você aprendeu sobre ele?

Fiz uma pausa, revisando o que havia observado e o que poderia ser útil. Nobunaga tinha revelado muito pouco.

— Ele foi amigável. Seu comportamento foi digno, embora seja evidente, pela maneira como os outros o observavam, que ele é temido. Ele encorajou que todos bebessem, mas ele mesmo bebeu muito pouco. Como o Irmão Ambrosius apontou, ele gosta de receber presentes de outras terras. Estava particularmente orgulhoso de um mapa que ganhou do Irmão Organtino.

Organtino balançou a cabeça, satisfeito. Valignano estava impaciente.

— Cruel ou bondoso? Esperto ou estúpido? Perspicaz ou ingênuo?

— Vi muito pouco para poder dizer.

Valignano deu uma bufada.

— E os três homens que estavam sentados abaixo dele?

Descrevi os três o melhor que pude, enquanto Organtino concordava com a cabeça. Quando terminei, ele ofereceu detalhes adicionais.

— São os generais de Nobunaga. O pequeno, com o rosto enrugado, é Toyotomi Hideyoshi. Ele tem a reputação de ser um excelente estrategista e também tem muita habilidade política. Quando as forças de Nobunaga estavam cercando o Castelo Inabayama, Hideyoshi fez amizade com um agricultor local e descobriu que havia um caminho de cabras que ia até a parede dos fundos do castelo. Hideyoshi levou um pequeno grupo de homens pelo caminho. Eles escalaram a parede durante a noite, incendiaram os armazéns para distrair os soldados que estavam dentro do castelo e abriram o portão para que o exército de Nobunaga entrasse marchando. Um cerco que teria durado um mês acabou em um dia.

"O homem gordo que você viu é Tokugawa Ieyasu. Ele próprio é um daimiô e senhor da província de Mikawa, mas ele jurou lealdade a Nobunaga, e até agora, essa promessa se mostrou inquebrável. Ele é ousado, às vezes demais, mas também é paciente e extremamente leal. Uma vez, ele defendeu um castelo contra o clã Takeda com apenas cinco samurais. Ele ordenou que os portões fossem abertos e que todos os braseiros fossem acesos, então fez com que um de seus homens tocasse os tambores de guerra. Os Takeda teriam saído vitoriosos com facilidade, bastava entrar pelos portões, mas convenceram-se de que era uma armadilha. Decidiram acampar do lado de fora, em vez de tomar o castelo, dando tempo para que os reforços chegassem.

"O terceiro general, o mais velho dos três, é Akechi Mitsuhide. Um homem dado à arte e à filosofia, mais do que à guerra, mas perigoso de uma forma muito particular. Sua atuação foi crítica na costura da política que apoiou a derrubada do xogunato Ashikaga por Nobunaga. Antes disso, ele passou anos como um ronin, um samurai sem um mestre. Tinha servido o clã Saitô por muito tempo e não se juntou a Nobunaga imediatamente após sua derrota, então não estava jurado a nenhum daimiô. Não sabemos o que o fez mudar de ideia, mas, pelo que dizem, estava muito pobre. Quase sempre é assim com os ronin: a perda do seu senhor também significa a perda das suas terras, e isso geralmente os leva à pobreza rapidamente. Muitos recorrem ao crime para sobreviver, mas dizem que Akechi manteve seus padrões morais. Tem uma história que diz que uma vez ele ofereceu um jantar a amigos e que a mulher dele vendeu seus cabelos para pagar pelo evento. Quando ele descobriu, ficou tão abalado que jurou nunca ter uma concubina, não importa a posição em que estivesse."

— Hum. Um homem de honra, pelo menos.

Lembrei-me de Valignano parado estoicamente enquanto a amante de Arima era levada embora em lágrimas. Embora nenhum dos padres pudesse se casar, circulavam rumores de alguns que eram conhecidos por frequentar bordéis, e Valignano sempre havia reagido com desgosto à mera menção desses boatos. A infidelidade era um pecado para o qual ele não tinha um pingo de paciência.

Valignano esfregou os olhos, e a demonstração de fatiga dele intensificou o cansaço que eu sentia. Eu bebi mais um pouco do chá, mas não falei nada, esperando que a conversa acabasse logo e eu pudesse dormir.

— Não devemos julgar a honra deles pelos nossos parâmetros, Padre Valignano.

— Ao contrário, Irmão Organtino. Isso é precisamente o que nos foi pedido para fazer. Podemos até decorar nossas igrejas para ficarem parecidas com os templos deles, aprender a língua e os costumes deles, mas não devemos comprometer nossa moralidade. Vamos trazê-los para mais perto de Deus, irmão, não deixar que nos levem para longe Dele.

— Claro. — Organtino abaixou a cabeça em retratação. — Vou trabalhar para arranjar uma reunião para você imediatamente, Padre.

A xícara deslizou de minha mão e caiu no chão. Do canto da sala, fitei com olhos turvos os dois padres, agora carrancudos.

— Acho que preciso dormir — falei.

IRMÃO ORGANTINO MANTEVE SUA PALAVRA, e dois dias depois, eu estava novamente em frente a Nobunaga.

No dia anterior, os exércitos do senhor Nobunaga haviam desfilado de forma majestosa pelas ruas de Quioto. Padre Valignano perguntou novamente sobre a recepção em Honnō-ji, e contei a ele cada detalhe do qual consegui me lembrar: ser esfregado por uma escova, a pronúncia errada de meu nome, a performance dos atores e minhas observações sobre os homens que estavam na sala, os três generais e o próprio Nobunaga.

À medida que eu falava, o cortejo marchava pela rua abaixo de nós. Primeiro a cavalaria, guerreiros com armaduras leves em cavalos de pelagem elegante e bandeiras com o emblema Oda presas às selas, que tremulavam preguiçosamente enquanto os homens passavam trotando. Em seguida, os *ashigaru*, soldados de infantaria com elmos de couro e roupas largas, com brafoneiras de metal e uma couraça composta por uma série de abas de couro que cobriam o peito como escamas. Eles marchavam atrás dos estandartes Oda e carregavam *naginatas*, uma arma semelhante à minha lança, mas com uma haste de aparência mais fina e uma lâmina mais longa e curva, provavelmente mais adequada para enganchar e cortar, enquanto a minha era destinada a esfaquear e, se necessário, arremessar.

Os samurais de Nobunaga não participavam da marcha. Estariam aguardando no pátio do Palácio Imperial ao lado dos três generais, o filósofo mais velho, Akechi Mitsuhide, o leal de queixo duplo, Tokugawa Ieyasu, e o magro estrategista, Toyotomi Hideyoshi. Também estariam lá o imperador e o próprio Nobunaga.

Nós ficamos no segundo andar da igreja jesuíta enquanto o cortejo seguia seu caminho pelas ruas de Quioto, na direção do Palácio Imperial. Observei com a mentalidade de um guerreiro, estudando como eles se moviam, as armas que carregavam, o espaço entre os homens e a precisão de sua coordenação. Valignano, acompanhado de Organtino, observou com a mentalidade de um político.

— Por que a demonstração de força? — perguntou Valignano.

— O imperador ainda é o líder divino do Japão — explicou Organtino. A sobrancelha de Valignano franziu com o uso da palavra “divino”. — Contudo, ele não tem força militar. O imperador sempre confiou a defesa aos xoguns. Com o tempo, a posição de xogum substituiu a do imperador como o verdadeiro governante do Japão, com seus *shugo* posicionados como governadores das províncias. Mas o controle do xogunato também se perdeu, e os *shugos* das províncias começaram a agir de maneira independente. Eles mantinham os impostos para si, em vez de enviar para a capital, e lutavam com as províncias vizinhas na tentativa de expandir seu território. Os *shugo*, que tinham sido designados para servirem como governadores do xogum, tornaram-se daimiôs independentes, ou senhores guerreiros, gerando a divisão do Japão e um estado de guerra que durou cem anos.

— Mas agora Nobunaga removeu completamente os xoguns e está unificando as províncias novamente. O imperador precisa se apoiar exclusivamente nele.

— Precisamente. A política aqui é um equilíbrio complicado entre a tradição e a realidade. O imperador não deve, nunca, perder o prestígio. Nobunaga o homenageia com esse desfile e, ao mesmo tempo, deixa claro ao imperador que agora ele é a força militar proeminente no Japão. Simultaneamente, mostra aos daimiôs remanescentes que ele controla o imperador, o que também faz dele a mais proeminente força política no Japão.

— Aquele que controla a coroa é mais forte do que aquele que a usa.

Organtino aquiesceu, e Valignano voltou a assistir ao desfile. As rodas em sua cabeça, como sempre, estavam girando.

O TEMPLO HONNŌ-JI ERA UMA massa de corpos em movimento quando fomos escoltados para dentro. Em todos os lugares, homens e mulheres estavam desmontando decorações, embalando comida, roupas e armas, carregando carroças e alimentando, dando água e ferrando os cavalos. Com a apresentação ao imperador finalizada, Nobunaga estava claramente ansioso para deixar Quioto.

Valignano havia trazido seu próprio séquito, quando convocado: além de mim e do Irmão Organtino, havia cerca de uma dúzia de padres menores, carrinhos de transporte e caixas. Um dos guardas do portão iniciou uma inspeção, mas outro rapidamente o afastou. Parece que Nobunaga havia ordenado que fôssemos tratados com respeito. Mesmo assim, pediram que eu entregasse minha lança, bem como minha espada. Entrei na antessala mais uma vez desarmado.

Sem as duas dúzias de homens alinhados ao longo das paredes, a sala principal parecia muito maior. Nobunaga estava sentado no nível mais alto do estrado, com a magnificência de um imperador. Os três generais, que duas noites antes sentavam-se abaixo dele, não estavam presentes. Apenas o jovem de pele macia e olhos escuros, Ranmaru, que nos acompanhou antes de se posicionar ao lado de Nobunaga.

Organtino começou os procedimentos.

— Senhor Nobunaga, como sempre, tenho grande prazer em vê-lo, e nos sentimos honrados por estarmos sendo recebidos. É também com imensa honra que lhe apresento um homem de muita estima e posição elevada dentro da nossa Igreja, que viajou por muitos meses, por mar, esperando ter a oportunidade de conhecê-lo. Apresento o Padre Alessandro Valignano, Visitador das Missões nas Índias.

Valignano fez uma reverência, mas não tão baixa quanto a ocasião exigia, e certamente não por equívoco. Nobunaga inclinou de leve a cabeça, relevando a desfeita. Não havia nem sinal do relaxamento e da informalidade de nosso encontro anterior. Nobunaga nem sequer tinha olhado em minha direção ainda ou reconhecido de qualquer forma minha presença. Eu estava parado próximo do ombro de Valignano, poucos passos atrás dele. Ele deu um passo à frente.

— Como Irmão Organtino declarou, eu realmente venho de longe, meu senhor. Trago saudações do Papa em pessoa, que expressou sua gratidão por sua permissão para que possamos trazer a palavra de Deus ao seu povo. Espero que nosso Deus abençoe o senhor em sua missão e que o senhor permita que continuemos com a nossa.

Valignano acenou com a mão, e as caixas foram levadas para a frente.

— Espero que nos dê o prazer de aceitar nossos pequenos presentes.

As caixas foram abertas e os itens foram apresentados. Cálices de cristal fino e garrafas do melhor vinho português, mantos e peles de veludo e intrincados colares de ouro. Nobunaga inspecionou cada presente obedientemente, segurando os copos contra a luz, esfregando os tecidos entre os dedos, mas demonstrou pouca reação antes de Ranmaru recolher os itens e convocar os criados para levá-los embora. Nobunaga ainda não havia falado.

Padre Valignano estava de costas para mim. Eu não conseguia ver seu rosto, então não pude saber se suas próximas palavras haviam sido cuidadosamente planejadas ou habilidosamente improvisadas, mas nenhuma das opções as tornaria menos chocantes.

— Trago um último presente, do tipo que não existe em lugar nenhum no Japão. Se a Igreja for autorizada a continuar seu trabalho aqui, estaremos sob a proteção do senhor Nobunaga. Isso significa que não precisarei mais de proteção pessoal.

Senti minha pele contrair. Não havia mais caixotes na sala, nada para ser levado à frente. Fixei os olhos na parte de trás da cabeça de Valignano, como se com isso pudesse impedi-lo de falar. Os outros na sala ainda não haviam feito a conexão.

— Ofereço um dos melhores guerreiros que já conheci em todas as terras. — continuou Valignano. A compreensão do que estava para acontecer começou a se infiltrar pela sala, e pude senti-la como uma onda física. Ao meu lado, o braço de Organtino tremeu. — Treinado desde muito novo e tendo passado metade da vida em exércitos, ele pode ser jovem, mas é um velho soldado. Hábil na espada, lança, punhal, arco, clava e arcabuz, e também em estratégia. Ofereço meu criado, aquele que você chama de Yasuke.

A onda arrebentou, e seus efeitos alcançaram todos que estavam na sala. Valignano e Nobunaga se encaravam, sem piscar. Apenas Organtino reagiu, olhando para mim com os olhos arregalados e indicando que não sabia nada a respeito daquilo. Nobunaga sorriu ligeiramente, como se aquela fosse a concessão que ele estava aguardando, e ponderei se aquela troca havia sido previamente combinada. Não seria incomum que Valignano enviasse emissários perguntando discretamente quais presentes seriam mais bem-vindos, mas ele era igualmente hábil em ler um homem na hora e oferecer o que mais lhe interessava.

Senti um aperto no peito, como se o ar de meus pulmões tivesse sido substituído por gelo. Pensei em falar, em determinado momento, mas não sabia o que sairia. O que eu poderia dizer? Sozinho naquela sala, eu não tinha poder nenhum. Não tinha a Igreja para me apoiar, como tinham Valignano e Organtino, nem um clã para me proteger, como Nobunaga e Ranmaru. Fui arrancado da minha aldeia e do meu povo, separado daqueles que poderiam me amparar e forçado a depender da boa vontade e dos recursos de pessoas que me trocariam na primeira oportunidade que vislumbrassem algo de maior valor.

Eu estava com raiva de Valignano, mas muito mais de mim mesmo por ter, de forma tão estúpida, julgado mal qual era meu lugar. Servi Valignano e a Igreja por muito tempo e da melhor forma e fui bem tratado por eles, mas não éramos da mesma espécie. Eu era propriedade. Os que eram da minha espécie haviam ficado nas ruas e na terra da aldeia africana, ou na Índia, no cais do porto.

Permaneci firme e sem expressão. Não havia nada a ser dito ou feito. Com algumas poucas palavras, eu havia sido vendido novamente.

II

O Castelo Azuchi

Quem não conhece a ordem que a nossa carne deve atender para retribuir a bondade e que a vida deve atender para vínculos e obrigações morais?

— Da peça de teatro Noh, *Tomoe*

8

Meu pai estava viajando quando os traficantes de escravos chegaram em nossa aldeia.

Quando criança, eu passava a maior parte do dia no breu das cavernas, tirando pedaços de pedra das paredes e colocando-os em sacos aos meus pés. A poeira estrangulava meus pulmões, e eu sabia que os outros garotos estavam próximos só porque eles faziam barulho ao tossir. Os meninos mais velhos arrastavam as pedras para a luz do dia e as quebravam, procurando vestígios de ferro, e uma ou duas vezes ao dia entravam nas cavernas com pão e tigelas de ensopado ralo, que comíamos pelo tato.

Eu era mais forte do que a maioria dos garotos mais velhos, apesar de ainda não ter atingido a idade de passar pelo corte. Depois de horas na caverna, nós emergíamos com os dedos feridos e sangrando e deixávamos que o sol forçasse nossos olhos a abrirem novamente. Se o volume fosse bom, os adultos colocavam fogo em uma grande fornalha no centro da aldeia e derretiam o ferro no fogo alto, depois vertiam o líquido para arrefecer e transformavam-no em inúmeras coisas: ferramentas, joias, armas. Nós trocávamos essas coisas por tecidos e grãos com visitantes árabes ou indianos, ou alguns de nossos homens carregavam tantas sacas quanto suas mulas e seus cavalos conseguissem suportar e partiam por dias seguidos, negociando com outras tribos da região e, às vezes, mais longe.

Meu pai era um desses comerciantes, e ele retornava dessas viagens com histórias fantásticas sobre cidades com grandes torres de argila, mercados repletos de mercadorias estranhas, reis e rainhas de incrível riqueza e que tinham correntes douradas unindo a orelha ao nariz, suas mãos adornadas com rubis e esmeraldas do tamanho de besouros. Ele nos contava de livrarias com fileiras e mais fileiras de livros escritos em pergaminho e couro, animais correndo pelas planícies, pendurados no alto das copas das árvores ou descansando preguiçosamente à margem de riachos e poças de maré, e de homens que se cobriam de cinza seca para parecerem fantasmas, ou que perfuravam a pele para, com as cicatrizes, fazer desenhos em si mesmos.

Uma vez minha mãe me perguntou o que eu faria quando me tornasse um homem. Será que seguiria os passos de meu pai?

Eu havia acabado de alcançá-la na estrada de terra que saía dos territórios de cultivo compartilhados de nossa aldeia. Ela estava com mais três mulheres, carregando cestas de inhame e painço, e eu a assustei quando me aproximei.

— Você está quase tão alto quanto seu pai! — exclamou ela, me repreendendo. — Quando foi que isso aconteceu? Quando meu filho cresceu tanto assim?

É verdade que eu costumava levantar os olhos para olhar para minha mãe, e agora, eu a olhava nos olhos. De repente, fiquei tão surpreso com esse fato quanto ela, brincando, havia ficado. Abaixei minha cabeça e caminhei ao lado dela.

— Esse aí vai ser um gigante — profetizou uma das outras mulheres. — Vou manter meu filho em uma cesta, à noite, para impedir que ele cresça tanto.

As mulheres riram, mas minha mãe parecia desconfortável.

— Logo meu filho será um homem — declarou ela às mulheres. E, então, se virou para mim. — Você vai ter escolhas a fazer. Não ainda, mas em breve. Vai continuar nas minas? Vai ser um andarilho, como seu pai?

Ela havia pretendido dizer a última parte de forma mais leve, mas falhou.

— Meu pai é um bom contador de histórias. — Garanti a ela. — Ele descreve tão bem as terras que vê, que não sinto necessidade de vê-las por mim mesmo. Vou ficar aqui.

— A aldeia não é muito pequena para você?

— Não. Nem a minha mãe, não importa o quanto eu fique mais alto que ela.

Ela abriu um sorriso do tamanho do rosto, e senti como se o sol nascesse em meu peito.

— Se você pretende ser um homem, meu filho, precisa aprender a coisa mais importante: como servir uma mulher.

Ela me entregou sua cesta, e as outras três mulheres se aproximaram, uma por uma, para empilhar suas cestas em meus braços. Rindo, levantaram as saias e correram pela estrada até a aldeia, como crianças.

Tentei equilibrar as cestas, mas elas balançaram em meus braços trêmulos. Então, antes que eu conseguisse dar um único passo, a cesta de cima tombou e entornou pela estrada, fazendo os inhames voarem em todas as direções. Coloquei as cestas no chão e comecei a correr atrás dos inhames. Eu ainda conseguia ouvir a risada de minha mãe ao vento.

Quando meu pai não estava viajando, ele entalhava madeira. Fazia móveis para outros aldeões, ou pequenos totens que poderia comercializar, mas principalmente máscaras.

Em um de nossos últimos dias juntos, encontrei-o sentado em um tronco no quintal, com as ferramentas na mão, inclinado sobre um trabalho novo que estava em cima da mesa.

— Posso ver? —perguntei.

— Você sabe que não.

Ele cobriu o trabalho com um tecido.

— Nem uma espiadinha?

Meu pai riu. Ele parecia mais velho do que era e tinha a pele marcada e desgastada pelas viagens constantes, mas quando sorria, ele rejuvenescia, e seus olhos escuros brilhavam de alegria. A pele dele era mais clara que a minha e a de minha mãe; ele viera de outra aldeia, muitos anos antes, para se casar com ela. Ele tinha os ombros largos, mas era magro. Durante a vida, usou mais seu charme do que o corpo para se sustentar, e agora, também para ajudar no nosso sustento.

— Todo ano você pergunta, e todo ano você já sabe a resposta. Você vai ver a máscara quando o festival começar, não antes. E vai ter que adivinhar qual sou eu.

— Eu sempre sei qual é você — falei.

— Sabe como?

Não respondi. Não queria contar que ele sempre olhava diretamente para mim através da máscara, porque tinha medo de que ele parasse de fazer isso.

O festival era minha época preferida do ano, e cada homem e mulher da aldeia estava preparando sua fantasia e suas canções. As mulheres pintavam o rosto de branco, batiam os pés e cantavam enquanto criavam ritmo na pele esticada dos bongôs, e os homens dançavam de forma alternada, usando máscaras intrincadamente esculpidas. Eles se apresentavam sobre pernas de pau, os braços decorados com penas e miçangas, e as pernas, assim como as pernas de pau, cobertas com tecidos de estampas brilhantes.

Durante toda minha vida, ansiei pelo dia em que teria idade suficiente para me juntar a eles. Estudava seus movimentos — como eles agitavam os pulsos para fazer as contas chacoalhar, como conduziam os tocos das pernas de pau até o chão, como flexionavam os quadris para impulsionar para cima e viravam os tornozelos para um lado e para o outro para permitir que o corpo oscilasse dentro das túnicas, como juncos balançando ao vento. Enquanto eu observava, seus movimentos pareciam ficar lentos, cada gesto em seu próprio momento individual, e entendi o propósito de cada contração e flexão, guardei-os na memória e no desejo, armazenando o conhecimento para o dia em que eu seria capaz de replicar a apresentação.

— Venha cá.

Eu me sentei no tronco, perto de meu pai. Ele colocou a mão no meu ombro.

— Este é o seu décimo segundo ano. Logo você vai para a choupana dos M'Mwera, com outros meninos da sua idade. É quando você começa a se tornar um homem. Enquanto estiver lá, os *mwene*[1] vão treinar você nos hábitos e costumes do seu povo.

Ele hesitou e, então, enfiou o braço embaixo do pano que cobria seu trabalho e puxou uma pequena enxó. Era uma ferramenta que ele usava para entalhar: continha uma placa de metal lisa e cortante presa a um cabo curto de madeira. Ele sorriu, travesso.

— Mas isso não significa que você não possa começar desde já. Pegue. Agora é seu. — Ele me entregou a enxó. — Isso vai ser o nosso segredo. Agora vá pegar um pedaço de madeira.

---

1 *Mwene* é uma palavra moçambicana que significa chefe, líder. (N. da T.)

Eu corri para escolher um bloco de madeira da pilha que ficava atrás de nossa choupana, e meu pai começou a me ensinar a entalhar.

ALGUNS DIAS DEPOIS, MINHA MÃE fez um ensopado picante de peixe para o jantar, que era o favorito de meu pai. Eu soube, pela refeição, que ele partiria pela manhã, para lugares distantes, para negociar mercadorias com homens estranhos.

Acordei cedo, na esperança de me despedir. A carroça dele estava carregada, e ele estava parado ao lado de minha mãe na fraca luz do amanhecer. Ele encostou sua testa na dela. Observei as formas do corpo deles contra o nascer do sol, conectadas. Preferi não interromper.

Depois que meu pai desapareceu de vista, minha mãe voltou para a varanda. Sentei-me ao lado dela em frente à nossa casa, observando os madrugadores irem e virem e, ocasionalmente, acenando ou gritando uma saudação rápida.

Minha mãe era tudo o que meu pai não era: escura, de pele lisa e forte. Seus braços eram musculosos por causa do trabalho nos campos, e suas mãos eram tão grandes e poderosas quanto as de qualquer homem da aldeia, mas ela se movia com uma elegância que suavizava seu físico.

— Vou sentir a sua falta quando estiver na choupana — falou.

— Só vou daqui uns dias.

— E eu vou ficar aqui sozinha.

Ela esfregou os olhos, fingindo chorar. Dei um empurrão nela com meu ombro, e rimos juntos. Minha mãe se inclinou na minha direção e levantou uma sobrancelha.

— Seu pai disse que algumas das ferramentas de entalhe sumiram. Acho que temos ladrões, não é? Ou, quem sabe, espíritos entediados procurando alguma coisa com que se ocuparem. Não consigo pensar em outra explicação.

— Eu... sim... eu estava...

— Vá — interrompeu ela. — Me mostre o que anda aprontando.

Entrei em casa e retornei com uma máscara na qual estivera trabalhando sempre que meus pais estavam ocupados.

— E o que seria isso? — perguntou ela.

— É um rinoceronte — respondi. — Pelo menos, eu acho que é. Pelo que o meu pai descreveu.

Ela deslizou o dedo sobre a madeira, tocou a ponta do chifre, virou a máscara para inspecionar o lado de dentro.

— Eu não sei como se parece um rinoceronte. Vamos perguntar ao seu pai o que ele acha, quando ele voltar. Mas o trabalho está bom. Você tem talento.

Fiquei radiante com o elogio.

— Quando eu participar do festival... você vai tocar o tambor para mim? Enquanto eu danço?

Ela me devolveu a máscara e beijou minha testa.

— Vou tocar para você até que a pele do tambor desintegre. Vamos ver quem vai ceder primeiro: meus braços ou seus pés de dançarino.

NO DIA EM QUE FUI levado, saí da caverna onde meninos da minha idade retiravam pedras em busca de minério, cansado e com fome, pois havíamos trabalhado muito além da hora em que a comida deveria ser levada para baixo.

Continuamos trabalhando, removendo a camada externa da caverna, pedaço a pedaço, até que o chão ficou repleto de sacos de pedras e nossos estômagos ficaram vazios; então, escalamos o poço da caverna com a ajuda das cordas que amarramos nas paredes. Eu saí para o sol forte, piscando e com a cabeça baixa, sem poder olhar para nada que não fossem minhas próprias pegadas na poeira de pedra até que minha visão se adaptasse. Quando consegui olhar para cima, enfim, meus olhos registraram um desacerto que, a princípio, não consegui compreender.

Fiquei parado ao lado dos outros meninos, olhando para a extensão da aldeia. E, de início, vi apenas as casas e a fornalha onde o minério era derretido, as árvores a distância e, mais longe, o começo da descida que conduzia às planícies. Foi somente depois de piscar repetidas vezes que consegui enxergar o resto.

Os corpos dos adultos e da maioria dos meninos mais velhos estavam espalhados pela aldeia. Os poucos meninos que restavam e todas as meninas mais novas estavam ajoelhados perto da fornalha, as mãos amarradas nas costas. Procurei minha mãe, mas já havia percebido que ninguém tinha sido poupado. Fechei meus olhos aos mortos imediatamente e, quando os reabri, olhei apenas para os vivos, encarando aqueles que estavam amarrados junto à fornalha e não permitindo que meus olhos ou que minha mente vagassem na direção dos corpos. Foi nesse momento que percebi os estranhos.

Meu pai havia contado histórias sobre os homens brancos com quem se encontrava nas cidades, negociando por remédios e ferramentas, mas os doze que se juntaram à nossa volta foram os primeiros que vi. O rosto deles era coberto de pelos, eles tinham olhos profundos e vestiam roupas de formato esquisito. Tinham os músculos rijos da juventude, mas a pele enrugada da velhice. E estavam gritando conosco, palavras de uma língua que não conseguíamos compreender, curtas, incisivas e emitidas de forma violenta.

— Espíritos! — gritou um dos meninos. Ele pulou de susto, tropeçou para trás e caiu pela boca da caverna. O som do corpo dele quebrando contra as pedras no chão jogou o restante de nós em movimento.

Corremos em todas as direções. Alguns buscaram refúgio em suas casas, outros voltaram para a caverna, mas desta vez descendo com cuidado e usando as cordas. Um menino chegou até o limite da aldeia e tentou galgar o tronco de uma grande árvore. Eu passei correndo pelos estranhos, em direção à fornalha. Vi o medo nos olhos dos meninos e meninas ajoelhados lá, mas não tinha nada que pudesse ser usado para cortar as cordas. Puxei os nós com os dedos, sem conseguir afrouxar, e então me sentei na frente deles, entorpecido, tentando acalmá-los.

— Não vou deixar que levem vocês — fiquei repetindo.

Era uma promessa que eu não tinha o poder de manter. Os homens nos recolheram sem muita resistência. Fizeram com que caminhássemos por dias, com os pés nus. Atravessamos terras que eu nunca havia visto. Às margens do grande lago, eles nos empurraram para outros homens brancos, um a um. Os novos homens seguraram nossos testículos, balançaram nossos ombros com rudez, enfiaram os dedos em nossa boca e esfregaram nossos dentes. Eles nos jogaram nas barrigas dos barcos, como carga, de volta à escuridão.

Nossas camas eram duas tábuas de madeira aparafusadas lado a lado ao casco do navio, quase largas o suficiente para repousar em águas calmas e impossíveis de segurar em águas agitadas. Havia um único balde no canto, mas ele caiu no mar uma hora depois de deixarmos a costa e nunca foi substituído, então ficamos deitados nas tábuas estreitas, tremendo e ficando cada vez mais sujos. Vomitamos enquanto o navio balançava, e rolar nas tábuas e uns contra os outros foi algo que não conseguimos evitar. Em intervalos irregulares, a porta era aberta e baldes de um mingau pastoso eram despejados no chão coberto de sujeira endurecida, para que juntássemos e disputássemos. Os meninos chutavam as tábuas do casco, forçavam-nas com as mãos ensanguentadas, gritavam e balbuciavam incoerentemente sobre voltar para casa.

Vi a luz do nascer do sol passar doze vezes pelas ripas acima de nós antes de os barcos pararem. Fomos levados ao ar livre por homens que cobriam a boca e o nariz e nos batiam se nos aproximássemos. Nossas pernas cambaleavam, não confiando mais na quietude da terra. Nossas roupas surradas foram arrancadas e queimadas, e baldes de água foram jogados em nós. A poça de resíduos ao redor de nossos pés corria marrom e cinza e carregava amontoados de coisas pela lateral do cais e para o mar. Também havia corpos ali, daqueles que não sobreviveram à viagem e que, mais tarde, eu soube que haviam sido esquartejados e vendidos aos agricultores como alimento para porcos e cães.

Dias de pouca comida e descanso menor ainda, combinados com doença, desidratação e diarreia, haviam nos esgotado. Reservei toda a energia que restava. Enterrei fundo tanto as lembranças do passado quanto os pensamentos sobre o futuro. Vivia uma respiração de cada vez e não me importava com o que acontecera antes nem com o que viria depois. A inspeção no cais, a limpeza rude e a triagem, tudo aconteceu em um borrão. Cada grama de foco que conseguimos reunir foi usada para nos orientar, na tentativa de determinar onde estávamos, quanto tempo havia passado ou quanto havíamos perdido. Quantos de nós haviam sobrevivido e quantos não.

Eu não sabia onde estava, mas sabia que estava longe de casa, longe demais para que meu pai um dia conseguisse me encontrar. Pensei nele retornando da viagem. Será que ele avistaria de longe os sinais de violência, ou será que entraria na aldeia esperando que tudo estivesse como antes? Estaria sorrindo ao se aproximar e, como sempre, ansioso para nos ver depois de uma viagem? Pronto para beijar sua esposa, só para encontrá-la morta? Pronto para abraçar seu filho, só para descobrir que estava desaparecido? Meu coração doía ao imaginar a tristeza dele. O sentimento de perda. Senti a dor dele mais intensamente do que sentia a minha própria.

9

Eu havia me esquecido da vergonha de ser vendido. Muito tempo tinha se passado desde a última vez que aconteceu, e eu tinha começado a me enxergar mais como um criado de Valignano; algumas vezes até mesmo como seu confidente. Foi Valignano que me comprou o primeiro conjunto de roupas que nunca tinham sido usadas antes por outro homem. Ele foi o primeiro, desde que fui separado de meu povo, a perguntar e ouvir minha opinião sobre qualquer assunto. Ele me ensinou, mas, diferente dos jesuítas, não com livros. Ele me ensinou com sua experiência, como faria um pai. Permitia que às vezes eu o desafiasse e questionasse e eventualmente buscava meu conselho em questões menos importantes. No entanto, no que pareceu um ato espontâneo, ele havia me lembrado do meu lugar. Que meu destino não me pertencia. Que minha avaliação de mim mesmo havia sido superestimada, pois passei a crer que valia mais como pessoa do que como propriedade. Ele havia me lembrado de que eu era um escravo em uma terra estranha, muito longe de casa. E que, desde que era uma criança, nunca fui outra coisa.

Eu tentei fugir, uma vez.

A partir do momento em que emergi da mina, no dia em que fui levado, eu sabia que minha vida seria diferente e aceitei que seria assim. Foi a aceitação, creio, que me ajudou a sobreviver. Nós estávamos em choque durante a viagem por terra, mas alguns meninos começaram a sussurrar sobre planos para escapar ou subjugar nossos captores. Mesmo naquele estágio inicial, reconheci que a ideia era uma fantasia. Os homens grisalhos e de barba áspera, com suas roupas puídas, olhos atentos e pele enrugada, eram bons no que faziam. Eles haviam dizimado nossa aldeia inteira em horas, talvez menos. Tinham assassinado os adultos e os meninos mais velhos justamente para impedir qualquer possibilidade de revolta. Mantiveram apenas aqueles que eram jovens o bastante para serem manipuláveis, jovens o suficiente para crescerem em força. E mantiveram as meninas.

Eu havia me preocupado principalmente com as meninas, vendo como os homens translúcidos olhavam para elas, e embora não entendesse a língua deles, as risadas e o tom cruel e zombeteiro eram fáceis de interpretar. Ninguém tocou nelas, porém. Só quando chegamos à Índia e vi como elas foram inspecionadas é que compreendi o comedimento dos homens brancos. As meninas tinham valor apenas se estivessem comprovadamente intactas.

Em vez disso, foi um dos meninos que sofreu as consequências das atenções deles — um garoto dois anos mais novo do que eu, pequeno para a idade, e que os traficantes haviam imediatamente estipulado que provavelmente não sobreviveria à jornada ou não alcançaria um preço razoável se sobrevivesse. Um cordeiro pascal. Custaram-me anos para bloquear os sons dos homens grunhindo ao jorrarem dentro dele. O vazio dos olhos dele quando o mandavam de volta à tenda, com o pano de saco que vestia coberto de pingos de sangue. Todos sentíamos pena dele, mas quando o mais velho do grupo finalmente decidiu, por misericórdia, sufocá-lo enquanto dormia, cada um de nós ficou egoisticamente aterrorizado pela possibilidade de ser escolhido para ocupar seu lugar.

Apesar de tudo, a ideia de escapar era inútil. Estávamos amarrados uns aos outros pelas mãos e pés durante os dias de caminhada, e éramos amarrados com força ainda maior antes de dormir. Teríamos de passar nos arrastando por nossos captores, em uníssono e em silêncio, até conseguirmos chegar longe o suficiente, sem sermos notados, para ter tempo de nos livrar das cordas. E ainda tínhamos de descobrir onde estávamos e para onde deveríamos ir. A única coisa que podíamos fazer era esperar.

Quando a travessia por terra foi concluída e fomos jogados na barriga rangente do navio, o choque havia passado. Agora os meninos falavam para valer sobre avançar sobre o homem que às vezes abria a porta para atirar o mingau no chão, depois forçar o caminho pelas escadas e tomar o navio, mas nossa fraqueza já inviabilizava esse tipo de esforço. Os garotos gritavam, choravam e planejavam, mas nunca agiram. Eles atacavam com as unhas as tábuas do casco e sussurravam fervorosamente sobre nadar até chegar a um local seguro, mas nunca levantaram um dedo contra os traficantes.

A mudança de minhas circunstâncias havia sido rápida, como sempre fora no passado. Depois que Valignano me ofereceu a Nobunaga, ninguém parecia saber o que fazer em seguida. Eu deveria ter sentido raiva, mas, em vez disso, senti um constrangimento profundo, como se eu fosse um fardo enorme que estava sendo transmitido de um homem a outro. Abaixei minha cabeça e dei um passo à frente.

Ranmaru, o jovem assistente de Nobunaga, aproveitou a deixa. Ele tocou meu cotovelo, acenou para mim com uma espécie de reconhecimento e me conduziu para fora da sala. Irmão Organtino tinha no rosto uma expressão de dor, sem nenhum sinal do sorriso suave e acolhedor. Valignano nem se preocupou em erguer o olhar e manteve seus olhos fixos em Nobunaga.

Na antessala, Ranmaru virou a cabeça e abriu a boca para dizer algo, mas parou. Fiquei agradecido pelo silêncio. Estava furioso com o que senti ser uma traição da parte de Valignano, mas havia muito tinha aprendido a evitar que minhas emoções chegassem à superfície.

Ranmaru me acompanhou através do pátio aberto de Honnō-ji. Perto dos estábulos, havia uma série de pequenos quartos, quadrados e simples, erguidos acima do solo em palafitas curtas. Entrei, e ele permaneceu na porta, hesitante.

— Preciso colocar um guarda na porta?

Balancei a cabeça.

— Estou a serviço do senhor Nobunaga — falei.

Ranmaru fez uma reverência e saiu. Pouco tempo depois, uma tigela de sopa e uma jarra de água foram trazidas e deixadas na soleira da porta. Eu me sentei no centro do quarto com as pernas cruzadas. Olhando diretamente à frente, fiz o melhor que pude para não pensar em absolutamente nada. Para começar o processo de apagar o Padre Valignano e os jesuítas de minha mente, como tive de fazer anteriormente com minha família. Não era a primeira vez que minha vida mudava em um piscar de olhos. Adaptar-se à novas circunstâncias significava libertar-se de todas as ligações com as antigas.

Não fui visitado, mas estava livre para ir e vir. Abaixava a cabeça para poder passar pelas portas do templo, comia com meus dedos enquanto os outros alimentavam-se habilmente usando hashis, dormia em um tatame cujo comprimento era suficiente para me acomodar apenas até o joelho: vários lembretes de que o mundo no qual eu agora vivia nunca foi feito para mim.

No quarto pequeno e vazio ao qual Ranmaru me conduziu em Honnō-ji, resolvi fazer o que sempre fiz. Eu ia sobreviver. Encontraria um jeito de me tornar útil. Eu serviria esse Nobunaga com tanta lealdade quanto havia servido os mestres anteriores. Seria bem-sucedido em qualquer tarefa que ele me desse, responderia quaisquer perguntas para as quais ele precisasse de resposta, daria conselhos se me fossem pedidos, ficaria em silêncio se não fossem. Mas nunca mais me esqueceria do que eu realmente era.

Tornar-me útil era um dos elementos de minha sobrevivência. O outro era aprender tudo o que pudesse sobre o ambiente em que agora me encontrava.

A comitiva de Nobunaga saiu do templo Honnō-ji e percorreu as ruas de Quioto com pouco do espetáculo que havia sido exibido nos últimos dias. Ao final do primeiro dia de jornada, eu me levantei à noite e caminhei pelo acampamento. Sempre tive o hábito de estudar meu entorno, de dia e à noite, e muitas vezes isso provou ser útil e possivelmente salvou minha vida.

A região do acampamento era cercada por tecidos amarrados em largas armações de madeira. Eles mantinham o vento longe das tendas, ondulando violentamente ao fazê-lo. Cada um dos tecidos trazia o emblema Oda. Um dos soldados de infantaria me disse que o modelo era inspirado na flor de marmelo: uma fruta azeda e picante, parecida com uma pera, que cresce nas regiões montanhosas. Pisei fora das barreiras por um momento, para sentir toda a força do vento, todo o peso da escuridão.

Havia guardas postados em ambos os lados dos quebra-ventos, e um número surpreendente de fogueiras ainda estava aceso. Os *ashigaru*, ou soldados de infantaria, estavam sentados e conversavam em pequenos grupos, ou perambulavam pelo acampamento, com suas armaduras trocadas por roupas de lã grossa e de aparência áspera.

Algumas massagistas faziam parte da comitiva, e à medida que eu caminhava pela extensão do acampamento, elas surgiam das tendas para tocar minha pele, deslizando as mãos sob minha blusa para esfregar meus braços e minhas costas, e murmuravam entre si como a sensação era igual ou, dependendo da massagista, era diferente. Eu me lembrei da suavidade das mãos da criada, dentro das minhas, antes de levantá-la para Nobunaga; lembrei-me do brilho alaranjado nos olhos dela, de seu medo e do nervosismo. Retraí o corpo contra o toque das massagistas e me afastei, continuando a caminhada.

Os outros também me examinavam. Os soldados não estiveram presentes durante meu primeiro encontro com Nobunaga. A maioria nunca havia me visto antes da saída de Honnō-ji, e muitos ainda não tinham me visto. Alguns pularam para trás ao me ver, um imenso demônio preto assombrando o acampamento na escuridão. Um sacou a espada e deu um grito de alarme antes que um colega soldado o acalmasse e explicasse quem eu era.

A comoção atraiu a atenção de uma fogueira próxima, ao redor da qual três homens estavam sentados em círculo. Um deles acenou para que eu me aproximasse.

— Vi você na sala há alguns dias. De perto, você é ainda maior do que pensei. Venha, me deixe dar uma olhada em você.

O homem era de meia-idade, com o cabelo preto-azeviche e a pele desgastada pelo tempo, mas suas feições eram definidas por um nariz terrivelmente quebrado, virado para a direita e cuja ponte era marcada por um calombo branco como osso. Ele falava com uma voz profunda e áspera.

— Parece que o clã Oda adquiriu outro brinquedinho europeu — disse.

Os outros homens riram. Eles usavam emblemas que eram diferentes do marmelo de Oda. Era uma flor de cinco pétalas com o que poderia ser um sol no centro.

— Não sou europeu. Sou africano.

— A-fri-ca-no.

Ele verbalizou a palavra nova lentamente, testando-a na boca. E andou à minha volta de maneira deliberada e depois se plantou na minha frente, com as mãos cruzadas atrás das costas.

— Os africanos e os europeus trabalham juntos?

— Não — respondi. — Na verdade, não.

— Mas vocês vieram juntos. Você e o padre.

— Sim.

— O africano e o europeu.

— Sim. Mas somos duas pessoas, e não…

— Você veio para nos mudar.

Os dois homens que haviam permanecido sentados mudaram de posição, desconfortáveis, e um deles gesticulou ao compatriota para que voltasse para a fogueira.

— Hidemitsu, venha, sente-se. Deixe o homem em paz. Ele não te desonrou.

— Nem pretendo desonrar. — Curvei minha cabeça na direção do homem de nariz quebrado, Hidemitsu. — Se ofendi, peço desculpas.

— Não ofendeu. E eu também não ofendi — falou com firmeza. — Simplesmente perguntei por que você está aqui, tão longe de casa.

— Não estou aqui para mudar ninguém. Já aprendi alguns dos seus hábitos e espero aprender mais.

— O africano espera aprender os hábitos dos japoneses.

Hidemitsu riu sarcasticamente e olhou para os outros dois, para que rissem juntos, mas eles voltaram sua atenção total à fogueira. Comecei a falar, mas Hidemitsu interrompeu.

— E o europeu? O padre? Ele também está aqui para aprender com a gente? Africano, europeu, é tudo a mesma coisa para mim. Vocês vêm com as suas quinquilharias e as suas invenções, depois substituem nossas armas pelas suas, nossas roupas pelas suas, nossas histórias pelas suas. Hoje vocês pedem que a gente reze pelo seu deus, amanhã vão pedir que a gente faça reverência ao seu rei, ou que coma da sua mão.

Eu mantive minha cabeça curvada.

— Eu não tenho rei. Não tenho terras nem casa. Estou aqui para servir, nada mais.

Hidemitsu cuspiu no chão, grunhiu e acenou para que eu fosse embora.

— Eu queria ver você melhor. Já vi.

Pela manhã, os homens comeram rapidamente refeições frias e, então, enrolaram seus tapetes e carregaram os cavalos. Não havia fogueiras, à exceção de uma pequena, próxima da tenda do senhor Nobunaga, onde algumas criadas estavam preparando chá e comida quente. Eu reconheci uma das criadas como a garota dos olhos salpicados de alaranjado, aquela assustada que eu havia erguido em Honnō-ji. Por um momento, pensei em me aproximar e pedir desculpas, mas me lembrei da expressão consternada em seu rosto quando Nobunaga apontou para ela na sala e imaginei que ela não apreciaria a atenção.

Perto do fogo, estava Ranmaru, o jovem samurai que parecia ser o braço direito de Nobunaga. Ele estava ladeado por dois outros homens. Ranmaru me viu e levantou-se de onde estava sentado, junto ao fogo. Os três homens aproximaram-se.

— Nosso senhor deseja que você cavalgue com ele hoje.

Os dois outros se apresentaram como Ogura e Jingorou. Eram irmãos, e a aparência deles provava isso. Ogura tinha o maxilar ligeiramente mais quadrado, mas, no geral, eu conseguia distingui-los somente pelo cabelo: o de Ogura estava preso rigidamente em um coque, enquanto o de Jingorou caía escorrido até os ombros. Ambos eram ágeis e se moviam com elegância e silenciosamente. Tinham a postura de homens que haviam conhecido a guerra, ao contrário de Ranmaru, com sua pele macia, olhos pretos como carvão e feições delicadas. Contudo, eu havia aprendido a não subestimar ninguém.

Os três jovens samurais posicionaram-se em uma formação defensiva para cavalgar com Nobunaga. Ranmaru ficou ao meu lado, entre mim e o daimiô e os irmãos Ogura e Jingorou um pouco atrás. Eles assumiram suas posições tão uniformemente que ficou claro que estavam acostumados a servir como seus guarda-costas.

Nobunaga esporeou o cavalo e começou o dia de viagem sem uma palavra. Tínhamos nos abrigado em um vale, durante a noite, e começamos o dia subindo uma trilha sinuosa em direção ao topo de uma colina coberta de grama.

— Você já está no Japão há algum tempo, Yasuke.

Não reagi imediatamente, pois a lembrança de que aquele nome agora me pertencia veio lentamente.

— Três meses. Quase quatro — falei, de forma apressada. Não tinha certeza do quanto poderia mencionar sobre nossas viagens até aquele ponto, mas minha vida estava nas mãos dele agora, não mais nas dos jesuítas. — Nós chegamos em Kuchinotsu. Padre Valignano foi recebido pelo senhor Arima, e de lá viajamos até Quioto.

— Hum. Conte-me, o que pensa sobre o nosso país?

— Ainda não vi o suficiente dele para dizer, meu senhor. Mas as pessoas parecem gentis e curiosas e nos trataram bem.

— Exceto quando a multidão te ataca e rasga suas roupas. — Nobunaga sorriu.

— Ainda não me desculpei pelo tumulto que causei. Espero que me perdoe.

— Não é necessário se desculpar. Você não fez nada além de ser quem você é. Errados estavam aqueles que não conseguiram controlar o próprio comportamento. Não se desculpe pelas ações dos outros.

— Sim, meu senhor. Obrigado.

Cavalgamos em silêncio até alcançar o topo da colina. Abaixo de nós, a estrada levava a um bosque de árvores baixas e frondosas, da cor de esmeraldas à luz do sol da manhã.

— Seu país é muito bonito, meu senhor.

— Ah, mas você não viu nada dele ainda. As flores de cerejeira, as grandes florestas de bambu, a majestade nevada do Monte Fuji. — Nobunaga gesticulou para sua pequena comitiva. — Mas essas são coisas que todos nós sabemos. Conte-nos coisas que não sabemos, Yasuke. Conte-nos sobre seu país.

— Fui levado de lá quando era muito jovem. O país do qual fala não é meu lar há bastante tempo.

— Besteira. O lugar de nascimento de um homem importa. De onde ele vem importa. Quem são seus ancestrais importa.

Aquiesci. As palavras de Organtino para mim, quando fui convocado ao templo Honnō-ji, tinham sido: "Se conseguir contar algo que ele desconheça, vai valorizar você por isso." Tentei pensar no que ele gostaria de saber e forcei a memória, começando sem muita certeza.

— Vim de uma aldeia de mineradores que criam coisas com o ferro para comercializar. Vivíamos no sopé das montanhas, trabalhávamos nas cavernas. Na planície que ficava abaixo, nós plantávamos feijões e cultivávamos pasto para nossas vacas e cabras. Só que minha terra natal é grande, e as pessoas são muito diferentes. Algumas vivem perto do mar; algumas, embrenhadas nas florestas. Algumas sobrevivem no deserto, enquanto outras estudam em grandes cidades, com grandes prédios de argila, livrarias e mercados movimentados. Em outras partes do país, os animais são mais selvagens que os nossos rebanhos comuns.

Tentei me lembrar das histórias do meu pai, sem me lembrar dele. Sem pensar nele vagando pelas planícies, colinas e aldeias procurando por algum vestígio meu, sem pensar em seu coração partido, seu desamparo ou, pior, sua relutância em perder a esperança. Bloqueei o contador das histórias e permiti que apenas os detalhes surgissem.

Comecei a descrever para eles as listras da zebra, os chifres torcidos da gazela, a ferocidade do leão, a agilidade do leopardo malhado ao saltar de um galho a outro. A graciosidade imponente da girafa, a grande boca com dentes tortos do hipopótamo roliço e a disparada intimidadora do rinoceronte de armadura, que todos os outros animais deixam passar sem contestação. O grupo ouvia com admiração.

— Então não apenas os homens são gigantes — brincou Ogura, e todos riram.

Imaginei a máscara de rinoceronte que eu havia entalhado, as mãos da minha mãe examinando-a para verificar a lisura, o calor dela sentada ao meu lado. Fiquei chocado ao perceber como fazia tempo que eu não pensava nela, mas afastei as memórias e continuei.

O interesse de Nobunaga cresceu ainda mais quando contei a eles sobre os elefantes, seu corpo pesado, sua fúria desenfreada e suas presas ferozes. Como, nos tempos antigos, Aníbal os vestia para a guerra e, em tempos mais recentes, os indianos construíam pequenos castelos nas suas costas e os montavam na batalha. Nobunaga absorveu tudo, mas pareceu mais interessado no tema da guerra.

— Você foi um soldado?

— Sim — respondi. — Fui treinado quando fui levado. — *E fui forçado a lutar* eram as palavras na ponta da minha língua, mas as segurei. — Eu lutei.

— Conte-me o que viu.

— Em todos os lugares onde estive, os homens lutavam pela mesma razão: pela terra ou pela crença.

Nobunaga pareceu decepcionado com a resposta. Lembrei-me do outro conselho do Irmão Organtino quando fui levado até Nobunaga pela primeira vez: não se sinta muito à vontade com ele. A manhã de viagem havia sido longa e foi muito fácil ficar confortável com a conversa. Pensei em outra resposta que pudesse oferecer.

— O terreno é importante. — Comecei, observando as colinas e estradas estreitas ao redor. — Na Europa e na Índia, as batalhas são lutadas principalmente nas planícies. Eles usam canhões e outros grandes equipamentos para atacar as paredes do inimigo. Aqui, entre as montanhas, seria difícil mover esses equipamentos. A própria natureza do seu terreno torna tais armas ineficazes.

Nobunaga coçou o queixo, suavizando momentaneamente a expressão carregada, e eu continuei. Tive dificuldade para descrever um trabuco em japonês e fui recebido com olhares confusos. Passei a falar de falanges e de homens avançando em formação por trás de grandes escudos, o que gerou uma discussão entre Ogura e Jingorou sobre o que era melhor: estar protegido pelo escudo ou ter ambas as mãos livres para lutar.

Ao meio-dia, Nobunaga decidiu fazer uma pausa. Uma criada levou um banquinho para que ele se sentasse, e outras se apressaram para preparar comida. O resto de nós se sentou em círculo no chão, de frente para ele. Tábuas de comida foram trazidas e distribuídas. Eu terminei a minha depressa, e Nobunaga gesticulou para que trouxessem mais.

— Quem governa o seu país? — perguntou ele.

— Não existe apenas um governante. Cada tribo tem seu próprio líder.

Ele concordou com a cabeça, como se tivesse ficado satisfeito.

— É como aqui, então. Embora nem sempre tenha sido assim. Você conhece nossa história?

— Alguma coisa, meu senhor. Padre Valignano fez questão de que nós aprendêssemos o máximo possível antes de chegarmos.

— Conte-me.

Mudei de posição, tentando ficar mais confortável. Os outros se sentavam com facilidade, com as pernas dobradas embaixo deles, o peito dos pés pressionados contra o chão e o peso do corpo sobre o calcanhar. Mas eles praticaram desde a infância. Era doloroso para alguém que não estava acostumado com a posição, e até aquele momento eles tinham sido pacientes com minha inabilidade de mantê-la. Ergui-me um pouco até a ponta dos pés, liberando a pressão dos tornozelos tão discretamente quanto possível, e depois me acomodei novamente.

— Há centenas de anos, a autoridade do imperador era absoluta. Mas as famílias dos nobres que estavam abaixo dele competiam por favores e posição e, eventualmente, enfraqueceram o próprio imperador. O clã Minamoto tomou o poder e estabeleceu um xogunato, colocando esses nobres sob o poder do imperador, mas com o xogum como líder militar e do governo. O xogunato Minamoto foi substituído pelo xogunato Ashikaga, que permaneceu por mais de duzentos anos, até que o senhor removeu o último xogum Ashikaga.

Ranmaru aquiesceu quase que imperceptivelmente, como se reconhecendo que eu havia deixado muita coisa de fora de propósito e indicando que minha resposta havia sido aceitável. Nobunaga continuou, para acrescentar os detalhes que julgou convenientes.

— Sim, eu removi o xogum, mas não acabei com o xogunato. Isso foi obra da própria falta de cuidado deles. Colocaram governadores em cada uma das províncias e atribuíram a eles as incumbências de manter a paz, coletar impostos e manter as forças prontas para a guerra, se o xogum precisasse delas. Mas a cada nova geração, o xogum ficava mais fraco e mais interessado na cultura e nas artes da capital do que nas dificuldades das províncias. Os governadores começaram a reter os impostos que coletavam para si mesmos e a usar as forças para defender seus próprios territórios. O Japão, que antes era unificado, tornou-se uma nação de estados em guerra, e o xogum não tinha capacidade para impedir.

Nobunaga não estava mais falando comigo, nem com ninguém. Ele estava olhando para longe, através do campo. Os outros homens do círculo haviam inclinado a cabeça, e eu sabia que deveria fazer o mesmo, mas estava fascinado. O rosto de Nobunaga queimava com uma intensidade que eu nunca havia visto e então, pela primeira vez, pude vê-lo como o Irmão Ambrosius havia descrito: um homem consumido pela ambição e pronto para ultrapassar qualquer limite.

— Por mais de cem anos, ficamos em guerra. Não contra um inimigo, mas uns contra os outros. Japoneses contra japoneses. Derramamos o sangue uns dos outros, tomamos nossas terras, queimamos nossos campos e derrubamos nossos castelos. Famílias lutaram contra aqueles que anteriormente lhes tinham oferecido refúgio e ao lado daqueles que tinham assassinado seus ancestrais. Clãs guerreando contra clãs apenas pela glória do nome da família. Somos uma casa dividida.

— Mas você vai nos unir e nos tornar um — disse Ranmaru com suavidade.

Nobunaga pareceu sair de um transe. Ele olhou em volta do círculo, onde todas as cabeças estavam curvadas, exceto a minha e a de Ranmaru.

— Estamos indo encontrar seus inimigos agora? — perguntei.

— Não. Ninguém te contou aonde estamos indo?

— Eu não precisava saber.

Os outros levantaram a cabeça. Duas criadas entraram no círculo para recolher as tigelas, as tábuas e os copos. Ninguém lhes deu atenção.

— Estamos a caminho do meu castelo principal, Azuchi. Vamos nos preparar lá. Encontraremos nossos inimigos em breve. Você recebeu suas armas?

Minha lança e espada ainda não haviam sido devolvidas, e acabei supondo que nunca seriam. No entanto, a simples indagação de Nobunaga fez com que Ranmaru fizesse uma reverência e saísse imediatamente do círculo, presumidamente para encontrar uma criada que pudesse pegar minhas coisas.

— Meu senhor, permite que eu faça uma pergunta?

Nobunaga aquiesceu.

— Da primeira vez em que fui convocado para vê-lo, você pediu uma história. Estou agradecido por tê-la ouvido, mas acho que não a compreendi bem. Ela guardava alguma mensagem?

Nobunaga ficou em pé e gesticulou para que uma criada levasse a banqueta embora.

— Devemos continuar — falou. — Se avançarmos bem esta tarde, chegaremos em Azuchi pela manhã.

Os outros ficaram em pé. Eu também fiquei e fui mancando até o cavalo, com os pés dormentes, feliz por não estar mais ajoelhado.

10

Pela manhã, caminhamos na direção do sol, e a luminosidade impediu que eu enxergasse o Castelo Azuchi até que estivesse praticamente diante dele. Nobunaga havia escolhido bem a localização: a nordeste de Quioto, perto o bastante para chegar à capital em uma cavalgada intensa de um dia, se necessário, mas também posicionado para avistar longas faixas da rota principal que levava ao clã Uesugi, no norte, ao clã Takeda, no leste, e ao clã Mori, no oeste.

Os riscos de conquistar o Japão a partir do centro eram evidentes. De início, haveria inimigos de todos os lados e seria imprescindível lutar batalhas em várias frentes. No entanto, tendo sido bem-sucedido, Nobunaga agora colhia os frutos de um governo central: o controle de toda a comunicação e do transporte entre seus inimigos geograficamente separados, tornando praticamente impossível a junção de forças entre eles ou a coordenação de esforços contra Nobunaga. Todos os caminhos levavam a Oda.

Ao sairmos do sopé das colinas, nosso primeiro vislumbre do castelo foi seu topo dourado brilhando ao sol da manhã como uma estrela caída. Nobunaga virou-se ligeiramente para ver qual seria minha primeira reação e pareceu satisfeito.

— É lindo — falei.

— É só o topo.

— Você deve conseguir enxergar muito longe lá de cima.

Nobunaga sorriu.

— Posso ver tão longe quanto necessário.

Dos dois lados da estrada, os primeiros brotos verdes das plantas de arroz cobriam o vale plano. Além da planície ficavam as casas dos agricultores e dos lacaios, e depois, uma larga ponte sobre um fosso exterior. Atravessando a ponte, havia um portão imponente embutido na parede que contornava a base da montanha. À esquerda, uma estrada menor contornava o muro em direção ao que parecia ser o limite da cidade, mas a estrada principal continuava através do portão.

Passando a entrada, havia mais casas, e passamos por elas quando iniciamos a subida em direção ao topo do morro. O caminho do portão ao castelo era longo, íngreme e estreito, o que dificultaria o avanço rápido de um grande número de soldados das forças de ataque. Era ladeado por paredes brancas cobertas por azulejos escuros, e mais perto do topo da colina, a estrada serpenteava várias vezes, criando pontos de estrangulamento inevitáveis que estavam bem ao alcance dos arqueiros do castelo.

Havia vários fortins ao longo da subida, que qualquer exército invasor teria de esvaziar ou destruir pelo caminho, paliçadas que ofereceriam proteção aos soldados de infantaria de Nobunaga enquanto eles salpicavam a estrada com o fogo de seus arcabuzes e portões adicionais que agora estavam abertos, mas que poderiam ser fechados para retardar ainda mais o avanço inimigo.

Algumas poucas pessoas saíram para cumprimentar a comitiva de Nobunaga com reverências e acenos, mas, na maior parte, seu retorno foi tranquilo. Em determinado ponto da subida, percebi que a coluna de homens e mulheres que marchavam atrás de nós havia diminuído.

— Nobunaga ordenou que todos fossem liberados no portão inferior — explicou Ranmaru, que cavalgava ao meu lado. — Agora eles seguem conosco apenas até chegar na altura de suas casas. Criadas, soldados de infantaria e outros lacaios têm casas na base da colina, na cidade. Membros do alto escalão e criados essenciais moram mais para cima, perto da estrutura central do castelo.

— Onde eu vou ficar?

— Por enquanto, até que receba suas tarefas, vai ficar com os guardas. Os quartos serão pequenos para você, mas são confortáveis e predominantemente silenciosos. Espero que você os considere aceitáveis.

— Garanto que, qualquer que seja a acomodação que você julgue adequada, já vi piores.

Ranmaru me lançou um olhar avaliativo.

— Não duvido. Espero que os portugueses não tenham sido cruéis com você.

Pensei por um momento antes de responder.

— Padre Valignano não era cruel. Antes dele, existiram outros, que me trataram de maneira muito diferente.

Ranmaru concordou com a cabeça.

— Você é leal a eles? Aos jesuítas?

— Eu servi bem o Padre Valignano. Espero. Teria dado minha vida sem hesitação, porque era esse o meu trabalho. Mas não sou mais dele. Agora pertenço ao senhor Oda Nobunaga. Você se preocupa que eu seja um espião?

— Não quero lançar dúvida sobre o seu caráter ou sobre o caráter do Padre Valignano, mas ele é um pensador habilidoso, e é um fato que ele entregou você com bastante rapidez.

Olhei de relance para Nobunaga. Ele cavalgava perto o suficiente para nos escutar, e, embora não desse nenhuma indicação de que estivesse ouvindo, eu tinha certeza de que as perguntas de Ranmaru vinham de Nobunaga, mas ele as tinha considerado indignas de serem proferidas por ele próprio.

— Compreendo suas suspeitas, Ranmaru. Eu mesmo as teria. Mas, apesar de me sentir honrado por servir o senhor Nobunaga, fiquei tão surpreso por ter sido oferecido quanto qualquer um, talvez mais.

— Acho que acredito em você. Não é errado que um homem tenha um mestre, mas é errado que um homem não possa escolher seu mestre. Espero que você considere o serviço ao nosso senhor mais satisfatório do que qualquer... coisa desagradável que tenha vivido no passado. Fique ao lado do nosso senhor. Será recompensado.

Ranmaru parecia amistoso e sincero, e durante a viagem, eu tinha de certa forma me afeiçoado a ele, mas internamente, recebi este último comentário com desdém. Queria dizer a ele que o homem que se sentia livre para escolher seu mestre nunca havia sido trocado de um para outro contra sua vontade. Que eu só estava ali justamente porque não podia escolher quem servir. Fiquei subitamente irritado, e embora reconhecesse que as intenções dele eram boas, não estava com espírito para ouvir reflexões sobre liberdade de alguém que não sabia o que era ficar sem ela.

Ranmaru, ignorante desses pensamentos, parou seu cavalo.

— É aqui que os guardas ficam.

Concordei com um movimento de cabeça, em silêncio, de repente agradecido por estarmos no fim da jornada. Havíamos atingido o ápice da colina. O castelo se erguia maciçamente sobre nós, com seus sete andares, uma fundação de rocha compactada, longas paredes inclinadas, uma miríade de torres e mirantes, e era encimado por um torreão dourado.

Comparado à relativa modéstia do castelo florestal sujo e desgastado de Arima, o torreão do castelo de Nobunaga era imponente tanto em tamanho quanto em esplendor. Cada um dos sete andares tinha varandas que contornavam a estrutura, mas de diferentes tamanhos, para possibilitar que, de cada andar, todos tivessem uma linha de tiro clara em grande parte da varanda inferior. Os cinco andares mais baixos eram pintados de branco e estavam impecavelmente limpos. Nenhum detalhe parecia ter sido esquecido no desenho do castelo, nem em termos de defesa e nem de estética.

O alojamento dos guardas, para onde Ranmaru estava agora apontando, ficava a poucos metros do portão do pátio.

— Acomode-se e descanse, se quiser. Você será chamado mais tarde. Ah, sim. Mais uma coisa.

Ele gesticulou, e um criado surgiu com um embrulho de tecido. Ranmaru pegou o embrulho, me entregou e abriu. Dentro estavam minha espada e minha lança.

— Você é bem-vindo aqui em Azuchi. Tenho certeza de que vai se mostrar útil.

O ALOJAMENTO DOS GUARDAS ERA apenas uma grande sala vazia, com nove tatames dispostos em filas de três. Abaixei minha cabeça e entrei. Os seis homens que estavam lá dentro se assustaram ao me ver, minha cabeça quase arranhando o teto baixo e minha pele provavelmente negra como a noite com o sol nas minhas costas. Mas se recuperaram com rapidez, rindo e conversando animadamente entre si. Notícias sobre mim já deviam ter se espalhado pelo complexo.

— Você é o africano — disse um deles, incapaz de tirar o sorriso do rosto. Ele abriu o braço para indicar a sala. — Por favor, pegue qualquer cama que esteja livre.

Escolhi uma das camas do canto. Conversei um pouco com os homens, mas eles estavam ansiosos para descansar. Foi trazida comida: um chá verde amargo, um ovo cozido boiando em um caldo fino e uma tigela de arroz. Comi em silêncio enquanto eles dormiam.

Na Índia, fui levado do cais para o mercado e, depois, para uma casa de treinamento administrada por mercenários. Passei todas as noites acordado, atento a qualquer perigo vindo dos outros meninos, e sabia, pelos movimentos ocasionais, que eles estavam fazendo o mesmo. Dias se passaram até que nossa exaustão coletiva obrigou uma trégua tácita, mas uma vez que cada um havia dormido uma noite inteira e acordado intacto, abandonamos nossas vigílias. Alguns ainda dormiam mal; havia gemidos de ferimentos sofridos durante o treinamento do dia, lamúrias de terrores sonhados durante a noite. Já eu bloqueava tudo e caía no sono sem problemas. Sentia um pouco de vergonha agora por nunca ter pensado em oferecer ajuda ou conforto, mas cada um à sua própria maneira sabia que estava sozinho.

Aqui, não senti nada próximo daquele medo inicial, mas me encontrando novamente em um lugar novo, entre estranhos, a mesma sensação de isolamento se instalou. Aqueles homens dormiam profundamente, sem se importar com a presença dos outros. Enrolei-me no canto e descansei o máximo que consegui.

Em poucas horas, os homens acordaram e saíram, e logo depois, outros seis vieram dormir. Não fui chamado naquele dia, ou no próximo, mas recebi uma mensagem de Ranmaru afirmando que eu estava livre para andar pelo complexo. Enviei um recado dizendo que teria prazer em participar do rodízio da guarda, mas não recebi resposta. Sem nada para fazer, comecei a explorar.

Os homens acenaram para que eu passasse pelo portão superior, e eu desci o caminho sinuoso pela encosta da montanha e até a cidade. No topo da montanha, havia extensas propriedades e jardins meticulosamente cuidados. Mais abaixo, havia casas mais modestas, algumas com pequenos lagos visíveis nos quintais. Na base da colina, perto das docas, ficava a cidade propriamente dita.

A cidade de Azuchi não era organizada. Havia casas simples misturadas com lojas e bancas, e, de fato, alguns pareciam vender mercadorias em suas próprias residências — comida, leques, cerâmicas, chás — e abriam suas portas para as ruas poeirentas.

Alguns me encaravam, os olhos arregalados, ou cutucavam o vizinho e apontavam. Logo eu tinha um pequeno grupo me seguindo pelas ruas, embora, diferente de em Quioto, eles mantivessem distância. Tentei ignorar os olhares, mas não consegui afastar a sensação de estranheza por me elevar acima da multidão, olhar para baixo para enxergar a soleira das portas e ocasionalmente ter de me abaixar sob postes com bandeiras ou placas penduradas.

Avistei uma mulher do outro lado da rua, e seus movimentos eram familiares. Forcei caminho através da massa de pessoas que se acotovelavam, tentando alcançá-la. A multidão parecia se abrir diante dela e se fechar diante mim. Ela caminhava facilmente, enquanto eu me esforçava para manter o passo. Toquei o ombro dela com a mão. Ela se virou e olhou para cima para me ver, com grandes olhos castanhos salpicados por manchas dançantes alaranjadas.

Eu congelei por um momento e, então, curvei a cabeça.

— Eu... me chamam de Yasuke.

Ela hesitou, notando as cerca de doze pessoas que estavam me seguindo e agora a observavam.

— Sou Tomiko — disse, nervosa.

— Sim. Tomiko. É um lindo nome.

Ela começou a se virar. Falei rapidamente.

— Eu queria me desculpar com você. Em Honnō-ji, você pareceu ficar desconfortável quando a levantei. Se a ofendi ou chateei de qualquer forma, peço desculpas. Não tinha certeza do que deveria fazer.

— Não, você não fez nada de errado. Fez o que o senhor Nobunaga pediu. Eu é que peço desculpas pela minha reação. Como criada, geralmente é melhor não ser notada.

— Entendo.

Ela respirou e relaxou os ombros.

— Você é um visitante aqui. Peço desculpas pelas minhas maneiras. Ouvi dizer que vai ficar conosco.

— Sim — respondi. — Apesar de não saber qual será o meu papel aqui. Estou no alojamento dos guardas, por enquanto, mas ainda não tenho responsabilidades.

Ela riu ligeiramente, e percebi que estive esperando pela risada dela, ou apenas por um sorriso.

— Vão encontrar algo para você fazer, não tenho dúvida — falou.

O sorriso abandonou seu rosto. Ela inclinou a cabeça e me olhou como se estivesse me vendo pela primeira vez.

— Tudo isso é novo para você.

Olhei ao redor da rua. Pessoas com chapéus de palha largos abriam caminho entre a multidão. Elas usavam sandálias quadradas com blocos de madeira pregados na sola para manter os pés longe da lama. Havia pescadores com baldes pendurados em longas varas apoiadas nos ombros e o fedor da soja coalhando que vinha dos tonéis de um fabricante de tofu.

— É tudo muito estranho — falei.

— Não — respondeu ela, gentilmente. — Você só está vendo tudo com os olhos de um estranho.

A verdade da declaração dela me atordoou e, de repente, compreendi como os traficantes de escravos e os padres podiam enxergar meu povo como selvagens, sem entender nossos modos e avaliando nossos costumes e práticas contra seus próprios padrões e sua experiência. Decidi, imediatamente, não cometer o mesmo erro.

— Me ajude — pedi, com ânsia demais. — Me ajude a ver corretamente.

Ela deu um passo para trás, sua expressão subitamente fechada.

— Foi um prazer conhecê-lo — falou, com uma formalidade intencional. — Devo ir.

Fiquei observando-a por um momento enquanto virava e desaparecia na multidão. Então comecei a longa subida de volta ao alojamento dos guardas.

11

Os alojamentos de escravos, na Índia, acomodavam vinte meninos por quarto. Eram apertados, mas confortáveis. Um lugar caótico, às vezes, mas também incrivelmente solitário.

Minhas pernas tremiam quando fui descarregado do barco para o cais, fracas pela longa viagem. Depois de nos limpar, um dos homens deu um tapinha em meu ombro e, depois, em meu peito. Ele se virou para os outros e levantou a mão no ar, em um gesto que indicava minha altura. Depois, puxou um pano marrom áspero da bolsa e estendeu-o para mim.

— Comida — falei. — Estamos com muita fome.

Ele olhou para mim sem expressão, pois não entendia minhas palavras. Eu estava com medo de irritar o homem, mas senti como se não pudesse dar um único passo adiante. Minhas pernas estavam instáveis embaixo de mim, e o sol, que nunca me incomodou antes, mesmo durante a estação mais quente, parecia um castigo. Meus olhos estavam opacos, minha boca, espessa, e meus pensamentos eram como o ar.

— Comida, por favor — repeti.

Coloquei a mão na boca em um gesto de comer, mas, se o homem entendeu, decidiu ignorar. Ele olhou para mim sem expressão, ainda segurando o pano como se eu não tivesse falado.

Peguei o pano das mãos dele e o vesti. Ele me separou dos outros e acenou para que os outros homens brancos continuassem. Virei para olhar o rosto dos meninos e meninas que eram tudo o que restava de minha aldeia. Os homens brancos estavam separando-os em grupos. Eles arrastavam os pés no cais, cansados, confusos e assustados. Não ousaram olhar para cima quando fui levado embora. Tentei chamar a atenção deles, mas minha garganta estava muito seca, e minha voz, muito fraca. O homem branco me empurrou para a frente.

Ele me conduziu por ruas movimentadas, até um mercado estranho. Passamos por cestas de temperos coloridos, tapetes entrançados em padrões complicados e outras mercadorias que não consegui identificar. Perto do fundo do mercado, os cheiros passaram das especiarias ao gado. Havia cabras mastigando feno e algumas vacas magras balançando o rabo para afastar as moscas que zumbiam.

Ele negociou com um comprador usando palavras que eu não conhecia. Agarrou meu ombro, levantou meu braço no ar e deu um tapinha em meu peito. O comprador considerou, assentiu e deu-lhe dois sacos de sal. O primeiro homem pegou os dois sacos e me empurrou para a frente.

— Estou com fome — tentei de novo, repetindo com as mãos o mesmo gesto de comer.

O comprador balançou o braço para o primeiro homem e gritou uma pergunta. Os dois trocaram algumas palavras raivosas, até que o primeiro homem deu de ombros e se afastou. O comprador amaldiçoou-o pelas costas, em seguida, vasculhou a mesa atrás dele e me entregou um punhado pequeno de tâmaras. Coloquei todas elas na boca e mastiguei até formarem uma pasta doce e grudenta, praticamente sem saliva para engoli-las. Comi muito rápido, meu estômago revirando e com cólicas enquanto eu ainda sentia o gosto do suco, mas ainda assim era uma dor mais agradável do que a da fome.

O comprador me agarrou pelo pulso e me levou embora. Sua pele tinha um tom escuro de marrom, e ele usava calças largas e esvoaçantes que se estreitavam no tornozelo. Eu já havia visto indianos uma vez, vindos para a aldeia como comerciantes, e percebi que devia estar em suas terras. Recebi uma cama simples, mas que ainda era duas vezes maior do que a que eu tinha no barco. Recebi um travesseiro e, pela primeira vez em semanas, uma refeição quente. E recebi também um novo nome, e embora o som dele fosse muito difícil de pronunciar ou lembrar, aprendi a responder a ele mesmo assim. Nunca me perguntaram meu nome original.

Na nova casa, eu era um de muitos escravos, e nos meses que se seguiram, nós aprendemos a manusear uma série de armas: lança e escudo e machado e clava e espadas com lâminas largas e curvas. Até me mostraram como funcionavam uma pederneira e uma pequena pistola, embora não me fosse permitido o uso de nenhuma delas.

Treinávamos todos os dias no pátio da mansão de nosso dono, do nascer ao pôr do sol, e às vezes mais do que isso, parando apenas para refeições rápidas, para tratar apressadamente uma ferida ou colocar um osso no lugar. Algumas vezes, ele observava da varanda, debruçado sobre a grade ou sentado tranquilamente sob um dossel, pegando frutas de uma bandeja, sua pele marrom-escuro contrastando com as roupas de cores claras que ele sempre usava. Não tínhamos permissão para compartilhar nossos novos nomes uns com os outros. Somente nosso proprietário ou treinador poderia nos chamar por eles. Uns para os outros, éramos anônimos. Um garoto parado na sua frente não deveria ser diferente de qualquer outro, como seria na guerra.

De vez em quando, novos meninos eram trazidos para o complexo. Eu examinava o rosto deles em busca de alguém conhecido, ouvia atentamente o que diziam na esperança de ouvir palavras que pudesse entender. Eu ansiava por poder falar com alguém, mas não havia ninguém. Meu pai havia aprendido muitas línguas, mas eu só conhecia a minha, e não havia ninguém naquele lugar que falasse comigo. Em vez disso, todo meu mundo tornou-se físico. Eu só poderia me relacionar com ele por meio dos gestos de minhas mãos e de meu corpo.

Sem ter com quem conversar, falei com minha mãe. Sussurrava para ela à noite. Tentava contar-lhe histórias, como meu pai fazia, sobre aquela nova terra, a comida, as pessoas, mas em pouco tempo, tive de parar. Eu não conseguia pensar em minha mãe e ainda fazer as coisas que eles me pediam.

Girei as armas primeiro com hesitação, e depois com um ímpeto selvagem, colocando toda minha força em cada golpe e recebendo cada falha com um golpe nas costas — dado com o lado achatado de uma espada. O homem que nos treinava tinha a mesma pele clara e os mesmos olhos claros daqueles que me tiraram da aldeia. Ele tinha uma barba castanha áspera, cabelos desgrenhados e uma cicatriz na bochecha que levava a um coto rugoso em um lado do rosto, onde antes ficava a orelha.

Ele gritava ordens que não conseguíamos entender, agarrava nossos braços e pernas para colocá-los onde queria e nos batia sempre que ficava insatisfeito, mas eu aprendi. Aprendi a plantar o pé e a mudar o peso para poder atacar com força, mas mantendo o equilíbrio. Aprendi como driblar, desviar e controlar a arma, qualquer que fosse ela, em todos os momentos.

Acima de tudo, aprendi a ler meu oponente. Observar a maneira como seguravam a lança ou a espada, como giravam as mãos ou levantavam os ombros antes de atacar. Eles recuavam se eu avançasse, seus olhos fechavam por um momento ou eles desviavam o olhar? Eles levantavam os pés ou viravam o quadril para revelar o movimento?

Estudei-os do mesmo modo que estudei a dança de meu pai. Eles ficavam mais lentos para mim, da mesma forma que os dançarinos ficavam, e eu absorvia cada detalhe de seus movimentos. Onde meu pai era gracioso, eles eram desajeitados. Enquanto meu pai era suave e fluido, eles eram agitados e erráticos. O próximo passo de meu pai sempre foi um mistério que me mantinha fascinado, enquanto esses meninos treinados para serem soldados eram fáceis de ler, fáceis de combater, fáceis de derrotar. À medida que as estações mudavam, o homem com a espada curta e sem a orelha começou a me bater cada vez menos.

Éramos bem alimentados: tigelas de frutas e papa de grãos adoçada com temperos picantes. Se o desempenho nos treinos fosse bom, podíamos pedir mais, e eu sempre tive um bom desempenho. Meu tamanho e minha força voltaram rapidamente, e me tornei, mesmo entre os meninos mais velhos, alguém a ser temido. Hesitei apenas uma vez.

Foi durante o treinamento com lança. Fui colocado para lutar com um garoto mais velho, alto, mas magro, com marcas na testa semelhantes a contas e cicatrizes no nariz e nos lábios, onde é provável que ossos ou joias haviam sido usados como perfurações. Eu conhecia poucas tribos, mas já havia visto os Dincas antes e o identifiquei como tal. Sua pele era ainda mais escura do que a minha, mas seus olhos eram amarelos, e suas gengivas, quando ele mostrava os dentes, estavam escurecidas por causa da doença.

Eu o derrubei facilmente com um golpe de lança atrás dos joelhos e depois o joguei no chão de novo, prendendo o bastão da lança sob seu braço e torcendo seu corpo no chão. Ele era pouco habilidoso e não representava ameaça. Quando se levantou pela terceira vez, ignorei completamente a lança que ele mal segurava e simplesmente avancei e o derrubei.

— Acabe com ele.

Olhei por cima do ombro para o soldado que supervisionava nosso treinamento todos os dias. O sol refletia sua armadura simples de cobre. Ele cerrou a mandíbula, flexionando a cicatriz que percorria sua bochecha desde o queixo até a orelha faltante.

Talvez pensando que eu não tinha entendido o comando, ele usou as duas mãos para fazer um inconfundível movimento de golpe, segurando uma lança imaginária. Voltei a atenção para o menino Dinca. Ele estava deitado no chão, sua lança ao lado dele na terra. Seus olhos amarelados olharam para mim com medo, e eu sabia que sua jornada devia ter sido semelhante à minha, que ele também tinha uma família que nunca mais veria, um lar para o qual nunca mais voltaria. Ele, como todos nós, morreria em algum lugar tão distante que até mesmo nossos espíritos não conseguiriam encontrar o caminho de volta.

Mas esse garoto morreria mais cedo do que a maioria, por nenhuma outra razão a não ser pelo fato de ter falhado vezes demais. Eu estava de costas para o soldado, mas podia sentir sua presença atrás de mim. Eu estava com a lança levantada na mão, sem me lembrar de tê-la levantado. A expressão do Dinca mudou, suavizou-se. A mão que ele levantou para se defender caiu. A expressão em seus olhos mudou de medo para algo que me abalou ainda mais: permissão.

Empurrei a lança em seu estômago, hesitante, e ele se contorceu embaixo de mim. Minha fraqueza revelou-se pior que a violência. Em vez de uma morte rápida, com um golpe decisivo, seu corpo se contorceu e se dobrou, e suas pernas chutaram contra a areia. Bolhas de sangue de sua boca e nariz formaram uma espuma rosa, enquanto ele gemia e respirava de forma palpitante. Seus olhos continham um ódio que não existia antes. Lutei para libertar a lança de seu corpo convulsionante e golpeei mais uma vez, no pescoço. Desta vez, ele ficou imóvel. Não me virei para encarar o soldado.

No jantar daquela noite, coloquei no bolso algumas tâmaras e uma pequena e bem embrulhada bola de arroz. Saí da cama na hora mais escura da noite e saí pela janela. O pátio parecia tão grande e aberto quanto o próprio oceano, mas depois de respirar um pouco para me acalmar, corri através dele e escalei o portão até a rua.

Apesar de quase vazias, as ruas viviam aquela hora indefinida em que alguns comerciantes fechavam suas barracas, enquanto outros preparavam as suas para abrir pela manhã. Mesmo sendo tão jovem, eu era grande o suficiente para me destacar, e minha pele negra chamaria a atenção imediatamente. Permaneci nas sombras e atrás das colunas ao longo das fachadas dos edifícios, tanto quanto possível. Mantive minha cabeça baixa, tentando proteger meu rosto. Vi dois soldados portugueses vestidos com armadura completa do pescoço para baixo, patrulhando, mas a rápida onda de pânico que tive desapareceu depois de ver que compartilhavam uma garrafa e notar que ambos cambaleavam enquanto caminhavam.

Eu não sabia nada sobre minha localização. Meu único plano era fugir das pessoas, então segui em direção ao final da rua que parecia ter menos lanternas. Atraí apenas alguns olhares, nenhum deles particularmente interessado. A cidade terminou abruptamente, e eu caminhei sob o luar. Havia dois caminhos, um que subia a colina até onde se erguia um grande edifício de pedra, com um sino de bronze brilhante no topo. O outro conduzia para baixo, através de um bosque de árvores.

Achei que "para baixo" devia significar o mar e segui naquela direção. Abaixo das árvores, a escuridão era absoluta. Longe da cidade, a noite era tão barulhenta quanto as noites nas planícies de minha aldeia, mas com sons diferentes e diferentes insetos e animais. Eu não sabia quanto tempo minha comida teria de durar, ou quais frutas silvestres poderia colher para comer, mas encostei as costas em uma árvore e coloquei uma das tâmaras de sabor doce na boca. Mastiguei e tentei esquecer o rosto do menino Dinca. Seu primeiro olhar pretendia garantir a mim, seu assassino, que tudo ficaria bem. Seu último olhar, por outro lado, foi cheio de fúria porque não golpeei com mais firmeza.

Continuei me movendo um pouco mais, mas depois de me embrenhar o suficiente nas árvores, saí do caminho para encontrar um lugar para descansar. Eu me enrolei em um emaranhado de raízes semiexpostas e me permiti dormir. Acordei algum tempo depois com o som de batidas. Por um momento, esperei que fosse algum animal noturno, mas o som era desajeitado, do tipo que só um humano faria.

Eu sabia que deveria correr, mas congelei. Permaneci aninhado nas raízes, enquanto o barulho se aproximava. Um cachorro latiu e enfiou o focinho no mato, seguido por três homens fortemente armados. Fiquei em pé com as pernas bambas e avancei, derrubando um dos homens. Os outros dois me atacaram de imediato, e minha resistência foi pateticamente breve antes que um deles acertasse minha nuca com um objeto contundente e depois, com fúria, chutasse meu corpo caído na escuridão.

Acordei com a mandíbula quebrada, a mucosa dormente e inchada esticando a pele do pescoço e da bochecha. Havia sido despido e amarrado no pátio. Minhas mãos foram amarradas com uma corda, que foi presa a uma prancha horizontal de madeira. Fiquei pendurado pelos pulsos, e eles doíam com o peso do corpo, mas meus pés pendiam logo acima do chão e não conseguiam aliviar nada.

À minha volta, os outros treinavam.

— Água — balbuciei, sabendo que ninguém ousaria me trazer nada.

— Alto!

Os meninos pararam os exercícios imediatamente, e o soldado português que nos treinava se aproximou da tábua em que eu estava pendurado.

— Está acordado — falou.

Examinei o coto rugoso que ocupava o lugar da orelha dele, a linha de sua mandíbula. Seus olhos eram de um tom suave de azul que eu nunca havia visto antes de os homens invadirem minha aldeia. Seu olhar era vazio; sem raiva, mas também sem misericórdia.

Ele falou, mas consegui compreender apenas umas poucas palavras. Então, indicou na direção da varanda do segundo andar, onde nosso proprietário, vestindo um quimono imaculadamente branco, nos vigiava. Ele colocou a mão na cintura, onde um homem rico guardaria um saco de moedas, e passou a mão pelo pescoço, em um símbolo que aprendi que os homens brancos usam quando se referem à morte. Entendi que, se meu mestre não me considerasse valioso, eu deveria estar morto.

Não havia alegria ou malícia em seu tom de voz, enquanto falava. Nenhuma emoção ou sentimento que eu conseguisse perceber. Ele falou da mesma forma que diria "levante mais a sua lança" ou "firme os pés antes de golpear". Ele alinhou os meninos e emitiu um comando simples.

— Quebrem todas as lanças.

Eles se revezaram, me batendo com os cabos das lanças até quebrarem. Se eu desmaiasse, o soldado cortava a parte interna de minha coxa com uma lâmina afiada para me acordar, e, em seguida, a surra continuava. Deixaram-me pendurado durante dois dias, torcendo um pano molhado em um pau para me deixar beber e alimentando-me com um único pedaço de batata, que mastiguei lenta e dolorosamente com o maxilar inchado. Depois, repetiram a surra. Eles me colocaram no chão duas vezes por dia, talvez por uma hora de cada vez, apenas para permitir que o sangue voltasse para minhas mãos e elas não precisassem ser arrancadas. Deveria ter sido um alívio, mas o súbito inchaço das veias à medida que o sangue pulsava através delas era angustiante, e eu passava as duas pausas diárias me contorcendo na areia enquanto minhas mãos latejavam, inchavam e pareciam prestes a explodir.

Quando cada um dos meninos havia quebrado o cabo da segunda lança em mim, eu não conseguia distinguir uma parte de meu corpo da outra. Tudo doía a cada respiração. O sangue escorria dos cortes na parte interna da coxa, descendo pela perna e pelos dedos dos pés. A única dor que eu conseguia distinguir era o puxão constante em meus pulsos, por causa da suspensão. Eu tinha certeza de que um dos pulsos estava deslocado, mas me recusei a fazer um inventário dos ferimentos.

Eles me deixaram novamente pendurado nu no calor brutal da tarde, nas noites infestadas de insetos, nas manhãs geladas e orvalhadas. Meus lábios racharam, minhas pálpebras grudaram com muco, ranho e saliva se acumulavam em meu queixo antes de cair no chão. A pele de meus pulsos descascou e caiu.

Pendurado ali no pátio, cercado de insetos, consumido pela dor, eu tinha uma escolha a fazer. Podia enlouquecer ou podia esquecer tudo. Eu tinha corrido, mas sem destino. Se me dessem um mapa, não conseguiria indicar onde ficava minha aldeia e não teria ideia de como chegar lá. E mesmo se tivesse, não haveria nada para o que voltar. Outra tribo provavelmente havia se mudado para lá e estava explorando nossas cavernas e talvez até morando em nossas casas.

Eu não tinha mais lar. Eu não tinha povo. Eu não tinha para onde ir. Extirpei todas as memórias de minha aldeia e de minha juventude. Deixei os rostos de minha família escaparem de mim. Enterrei minha dor. Liberei meus mortos.

Quando me tiraram de lá, o soldado português atirou uma lança no chão ao meu lado. Com movimentos lentos e deliberados, desafivelou a armadura de cobre e a removeu. Ele a jogou no chão, depois tirou a espada curta da bainha e jogou-a no chão também.

— Me mate — falou.

Encarei a lança. Meu corpo doía em todo lugar. Os dorsos de minhas mãos estavam azul-arroxeadas, a pele inchada e muito esticada. As palmas estavam exangues e pálidas. A pele ao redor de meus pulsos havia caído quase que inteiramente, e o que tinha por baixo era cinza e macilento, como peixe podre. O próprio ato de segurar a lança seria um exercício de agonia, mas eu sabia o que tinha de fazer. Escolhi o menino sem nome que estava ao meu lado, só porque estava mais perto. Peguei a lança, não olhei para o rosto dele e não hesitei. Nem naquela hora, nem nunca mais depois daquilo. Atravessei o menino com a lança, depois desmoronei e caí sobre um dos joelhos.

— Água — pedi.

O soldado assentiu para mim e sorriu. Na varanda acima do pátio, meu proprietário bebeu um gole do café, virou e entrou na casa.

Daquele ponto em diante, aprendi a aceitar a violência e a manter as duas coisas separadas em minha mente: quem eu era e o que eu tinha de fazer. Se matar um dos outros meninos significava ganhar uma tigela extra de grãos, então eu mataria e dormiria muito bem depois. Por meses, treinei e lutei e matei e comi. Meus braços ficaram maiores e endureceram, minhas pernas ficaram mais grossas, minhas mãos, mais fortes. Eu ainda era um menino, mas pouco me diferenciava de um adulto. E nunca mais hesitei em cumprir uma ordem.

Eu era um escravo. E não precisava mais das correntes.

12

Azuchi era uma cidade que se preparava para a guerra. Eu podia sentir a tensão e a antecipação familiares que sempre pairavam sobre um aquartelamento que estava prestes a marchar. Tokugawa Ieyasu, Toyotomi Hideyoshi e Akechi Mitsuhide, os três generais que haviam se sentado diretamente abaixo de Nobunaga no tablado, tinham saído de Honnō-ji antes de nós e estavam em Azuchi havia dias, simulando formações no pátio.

Cada um dos generais tinha seu próprio estandarte. O de Tokugawa tinha três folhas de gengibre-selvagem viradas para dentro; o de Toyotomi, uma folha estilizada da árvore kiri, conhecida por seu crescimento rápido; e o de Akechi tinha a campânula de cinco pétalas. Reconheci a campânula de Akechi como o mesmo emblema usado por Hidemitsu, o soldado de nariz quebrado que havia me confrontado, perto da fogueira, na viagem até Azuchi.

Vi Hidemitsu liderando os movimentos de sua própria unidade muitas vezes, seu nariz quebrado e o calombo branco como osso escondidos embaixo do capacete, mas sua voz grave era inconfundível. Ele se comunicava bastante com Akechi, mas quase nunca com os outros dois.

Entrei na rotina de observar as tropas por horas, todas as manhãs. Na maior parte dos dias, também havia um pequeno contingente de mulheres que treinava. Elas praticavam com as armas, principalmente a *naginata* de haste longa, ou arco e flecha, mas não se juntavam aos homens nas formações simuladas. Lembrei-me de perguntar a Ranmaru ou a um dos guardas sobre isso mais tarde.

Também fiquei impressionado pela uniformidade das tropas. O exército do qual eu havia feito parte, depois de ser vendido, tinha europeus, africanos, indianos. O navio em que naveguei até o Japão tinha marujos de todas as partes do mundo conhecido. Até mesmo na minha pequena aldeia havia, ocasionalmente, comerciantes vindos da Índia e de ainda mais longe. Ali onde eu estava, havia apenas japoneses, e ao perceber isso, me senti um estrangeiro como nunca antes. De um lugar desconhecido, uma solidão súbita tomou meus pulmões, e tive dificuldade para respirar. Não é a ausência de pessoas que faz com que você se sinta sozinho; é estar no meio das pessoas e ter a consciência de que o seu lugar não é ali.

Tentei me enxergar com os olhos daqueles homens e mulheres que nunca tinham visto outra raça e não conseguia imaginar o quão incrivelmente estranho eu devia ser para eles. Mesmo para o experiente Nobunaga, que esfregou minha pele, esperando que fosse algum truque. Vê-los todos juntos fez com que eu me sentisse ainda mais distante, mas, de qualquer forma, eu observava.

Eles eram guiados por uma sequência complexa de bandeiras e batidas de tambor e se moviam rápida e eficientemente, de acordo com os sinais. Eram disciplinados e corrigiam quaisquer erros com rapidez. Alguns dos mais jovens estavam ansiosos ou nervosos, às vezes as duas coisas, mas a maioria dos homens se comportava como lutadores experientes e sabia muito bem o que os esperava.

As histórias de guerra são sobre glória ou tragédia, mas dentre os homens que estavam ali, os mais experientes teriam aprendido, como eu, que a maior parte da guerra é tediosa. Era mais provável que saíssem pelos portões para uma longa marcha, depois uma curta batalha na planície aberta, seguida de semanas de cerco a algum castelo. Os primeiros dias de um cerco são um alívio dos dias de marcha e da intensa agitação da batalha e trazem a esperança de uma rápida rendição do oponente.

Mas depois que um castelo resiste durante os primeiros dias, surge a inevitabilidade de um longo cerco e todos os horrores que o acompanham. Gritos e choros vindos de dentro das muralhas a qualquer hora do dia ou da noite, às vezes interrompidos rapidamente, outras vezes autorizados a perdurar por tempo demais. Corpos emaciados lançando-se pelas laterais das paredes. Os soldados apostando, pela manhã, se "choverá" ou não naquele dia. Moedas passando de mão em mão e de novo no dia seguinte e novamente no próximo dia. Uma comemoração ocasional pela queda de um corpo, se a aposta foi grande o suficiente. Mães segurando bebês mortos e gritando obscenidades para os soldados abaixo, ou pior, esmagando a cabeça de um bebê vivo na amurada para matá-lo rapidamente, em vez de deixá-lo morrer lentamente de fome. Aqueles dentro das muralhas voltando-se uns contra os outros, se abandonados por tempo suficiente, comendo primeiro os mortos, depois os fracos, enquanto os soldados de fora atiram flechas em qualquer carroça de suprimentos que se aproxima, muito depois de ser necessário, apenas para praticar tiro ao alvo ou para aliviar o tédio. Embora a maioria dos presentes seja agricultores inocentes. Na guerra, nenhum lado luta com honra.

Eu treinava sozinho à tarde, trabalhando em movimentos com lança e espada até ficar coberto de suor, apesar do clima frio. Tentava me mover como os japoneses. Golpear rapidamente, com movimento mínimo do corpo, e puxar a arma para trás para estar pronto para atacar novamente. Mas isso ia contra meus instintos. Os indianos e os europeus me ensinaram a atacar com ferocidade. Balançar com toda a minha força, fosse a espada, o machado ou a clava, e lançar meu corpo em cada golpe. Eu tinha apenas minha espada de bordo e minha lança de cabo longo, mas tentei imaginar o peso das armas japonesas em minha mão. Eu as havia estudado com cuidado. Aprendi que as mulheres preferiam a lança *naginata* porque sua haste longa lhes dava uma vantagem que permitia que igualassem a força de um oponente maior. E que os soldados de infantaria usavam a lança *yari*, mais curta, para se defender dos cavaleiros ou derrubá-los das montarias.

Observando o samurai e o *ashigaru* treinando no pátio, percebi que, independente do armamento, sempre lutei com a força dos braços e das pernas. A arma era apenas o objeto pontiagudo ou contundente ao qual eu aplicava minha força. Os japoneses atacavam com precisão e com a força estritamente necessária, sem desperdiçar nenhum movimento. Eles confiavam mais na lâmina do que no corpo.

Eu treinava principalmente atrás do alojamento dos guardas, onde, exceto nos momentos de troca de turno, era tranquilo. Mas, um dia, notei um menino espiando pelo canto da parede dos fundos do quarto, me observando. Ele recuou apressado quando o notei, depois, lentamente, voltou a colocar um dos olhos na fresta. Eu o ignorei e continuei, mas no dia seguinte, haviam três crianças, e no outro, sete. Elas deixaram de espiar pela fresta no canto e passaram a ficar ao lado da guarita, expostas, apontando, rindo e imitando meus movimentos.

Fui marinheiro, soldado, estudante seminarista e escravo. Não via uma criança rir havia anos. Tentei não reagir enquanto eles apontavam e riam, mas não pude evitar um leve sorriso.

À NOITE, EU ARRANCAVA TODAS as fofocas que podia dos guardas que deixavam o serviço. Eles zombaram quando perguntei se Nobunaga estava se preparando para a guerra.

— Nosso senhor não está se preparando para a guerra, ele já está em guerra. O que você vê aqui são suas forças principais, mas ele tem muitos outros exércitos sob seu comando, liderados por muitos outros daimiôs.

— E eles estão lutando agora? Onde?

— Iga. Outros lugares também, mas nosso senhor está obcecado por Iga.

O guarda que disse isso olhou para baixo, como se o ato de dizer o nome fosse, em si, uma maldição. Eu tinha ouvido falar de Iga, primeiro pelo Irmão Ambrosius a bordo do barco em Nagasaki, e depois pelo pirata Murakami, que nos proporcionou a passagem para Sakai. Iga não estava sujeita ao governo de nenhum daimiô ou senhor. A única autoridade era um *Ikko*, um grupo de indivíduos encarregados de garantir a defesa da província. Os assassinos de Iga eram lendários, quase místicos. Alguns acreditavam que eles eram capazes de ficar invisíveis ou mesmo de se transportar instantaneamente de um lugar para outro, a qualquer distância. Outros pensavam que eles não eram homens, mas espíritos ou demônios. Eles não se submetiam a ninguém, matavam por dinheiro e raramente falhavam. Havia histórias deles esperando horas, ou dias, mantendo uma única posição se necessário, esperando pelo alvo ou pelo momento certo.

Um outro guarda deu um tapa forte nas costas do primeiro.

— Os homens de Iga são apenas homens. Eles vão cair como todos os outros homens. Eles não tentaram assassinar nosso senhor três vezes e falharam?

— Eles enviaram assassinos? Aqui? — perguntei.

O guarda balançou a cabeça.

— Não, não. Aqui não. O primeiro assassino esperou em Koga, por onde sabia que o senhor Nobunaga passaria. O assassino manteve sua posição por dias, esperando que o alvo aparecesse. Ele atirou em nosso senhor duas vezes com tiros de mosquete, mas eles atingiram o colar da armadura dele. Ele foi derrubado do cavalo, mas ficou ileso. O assassino foi caçado e torturado durante dias.

O quarto ficou em silêncio enquanto o guarda prosseguia.

— O segundo assassino entrou em um palácio onde nosso senhor estava hospedado, mas foi rapidamente descoberto pelos guardas. Ele se matou para evitar o mesmo destino do primeiro, mas Nobunaga ainda exibiu seu corpo no portão do palácio para que todos vissem. O terceiro foi o que chegou mais perto. Ele tinha entrado em um dos outros palácios de Nobunaga e chegado ao telhado, enquanto nosso senhor dormia. De onde estava, ele baixou uma linha embebida em veneno no quarto do nosso senhor. Nobunaga acordou antes que o veneno caísse em sua boca, mas o assassino conseguiu escapar.

— Sim, mas Nobunaga não desistiu de procurá-lo. Com o preço que Nobunaga ofereceu por ele, todos os homens do clã Oda, em Iga, estarão procurando por ele.

Depois de anos servindo como protetor do Padre Valignano, as histórias me deixaram nervoso. Três tentativas de assassinato. Uma em que sabiam o caminho exato que ele percorreria, outras duas em que haviam entrado no palácio onde Nobunaga dormia. Resolvi ter um olhar mais crítico ao caminhar por Azuchi, para estar mais ciente de seus potenciais pontos fracos.

Os guardas continuavam discutindo sobre Iga.

— ... eles lutam bem, sim. Eu não gostaria de enfrentá-los sozinho, não vou negar. Existem cinco passagens através das montanhas até Iga, e o nosso senhor ordenou que um exército passasse por cada uma delas. Nobunaga enviou quarenta mil homens ao todo. Iga vai cair. A verdadeira batalha é no oeste, com os Mori.

— Quem irá? — perguntei.

— Os homens já têm suas ordens. A tropa de Hideyoshi vai marchar para o oeste, ao longo da rota meridional. Os homens de Akechi vão marchar ao longo da rota setentrional.

Um guarda que estava de costas para a parede, no canto, brincando com um cachimbo esculpido à mão, fez uma previsão.

— Hideyoshi vai chegar primeiro. É o melhor em tomar castelos. O ratinho nunca falha.

— Hum. Ele é bem-sucedido, sim, mas não é rápido. Hideyoshi pressiona os homens até tirá-los de suas posições. Ele é o melhor estrategista, mas o velho Akechi é o melhor negociador. Ele vai assobiar e todos sairão pelo portão da frente.

— Assobiar — desdenhou outro guarda. — Está mais para implorar.

Houve uma breve gargalhada, depois os homens pararam de repente e viraram-se para mim. Ofereci o que esperava ser um gesto tranquilizador, e eles relaxaram, mas não totalmente.

— Há um homem sob o comando do senhor Akechi. Hidemitsu.

— Ah, Hidemitsu. — O guarda sorriu e puxou o nariz para o lado direito do rosto, arrancando risadas dos outros. — Ele é genro de Akechi e seu tenente de maior confiança. Você não gosta dele?

— Não tenho motivos para não gostar dele — falei cautelosamente.

O guarda deu de ombros.

— Às vezes os homens não gostam de outros homens sem qualquer motivo. Não adianta nada fingir que não é assim.

— Temo ter feito dele um inimigo — sondei, esperando obter mais informações.

— Você não seria o primeiro. Hidemitsu faz inimigos com mais facilidade do que faz amigos. Apenas fique longe dele. Ele não lhe fará mal nenhum.

Não querendo insistir mais, mudei de assunto.

— Então Toyotomi e Akechi irão ambos para o oeste. E Tokugawa? E os homens dele?

Eu havia visto os três generais nos campos e pátios preparando seus homens, mas lembrei-me da primeira noite em Honnō-ji, quando os vi de perto. Toyotomi Hideyoshi, baixo, magro, rosto enrugado e barba rala, a mandíbula indo para a frente e para trás como se estivesse mastigando constantemente; Akechi Mitsuhide, o mais velho dos três, careca no topo da cabeça e com cabelos parcialmente grisalhos presos nas laterais em um coque curto, aquele que o Irmão Organtino descreveu ao padre Valignano e a mim como o mais filósofo dos três; e Tokugawa Ieyasu, corpulento, com a papada afundando no pescoço e o corpanzil escondido sob um quimono formal esvoaçante.

— Os homens de Tokugawa receberam ordem de esperar — disse o guarda no canto. — Se a campanha ocidental começar mal, ele apoiará qualquer exército que precise. Mas se a campanha ocidental começar bem, meu palpite é o de que ele irá para o leste, para destruir o que resta do clã

Takeda. Seu poder foi reduzido, mas Takeda Katsuyori continua no comando das terras, e eles ainda controlam o território ao redor do Monte Fuji.

— E vocês? Os guardas?

Isso trouxe outra rodada de risadas.

— Nós ficamos aqui. Nós protegemos o castelo. O único lugar que ninguém ousa atacar ou sequer consegue alcançar. Temos o trabalho mais chato de todo o Japão.

O guarda deu um chute para a frente e cruzou os braços, jogando a cabeça para trás e fingindo roncar. Os outros riram, mas logo todos se acomodaram em suas esteiras, e os roncos falsos foram substituídos pelos reais.

13

A multidão de crianças que assistiam ao meu treino, atrás do alojamento dos guardas, havia aumentado para quase duas dúzias. Também incluía agora um punhado de soldados, mercadores e artesãos, que, ao contrário das crianças, fingiam estar ocupados com alguma outra coisa enquanto observavam. Sua curiosidade exposta me deixou agudamente consciente de minha estranheza. Eu era o único africano em toda a cidade de Azuchi e, provavelmente, em toda a região central do Japão.

Fiz o aquecimento lentamente, passando por todos os movimentos — atacar, respirar, girar, cortar, respirar —, e então comecei a acelerar, combinando sequências. Em pouco tempo, estava suando, balançando, rodopiando, tudo para uma audiência de crianças que sussurravam e riam.

— Você realmente luta com essa coisa?

Virei e vi Ranmaru, com um sorrisinho cínico, encostado no canto da parede do alojamento. Ele se endireitou e caminhou na minha direção, colocando a mão sobre a espada de bordo portuguesa e examinando-a brevemente.

— Ouvi as crianças rindo — falou. — Agora entendi o porquê.

— Esta arma me serviu bem — respondi, meio na defensiva.

Ele pegou a espada de mim e deixou a própria mão cair, de maneira exagerada, para satisfação da multidão risonha.

— Pesada — comentou, levantando a espada de novo para uma inspeção adicional e, em seguida, brandindo-a devagar pelo ar. — Lenta. É um milagre você não estar morto. Velocidade e precisão, é assim que se ganha uma batalha. Não é com a força.

Ele inchou os braços e o peito e cambaleou pelo semicírculo, ficando tão grande quanto conseguia e arrancando gargalhadas das crianças. Ele segurou a ponta da lâmina e estendeu o cabo da espada para mim.

Não havia maldade em Ranmaru, mas, ainda assim, senti o sangue ferver por ser ridicularizado.

— Estou aberto a aprender — falei com cuidado. — Como você derrotaria alguém mais forte do que você, um guerreiro experiente?

O sorriso cínico voltou ao rosto de Ranmaru. Ele olhou em volta e fixou os olhos no carrinho de um mercador.

Ele foi até o carrinho e escolheu uma abóbora que estava na parte de cima, de aparência resistente. Pegou-a e balançou-a para a frente e para trás, verificando a espessura da casca. De repente, ele se virou e a lançou para mim, mas minha resposta foi igualmente rápida. Firmei os pés e cortei de baixo para cima. O golpe foi preciso, mas o ângulo estava errado, e a abóbora ficou presa na lâmina. Minha espada atravessou metade da abóbora e acabou ficando alojada nela.

Ranmaru bateu palmas, e as crianças acompanharam.

— Sua arma pode segurar coisas. Isso é impressionante.

Olhei para minha espada, uma fina gota de sumo escorrendo pelo metal preto.

— Esse golpe é capaz de matar um homem — falei.

Ranmaru desembainhou a espada em um movimento que eu quase não percebi. Levantei minha lâmina para contra-atacar. O instinto de milhares de dias de treinamento informou que minha reação fora rápida o suficiente, mas a abóbora ainda estava alojada na lâmina, me retardando. A katana de Ranmaru estava em meu pescoço um momento antes de eu conseguir bloqueá-la. Era o suficiente para fazer a diferença entre a vida e a morte.

— Vai matar um homem, sim. Mas e o próximo homem?

Ele embainhou a espada, sorriu e recuou.

— Você ataca com mais força do que precisa. Se fizesse apenas o necessário, sua espada estaria livre. Isso afeta a postura dos seus pés e seu equilíbrio. Você dá um passo adiante, muda seu peso, usa sua força, mesmo quando um movimento menor alcançaria o mesmo resultado.

Ele deu uma batidinha em meu ombro.

— A partir de agora, vai treinar conosco. E assim que tirar a espada de dentro da abóbora, venha comigo. O senhor Nobunaga disse que está na hora de você ganhar roupas novas. Ele providenciou entretenimento, e você vai se juntar a nós.

Nobunaga tinha ordenado que um campeonato de sumô marcasse o início da campanha ocidental. Ranmaru me chamou para que minhas medidas fossem tiradas e eu pudesse comparecer usando uma vestimenta japonesa mais tradicional. Desde que havia sido entregue a Nobunaga, eu só tinha minha espada, a lança, três pares de calças e uma blusa, que eu revezava.

Os alfaiates conversaram animadamente sobre as medidas. É provável que não soubessem que eu podia entendê-los, mas não falei nada. Apenas observei enquanto trabalhavam freneticamente, costurando materiais.

Seria a minha primeira vez dentro do castelo. Com sete andares de altura, a construção se elevava sobre o conjunto de edifícios administrativos e pátios que cobriam o cume achatado, as propriedades privadas e bases militares espalhadas ao longo da rota ascendente e a pequena, mas florescente, cidade na base da montanha. Acima da fundação rochosa inclinada, os primeiros cinco andares do castelo foram pintados principalmente de branco, com alguns pequenos detalhes visíveis em preto e dourado. O sexto andar era de um vermelho vibrante, e o sétimo, o torreão dourado, brilhava como uma estrela à luz do sol quando nos aproximávamos.

À noite, minhas roupas ficaram prontas. Ranmaru me convocou ao castelo e me presenteou com os novos trajes. Além de quatro quimonos, havia dois pares de calças — que ele chamou de *hakama* e que desciam amplas até o meio da panturrilha, com pregas na frente e amarradas na cintura com um cinto grosso — e três camisas largas de lã leve em tons de azul, laranja e branco, abertas na frente como um quimono. Ele escolheu a camisa azul e me mostrou como envolver o peito com ela e prendê-la com o cinto do *hakama* para mantê-la fechada.

Depois que me troquei, Ranmaru mandou levar embora as roupas portuguesas, aquelas que Valignano havia comprado para mim. Ele apontou para um espelho, e eu me virei em direção a ele. O *hakama* estava amarrado no alto de minha cintura, e a camisa tipo quimono estava esticada sobre meu corpo formando um ângulo diagonal, fazendo meu torso parecer curto, mas largo. As roupas estavam limpas e confortáveis, e, sem querer, balancei os braços para sentir o movimento da camisa. Fiz um movimento de corte, como se estivesse com a espada, que arrancou risadas de Ranmaru. Eu ri com ele.

— Vamos. — Ele acenou para que eu o seguisse.

Dentro do castelo, os corredores externos eram rodeados de salas privadas para reuniões, eventos sociais mais íntimos e para alojar convidados estimados, mas a parte interior do castelo era totalmente aberta. Visitantes de todos os sete andares podiam ver a abertura central do andar principal. Grandes colunas estendiam-se do primeiro ao sétimo nível, pintadas com dragões e pavões, garças, peixes enormes e outras criaturas estranhas, mas também pessoas: filósofos, guerreiros e outras figuras históricas.

As varandas internas dos primeiros cinco andares eram pintadas de preto, e as do sexto, de vermelho. O sétimo andar era inteiramente revestido com lascas de ouro e marcado com o símbolo do imperador. Eu sabia, pelas aulas de Valignano, que o imperador nunca saía da capital e, assim, reconhecia a declaração audaciosamente poderosa que Nobunaga tinha feito simplesmente ao construir o andar com sua visita em mente. Os daimiôs visitantes, ou seus emissários, veriam a área de observação dourada no andar mais alto do castelo e compreenderiam a mensagem de Nobunaga em alto e bom som: "A sede do poder é aqui, não em Quioto. Com o tempo, até o imperador virá até mim."

— Não entendo muito de sumô — sussurrei para Ranmaru enquanto ele me conduzia escada acima.

— É como a maioria das coisas japonesas — respondeu ele. — É muito simples, até você começar a estudar. Então fica complexo.

Paramos no quinto andar. Já havia uma dúzia de outros alinhados contra a grade, todos vestidos com mais elegância do que eu. Reconheci Ogura e Jingorou entre eles. Os dois irmãos cumprimentaram Ranmaru respeitosamente quando entramos e, então, sem muita certeza, fizeram o mesmo comigo. Criados trouxeram *gyozas* tingidos de verde, rosa e amarelo, chá e saquê, comida muito melhor do que aquela que eu saboreava nos alojamentos dos guardas.

Um silêncio tomou conta da multidão quando Oda Nobunaga apareceu à nossa frente, no nível de cima. O camarote do imperador estava vazio e apagado, e assim, Nobunaga, no camarote vermelho do sexto nível, examinou os convidados. Pude ver grupos cada vez maiores à medida que os níveis desciam, desde pequenos agrupamentos de dignitários de menor relevância até a multidão de soldados amontoados no nível inferior. Todos se levantaram para cumprimentar Nobunaga, que apenas inclinou a cabeça, permitindo que o evento começasse.

Uma plataforma elevada havia sido levada para o andar principal no início do dia e foi salpicada com areia. Estava rodeada por fardos de palha de arroz, e no centro, duas linhas curtas haviam sido pintadas de branco.

Foi ouvido um único gongo de um tambor, e, então, um homem mais velho, vestindo um quimono escuro e brilhante, entrou na área principal carregando um longo feixe de gravetos acesos. Ele circulou o interior da arena, agitando os gravetos fumegantes nas bordas. Ranmaru tocou meu cotovelo.

— O *dohyo* é sagrado. E este homem é o *yobidashi*. Ele vai administrar a competição, mas antes deve purificar o *dohyo*.

Quando terminou, o *yobidashi* entregou o incenso que ainda queimava para os assistentes que estavam fora da arena e sentou-se, com as pernas cruzadas, ao longo de uma baliza branca. Doze competidores entraram na área, homens corpulentos com rostos sérios e coques apertados, usando tão somente tangas e cintos torcidos de corda. Não se ouviu comemoração quando entraram, apenas murmúrios respeitosos. Nos níveis inferiores, percebi discussões sussurradas e apostas sendo registradas secretamente. Ao meu lado, Jingorou colocou duas moedas sobre uma mesa e olhou para o irmão, Ogura, que sorriu e aquiesceu.

Os dois primeiros competidores entraram no *dohyo*. O *yobidashi* ficou em pé e dirigiu-se às duas linhas brancas. Ele segurava um leque de guerra verde-esmeralda. Os competidores posicionaram-se, um em cada linha e de frente um para o outro. Eles bateram os punhos cerrados na linha à sua frente e atacaram. A multidão, respeitosamente silenciosa até aquele momento, explodiu, do primeiro ao sexto nível e do chão até a torre do castelo.

Tão rápido quanto começou, a luta terminou. O mais jovem dos competidores foi desestabilizado e empurrado para fora do círculo de fardos de palha de arroz. O perdedor curvou-se para o vencedor e saiu do *dohyo*. O *yobidashi* mostrou seu leque ao vencedor e gritou:

— *Oshidashi*!

— O que é *oshidashi*? — perguntei a Ranmaru.

— É a técnica usada para vencer a luta.

— Existem quantas maneiras de vencer?

— Tantas quanto as de perder.

Virei-me para Ranmaru, vi um sorriso brincalhão em seu rosto e suspeitei que minha pergunta houvesse sido idiota. Observei o dinheiro passar de mão em mão nos níveis abaixo de mim. O *dohyo* foi varrido rapidamente com um escovão, e os próximos dois homens entraram. Ogura recolheu as moedas de seu irmão de cima da mesa.

As lutas transcorreram rapidamente, e me concentrei nos lutadores. O chão parecia tremer quando eles colidiam um com o outro, e embora certamente fosse o barulho da multidão, era fácil imaginar que era a força da colisão entre os dois homens. E ainda assim, apesar da violência e do poder que eram exibidos, também havia elegância. Os competidores eram ágeis. Eles permaneciam equilibrados nas pontas dos pés, driblavam e contra-atacavam, enfrentavam e desviavam, defendendo suas posições e armando seus ataques com uma graça incongruente. Os aplausos aumentaram à medida que o torneio avançava, sem dúvida estimulados pela generosa dose de saquê. Foi depois da sétima ou oitava luta que ouvi pela primeira vez alguém chamar o gigante.

Kyojin. Começou com um grito solitário, que foi logo compartilhado e tornou-se um canto entre as pessoas do nível inferior, então subindo ao segundo e terceiro níveis. A multidão levantou os olhos novamente, mas desta vez, eles não estavam procurando por Nobunaga, estavam procurando por mim. Eu me afastei da beirada da varanda, mas a não ser que fosse embora, não tinha como sumir completamente da vista.

Os cerca de doze homens que estavam comigo na varanda riram e, primeiro um, depois outro, tomaram parte na cantoria.

— *Kyojin*! *Kyojin*!

— Vamos ver Yasuke lutar! — gritou alguém lá de baixo.

— Bem, pelo menos um deles sabe o seu nome — comentou Ranmaru ironicamente.

Os homens que estavam no balcão se viraram para mim, me avaliando. Ogura e Jingorou sussurraram um para o outro sobre minhas chances e se valia a pena apostar nelas.

Olhei para a varanda de Nobunaga. Ele estava sentado na beirada do balcão carmesim, acompanhado por Toyotomi, Tokugawa e Akechi. Tinha um sorriso entretido no rosto, mas, de resto, não deu nenhuma indicação de seus desejos. A decisão era minha.

Eu me perguntei se havia perigo ali. Haveria consequências se eu tivesse um mau desempenho ou cometesse algum erro quanto à tradição? Faria algum inimigo se eu ganhasse? Quando havia tantas coisas que eu ainda precisava aprender, até as escolhas mais simples tinham de ser feitas com cuidado. Eu só podia confiar em meu próprio instinto. E meu instinto dizia que o maior risco residia em evitar o desafio. Além disso, tendo tomado a decisão, percebi mais uma coisa: eu queria brigar.

Acenei com a cabeça para Nobunaga, e ele respondeu, dando sua permissão.

Levantei minha mão, e os cantos se transformaram em gritos estridentes. Eles assaltavam meus ouvidos como ondas à medida que Ranmaru me levava de volta para o corredor e descia comigo até o nível inferior. Quando cheguei lá, alguém já havia amarrado uma tanga para mim. A multidão aprendeu meu nome, e enquanto eu vestia a tanga, o canto de “Yasuke” ecoou pela câmara.

Ranmaru me deu instruções rápidas.

— Você deve se agachar e tocar a linha branca com as mãos. Então a luta começa. Depois disso, é simples: fique dentro das balizas e não deixe nenhuma parte do seu corpo, exceto seus pés, tocar o chão.

Aquiesci e entrei na câmara principal. Devia estar nervoso, mas, na verdade, estava entusiasmado. Eu havia ficado confinado no alojamento dos guardas por dias, tendo minhas sessões de treinamento diário como única válvula de escape. Durante os meses que passei no navio português, havia ficado tentado a participar das lutas sob o convés que os marujos às vezes organizavam, mas não quis abandonar meu dever de permanecer sempre alerta para proteger Valignano. Ainda sentia vergonha por ter sido entregue com tanta facilidade por alguém em quem confiava, lembrado tão grosseiramente de meu lugar e de meu valor. Fiquei aliviado por finalmente poder me testar contra alguém, em qualquer circunstância. Aliviado por finalmente ter algum escape.

Meu oponente já estava no *dohyo*. Ele era baixo e atarracado, com panturrilhas e braços de aparência poderosa. Seu rosto estava voltado na minha direção, mas ele parecia estar olhando além, e não para mim, como se eu não merecesse toda sua atenção. Ele balançou os ombros, girou o pescoço e saltou levemente sobre as pernas grossas.

As pessoas na multidão gritavam animadamente para fazer apostas de última hora, a discrição anterior há muito abandonada. Entrei no *dohyo*, fiz uma reverência ao *yobidashi* e repeti o gesto ao meu oponente. A resposta foi um sorriso sarcástico.

Nós nos aproximamos das linhas brancas, batemos os punhos no chão e, quando ele avançou, passei meus braços em volta de seu peito. Em um único movimento, levantei-o do chão, rolei-o sobre meu quadril e joguei-o de costas no centro do *dohyo*.

A onda de gritos tornou-se um tsunami. O *yobidashi* ficou tão chocado que, de início, esqueceu o que devia fazer e simplesmente me encarou. Quando se recuperou, correu até mim, ergueu o leque de guerra e gritou:

— *Tsukaminage*!

Eu me virei para sair do *dohyo*, mas o próximo homem já havia entrado. Ele me olhou de cima a baixo, depois cerrou os dentes e os punhos. Eu sorri. Atrás de mim, a multidão rugiu.

14

Algumas vezes, os homens pagavam para nos ver lutar. Como nosso mestre, eles usavam túnicas limpas e sandálias de couro, tinham o mesmo rosto moreno e as barbas escuras e grossas. Ficavam em pé no chão de terra do pátio, incentivando a violência e, às vezes, se a luta fosse divertida o suficiente, entregando uma moeda para nosso feitor português.

Uma manhã, nós saímos para o pátio de treinos, e nosso feitor estava acompanhado de quatro homens vestidos como ele, mas com armamento mais pesado. Era a primeira vez que outros homens brancos iam ao complexo.

Formamos uma fila, como sempre fazíamos, e pegamos as armas que estavam à nossa frente. Eu havia levado semanas para me curar das feridas, depois de ter sido deixado pendurado na prancha, mas assim que me curei, voltei a treinar, fazendo em silêncio e impiedosamente o que era necessário. Desviei do avanço ansioso demais da lança de um garoto mais velho e o atingi na cabeça com a parte achatada de uma espada, com força suficiente para que pingasse sangue de sua orelha quando ele caiu. Eu me agachei para desviar de uma clava manejada por um oponente de pele mais clara e cicatrizes profundas e cortei a parte de trás do joelho dele, derrubando-o no chão.

Os homens brancos não aplaudiram nem fizeram apostas, e me perguntei por que estavam ali. Eles observavam impassíveis, às vezes sussurrando alguma coisa entre si, então cochichando para nosso feitor. Depois de mais algumas lutas, o feitor nos mandou parar. Apontou para uma dúzia de nós.

Algumas bolsas de moedas passaram de mãos, e, em seguida, os quatro homens nos levaram até o cais, onde embarcamos em outro navio.

No porão do navio, já havia vinte ou trinta escravos esperando. Eles ficaram em silêncio quando entramos, mas depois que nossos captores subiram ao convés, qualquer conversa que havíamos interrompido foi retomada lentamente. Reconheci algumas palavras, não em meu próprio idioma, mas em um dialeto próximo o suficiente para que eu pudesse entender.

— Vocês são Lomwé? — gritei.

Minha voz soou estrangulada na garganta, e percebi há quanto tempo não a usava. Estava escuro no porão e era difícil de enxergar, mas um homem mais velho veio em minha direção, pisando cuidadosamente entre as pernas e os pés. Na luz tênue, pude ver metade de seu rosto, profundamente enrugado, e seu cabelo, longo, grisalho e trançado.

— Quantos anos você tem? — ele perguntou.

— Treze.

— Hum — murmurou para si mesmo, balançando a cabeça. — Mais jovens a cada ano.

— De onde você é?

— Eu sou daqui — respondeu. — Deste barco. E você também é.

Ele afundou de volta na escuridão. Não falei de novo durante o restante da viagem.

DORMIMOS EM UM FORTE DE pedra cujos fundos davam para a água e com muros altos na parte frontal, sujeitos a bombardeios a qualquer hora do dia ou da noite. Eu nunca havia visto canhões antes, e a primeira vez que senti o tremor deles trovejando contra as paredes, caí no chão. Ninguém percebeu. Homens corriam de lá para cá, sujos, sangrando e cansados, às vezes gritando ordens, outras vezes com a expressão imóvel. Os homens brancos ainda não tinham rosto para mim; eu ainda não tinha aprendido a distingui-los uns dos outros, exceto aqueles que tinham cicatrizes.

Encontrei o velho Lomwé novamente, no terceiro dia. Eu o reconheci pelas tranças grisalhas espalhadas sobre os ombros e as costas encharcadas de suor. Havíamos sido incumbidos de todo tipo de trabalho desde nossa chegada — construir suportes para as paredes e o portão, afiar e limpar armas, recolher o entulho onde as pedras haviam rachado e parcialmente caído —, mas ainda não tínhamos sido chamados para lutar.

— Vamos — disse o velho, me entregando um balde de argamassa.

Mergulhei uma vara embrulhada em pano no balde e apliquei a argamassa no espaço entre as pedras, como haviam me mostrado.

— Quem são eles? — perguntei, apontando com o queixo para o exército acampado fora dos muros.

— Os homens os chamam de otomanos. Eles amaldiçoam os nomes deles e, acima de tudo, amaldiçoam aquele que chamam de Suleiman.

— O que esse Suleiman fez?

— Parece que é uma maldição antiga. Não creio que esse Suleiman exista, ou, pelo menos, acho que não existe mais. Esta é uma guerra antiga. Os homens que lutam agora são diferentes daqueles que a começaram.

— E o que eles querem?

O velho encolheu os ombros e pegou outro balde, que lhe foi passado pelo próximo homem da fila.

— Os otomanos, os portugueses, ambos querem a mesma coisa. — Ele apontou vagamente na direção do interior do forte. — Eles acreditam que esta terra lhes pertence.

— E pertence? — perguntei. — Eles são daqui? Os portugueses?

O velho pareceu confuso com minha pergunta e depois riu. Ele pegou o balde vazio de meus pés, substituindo-o por outro.

— Daqui? Não, garoto, você ainda está na Índia.

— E a que distância isso fica de casa?

Embora soubesse que isso era impossível, não consegui afastar o pensamento de meu pai me procurando e me encontrando ali. O velho parou de trabalhar e, de repente, ficou muito sério. Ele olhou para mim com uma expressão severa.

— Esqueça a sua casa. Você nunca mais verá a sua casa, entendeu? Esqueça a sua casa. — E então, enquanto se afastava de mim: — Esqueça tudo o que você sabe sobre ela.

Um projétil atingiu a parede, fazendo cair poeira sobre nós. O velho se sacudiu.

— Acho que ambos acreditam que todas as terras pertencem a eles — falou.

Aprendi a dormir mesmo quando os canhões eram disparados. Os escravos trabalhavam desde o nascer do sol até altas horas da noite, e as poucas horas que tínhamos para descanso não podiam ser desperdiçadas. Sempre que possível, eu tentava conseguir tarefas no topo do muro, para poder observar o exército inimigo. As roupas que os portugueses usavam por baixo da armadura eram, em sua maioria, cinzentas ou de um vermelho opaco, mas os otomanos usavam azuis, verdes e amarelos vibrantes. Eles se destacavam na paisagem borralhenta como se quisessem que os víssemos e soubéssemos onde estavam a todo o momento.

Estudei como eles se uniam e como se dividiam, como e quando se movimentavam. Eu havia aprendido, durante meu treinamento, como ler as ações dos homens para prever o que eles fariam, e agora tentava aplicar isso às formações.

A doença subjugou alguns dos homens. Era possível ouvi-los à noite, gemendo e pronunciando palavras, que deviam ser orações, na escuridão. De manhã, eles estariam deitados na terra, com as roupas molhadas de sereno, depois de tentarem rastejar de volta para suas tendas, vindo da latrina, e não conseguirem.

Se ainda estivessem vivos, seriam levados para uma sala abaixo da fortaleza e mantidos separados dos outros. Se tivessem morrido durante a noite, seus corpos eram queimados, e era nossa a função levar embora os cadáveres rígidos e fedorentos, empilhá-los e acender as chamas.

Cavávamos trincheiras profundas ao redor das fogueiras e as enchíamos com água, para evitar que as chamas se espalhassem muito. Deixávamos apenas uma pequena faixa de terra não escavada, larga o suficiente para arrastar um corpo para a fogueira. Os homens brancos afastavam-se de nós, enojados, não querendo ver seus colegas soldados tratados daquela forma. Depois, eles jogavam baldes de água em nós e mandavam que nos esfregássemos, mas mesmo assim não chegavam perto de nós. Do alto do muro, eu podia ver incêndios nos acampamentos inimigos, e pela cor da fumaça e pelo cheiro trazido pelo vento, percebi que eles também haviam sido atingidos pela mesma doença.

— Quem vai vencer? — perguntei um dia ao velho. Nós tínhamos incinerado mais seis corpos e estávamos jogando terra sobre as brasas e os restos mortais.

— Por que você se importa? — respondeu ele, e então retornou ao trabalho. Depois de um momento, ele parou para se apoiar na pá e olhou para mim.

— Não quero ser ríspido, mas você ainda é uma criança e não pode se dar ao luxo de ser. Não aqui. Você pertence a esses homens. Assim como eu. A terra que estamos empurrando com essas pás tem mais valor para eles do que nós. Se você quer sobreviver, não faça perguntas. Faça o que te mandarem fazer e torça para passar despercebido.

Ele voltou a empurrar a terra, e eu fiz o mesmo.

A guerra se transformara em dia após dia de trabalho penoso, hora após hora de uma mesmice entorpecente, e foi por isso que o ataque nos surpreendeu.

Eu havia acabado de acordar e me vestir. O sol ainda não era visível no horizonte, embora seus primeiros raios tivessem transformado o céu preto em um roxo pálido. Ouvi um grito sendo interrompido, vindo de perto. Alguns homens correram em direção ao grito, e outros fugiram dele. Juntei-me ao primeiro grupo e vi cerca de uma dúzia de homens com túnicas de cores vivas sobrepostas por cotas de malha de aparência grossa.

Os canhões haviam rachado a parede durante a noite, e os otomanos estavam se espalhando pela base da ruptura. Um cavalo coberto por uma cota de malha saltou sobre os escombros, seguido por outro. Os cavaleiros jogaram os cavalos para cima do pequeno grupo de escravos negros e soldados portugueses, criando caos e dando cobertura para que mais homens se juntassem à batalha.

O velho chegou antes de mim, e vi que ele estava tentando arrastar um dos escravos feridos para longe do combate. Dei um passo em direção a ele, então parei e me agachei ao ouvir o estampido de um rifle. Um soldado português caiu morto a poucos metros de mim.

Houve mais alguns tiros, e depois os otomanos atiraram as armas para trás. Eu sabia, pelo pouco treinamento que tive com essas armas de fogo, que eles não teriam tempo de recarregá-las antes que os soldados portugueses os atacassem. Um dos otomanos desembainhou a espada e avançou em direção ao velho. Virei o corpo do soldado português morto e peguei sua lança e a espada. Sem pensar, joguei a lança. Atingi o otomano no ombro. Ela chocou-se de forma inofensiva contra a armadura dele, mas chamou sua atenção. O otomano virou-se e correu em minha direção, seguido por outros dois. Os olhos do velho encontraram os meus, mas apenas brevemente. Ele continuou a transportar o escravo caído para um local seguro.

A fortaleza havia se transformado em uma colônia de formigas em atividade. Os homens brancos correram para a batalha gritando como feras, enquanto outros atrás deles se alinhavam com seus rifles. Logo, o ar estava denso com fumaça e o cheiro da pólvora.

Por um momento, tudo pareceu congelar. Pude ver o rosto dos homens de ambos os lados, deformados em expressões de raiva e ódio. Toda a razão os havia abandonado, e eles golpeavam uns aos outros com uma sede de sangue que eu não sabia que podia existir. Atordoado e assustado, pensei em fugir, mas antes que pudesse me virar, o primeiro otomano me alcançou.

O otomano em quem eu havia atirado a lança estava tão próximo que pude ouvi-lo respirar. Sua espada longa e curva captou o primeiro brilho do sol da manhã quando desceu sobre mim. Eu me apoiei em um joelho e ouvi a lâmina raspar o ar, acima de minha cabeça. Eu ainda segurava a espada portuguesa e bati no joelho do homem com o cabo. Ele cedeu, mas os outros dois que o seguiam ocuparam seu lugar quando ele caiu para trás.

O segundo homem brandiu a espada, e eu levantei a minha própria para bloqueá-lo, mas ele era forte demais, e só consegui desviar o golpe. Senti o metal frio contra meu braço, seguido por um fio constante de sangue. Ainda não havia dor, mas gritei mesmo assim.

Dei um jeito de ficar de pé, bloqueei um golpe do terceiro otomano e outro ataque do segundo, mas então senti minha coxa direita sendo cortada, logo acima do joelho.

Olhei para o sangue escorrendo pelo meu braço esquerdo e pela frente da minha perna direita e entrei em pânico. Eu era forte, mas era forte para um menino. Aqueles eram homens armados e experientes, e, treinado ou não, eu sabia que morreria se tentasse enfrentá-los.

Eu me virei e corri, com os três homens me perseguindo. Pulei sobre escombros e suportes caídos e ganhei um pouco de distância, mas minha coxa, que sangrava, latejava com o esforço. A pesada cota de malha fazia os homens ficarem mais lentos, mas eu sabia que eles acabariam me alcançando. Não podia correr para sempre.

Acalme-se.

As palavras vieram de algum lugar dentro de mim, e eu escutei. Imaginei meu pai dançando, e tudo ficou mais lento. Controlei minha respiração o melhor que pude. Ainda corria, mas observava o pátio enquanto o fazia, em busca de oportunidades. Imaginei meus perseguidores, seu tamanho e peso, suas armaduras, suas armas, tentando encontrar alguma vantagem.

Havia três deles e um de mim. Eu precisava mantê-los em movimento e separá-los, ou encontrar um espaço fechado onde o fato de serem três deles os prejudicasse.

As fogueiras.

Os fossos que havíamos cavado ao redor delas eram largos demais para um homem saltar, e a fina faixa de terra que deixávamos sem cavar para que pudéssemos arrastar os corpos para a pilha só era larga o suficiente para um único homem.

Cheguei rapidamente ao fosso e fiquei em cima dos restos dos doentes e dos mortos. Os otomanos não tiveram escolha senão formar uma fila e me atacar um por um. O primeiro me atacou como o rinoceronte das histórias de meu pai, e eu sabia que ele esperava me empurrar para trás para abrir espaço para seus amigos atravessarem. Coloquei meu ombro no chão e rolei meu corpo sobre as pernas dele, jogando-o na vala de água. Levantei-me, passei a espada pela sua garganta e restabeleci minha posição no final da curta ponte de terra, bem no momento em que o segundo homem a atravessava.

Os sons de violência no pátio atingiram níveis cacofônicos, e eu mal conseguia ouvir o grito de guerra do homem, embora ele estivesse bem diante de mim. Ele golpeou, e eu me esquivei, mas ele continuou o ataque com um soco em meu rosto. Senti o metal da luva dele esmagar meu rosto, meu nariz quebrar e sangrar, e caí para trás.

Pisquei e olhei para o céu, mas não tinha tempo para me recuperar. Fiquei de pé. O terceiro otomano já atravessava a faixa de terra, e se eu permitisse isso, teria de lutar contra os dois ao mesmo tempo no centro do fosso. Minha sobrevivência dependia de mantê-los do outro lado, onde teriam de me atacar, um de cada vez, ao longo do caminho estreito. Joguei todo meu peso sobre eles, desesperado, e empurrei o segundo homem em cima do terceiro, desequilibrando os dois e forçando o terceiro homem a recuar para o outro lado do fosso para evitar cair na água.

Brandi a espada e acertei o segundo homem na lateral da cabeça. Seu capacete chacoalhou, e o som pareceu pegá-lo desprevenido. Encontrei um ponto descoberto em sua armadura e enfiei a espada em sua axila, o mais profundamente que consegui. Ele tropeçou, cambaleou e caiu, mas, ao fazê-lo, a espada escorregou de minha mão.

O último soldado otomano, aquele que golpeei com a lança, não teve pressa. Ele passou por cima de seu companheiro caído e me avaliou enquanto se aproximava. Sua cota de malha pendia abaixo dos joelhos e tilintava, a cada passo, na armadura que revestia suas canelas.

Procurei em volta por qualquer coisa que pudesse usar. Peguei uma pá e a segurei na minha frente, com as duas mãos. O otomano me rodeou, observando meus pés, do mesmo modo que eu aprendera a reparar nos pés, nas mãos e nos olhos dos outros homens.

O corte na minha coxa começou a doer. O sangue de meu nariz quebrado escorria pelo meu rosto e peito. Respirei pela boca, sentindo o gosto de sangue a cada inspiração. Nós nos esquadrinhamos e nos avaliamos, parados em um poço de lama, cinzas e ossos carbonizados.

Ele me disse algo em uma língua que não consegui entender. Então, avançou com um golpe curto, apenas para me testar. Ele sondou novamente, desta vez brandindo a espada de modo mais agressivo. Eu desviei os golpes com a lâmina da pá e observei o brilho das faíscas, laranja e azul, provenientes do contato dos metais.

Andamos em círculo mais uma vez, e escolhi meu ponto de ataque. Empunhei a pá na direção da barriga dele, em um drible controlado. Ele reagiu para bloquear o golpe, e eu rolei minhas mãos sobre o cabo da pá, mudando o alvo e enfiando-a na junção da armadura, entre o pé e o tornozelo. Sua perna cedeu para dentro, apesar da armadura, e ouviu-se um som alto de estalo. Ele gritou, e eu deixei o embalo me levar para a frente, jogando meu ombro contra seu peito. Ele caiu para trás e perdeu o capacete. Não hesitei. Enfiei a lâmina da pá em seu rosto, uma, duas, três vezes.

Caí, apoiando-me na pá, e examinei meus ferimentos. Algum tempo depois, um soldado português aproximou-se, com raiva, gritando comigo. Mas parou quando chegou mais perto e viu os corpos dos três otomanos caídos. Só me encarou, sem palavras.

HOUVE MAIS TRÊS BATALHAS. Às vezes os otomanos avançavam para o interior do forte; outras vezes, nós saíamos ao seu encontro na planície. Quando matávamos mais homens do que perdíamos, os homens brancos comemoravam, bebiam muito em canecas de barro e gritavam para as estrelas. Quando perdíamos mais homens do que matávamos, eles ficavam sentados em silêncio perto do fogo e grunhiam uns para os outros como animais.

Eu matei homens que não conhecia e lutei por razões que não compreendia, mas com nossas muralhas violadas e as costas contra o mar, era apenas uma questão de tempo. Os homens baixaram a bandeira vermelha e verde e substituíram-na por uma branca.

— O que isso significa? — perguntei ao velho escravo Lomwé.

— Significa que terminamos aqui. Essa é a bandeira que eles levantam quando não querem mais lutar.

Ainda havia aprendido muito pouco da língua portuguesa, mas não precisava das palavras deles para reconhecer seu medo. Isso transparecia na expressão do rosto deles, na tensão em seus ombros. Eles se reuniram no topo do muro e observaram ansiosamente, enquanto um deles cavalgava até a tenda aberta onde o exército adversário estava sentado à sombra, dando água aos cavalos e assando carne no espeto sobre chamas abertas. Sentei-me sobre o muro com o velho Lomwé e alguns outros escravos. Observamos do canto, bem longe dos soldados brancos.

O homem branco foi levado até uma cadeira no centro da tenda. O homem na cadeira estava vestido com seda fina e usava um chapéu azul alto com uma borla amarela preso ao topo. Os dois conversaram um pouco, então o homem de chapéu com borla levantou-se e caminhou até o fogo. Dois soldados seguraram os braços do homem branco e forçaram-no a se ajoelhar. Ao longe, pudemos ouvi-lo gritar.

Um dos homens no muro levantou-se para sair. Ele falou com os outros. Reconheci as palavras "barco" e "manhã" e entendi que eles estavam se preparando para partir. Alguns outros seguiram o homem escada abaixo, mas a maioria ficou, assim como eu.

Na tenda na planície, o homem de chapéu com borla pegou uma pinça e ergueu do fogo uma pedra do tamanho de um punho. Ele caminhou lenta e deliberadamente até o homem branco e forçou a pedra em sua boca. Os soldados o seguraram enquanto ele se torcia, chutava e se debatia e o soltaram quando ele ficou imóvel.

Os homens brancos que permaneceram no muro não disseram nada. Eles se viraram e desceram a escada vacilante.

Nossas tarefas passaram da preparação para a guerra à preparação para a viagem. Havia suprimentos a serem verificados e embalados, cordames de velas a serem inspecionados, armas a serem limpas e armazenadas. Ninguém dormiu, mas os vitoriosos otomanos pareciam contentes em permitir a partida dos portugueses.

— Aonde vamos?

O velho parou por um momento.

— Venha comigo.

Ele me levou até onde os capitães dos homens brancos estavam circundando uma mesa. Ele limpou a garganta, cruzou as mãos na frente do corpo e baixou a cabeça. Falou algumas palavras em português e fez um gesto na minha direção. Eles olharam para mim, mas sem demonstrar muito interesse. Então, voltaram às suas listas e inventários.

Um dos homens brancos inclinou a cabeça e continuou a olhar para mim. Ele saiu de trás da mesa e fechou os dedos da mão para me chamar para a frente. Reconheci-o como o soldado que havia me encontrado nas fogueiras no dia da primeira ruptura. Ele falou com os outros, e algo foi combinado. Os homens voltaram a atenção para a mesa.

O velho pegou meu braço e me levou embora.

— Você vai com eles — falou.

— E você?

— É provável que eu fique aqui. Eles levarão apenas alguns.

Caminhamos em silêncio mais alguns passos.

— É melhor ficar ou ir embora?

— Para mim, ficar — respondeu. — Mas eu estou velho. Você é jovem e forte. Para você? Não sei. Mas espero que ir seja melhor para você. Você tem valor. Talvez seja bem tratado.

O velho esperou uma resposta, mas eu não disse nada.

— O que foi? — questionou ele bruscamente. — Por que você hesita? O que mantém você aqui?

— Meu pai… — Limpei a garganta. — Meu pai pode estar procurando por mim.

— Ele não vai encontrar você aqui.

Abaixei a cabeça, sabendo que era verdade, mas não querendo aceitar.

— Ele não vai desistir.

O velho suspirou, agarrou as laterais de meu rosto e me forçou a olhá-lo.

— Não, ele não vai desistir. Você é filho dele. Ele vai tocar os ombros de cada menino de seu tamanho e idade que vir, na esperança de que, quando o menino se virar, o rosto dele seja o seu. Mas nunca será. Seu pai nunca vai perder a esperança, mas *você* precisa.

Ele me soltou e foi embora antes que eu pudesse dizer qualquer outra coisa. Ao vê-lo se afastar, eu sabia que nunca mais veria o velho Lomwé. Mas ainda não podia abrir mão da esperança de rever meu pai.

15

As tropas de Toyotomi e Akechi partiram no dia seguinte, para o oeste, na direção das terras controladas pelos Mori.

Os guardas me acordaram de modo brusco. Normalmente eu acordava antes de o sol nascer, mas enquanto os dois homens parados à minha frente tentavam me despertar, o sol já estava alto e brilhava na porta aberta atrás deles. O torneio não havia terminado tarde — no total, eu tinha lutado com dez homens antes de parar, sob aplausos estrondosos dos seis níveis do castelo, inclusive do próprio Nobunaga —, mas depois, um pequeno grupo de soldados se reuniu ao redor do posto dos guardas com saquê e algumas garrafas de vinho estrangeiro. Eu nunca fui dado à bebida, mas algo no rosto dos homens me disse que eles precisavam da distração. Alguns deles iriam para a guerra no dia seguinte e não estavam prontos para o término de seu último dia de paz.

Resmunguei e estiquei o braço para pegar minhas calças e minha blusa, então me lembrei de que todas elas haviam sido descartadas. Agora eu poderia escolher entre um conjunto de quatro quimonos cuidadosamente ajustados, além de dois pares de calças curtas e largas e três camisas de tecido fino. Lavei meu rosto na bacia e me vesti rapidamente.

Desci o longo caminho da montanha, novamente, com uma pequena multidão. Do lado de fora dos portões superiores e um pouco abaixo do cume achatado da montanha, havia uma série de pequenas residências, pertencentes às concubinas de Nobunaga e alguns serviçais de alto escalão: as pessoas que ele poderia querer convocar de imediato. Depois de mais algumas voltas e curvas para baixo, o nível seguinte era dividido em áreas de terra muito maiores nas quais Tokugawa, Toyotomi e Akechi construíram suas próprias residências. Continuando a descida, havia as casas dos samurais, em sua maior parte espalhadas sem levar em conta a posição militar, e de outros servos importantes. Então, finalmente, as casas dos agricultores e outros cidadãos na base da montanha.

No vale além das muralhas da cidade, os exércitos de Toyotomi e Akechi estavam em formação sob seus estandartes esvoaçantes. Colunas de cavalaria em cavalos elegantes e incontáveis soldados de infantaria. Suas armaduras eram de todas as cores, mas principalmente azuis, vermelhas, amarelas e pretas. Eles carregavam todo tipo de armas, como espadas e arcos, arcabuzes portugueses, *yari* — varas de madeira com lâminas extremamente afiadas nas pontas — e as *naginatas*, que eram semelhantes, mas com a lâmina mais longa e curva. Carregavam também um cantil de bambu cada um, um saco de rações, uma esteira de dormir e, pendurado na cintura, um carretel de barbante para o caso de um arco precisar ser encordoado.

Os samurais estavam na frente da cavalaria, também a cavalo, carregando as características espadas longa e curta e, preso na parte de trás da armadura, um *horo*, o manto com o emblema do clã que ondulava atrás deles enquanto cavalgavam. Se derrotassem um nobre ou um samurai inimigo, ou outro combatente de importância suficiente, usariam o *horo* para envolver a cabeça do oponente caído, para protegê-la até que pudesse ser enviada de volta ao acampamento.

O Irmão Organtino havia me explicado a cerimônia de exibição das cabeças. Elas eram limpas, alinhadas e apresentadas de forma tradicional, às vezes com uma placa de madeira indicando quem aquelas pessoas eram e quem as havia matado. O senhor ou o general vitorioso vestia-se formalmente e examinava cada cabeça, dirigindo-se às mais importantes com alguma mensagem final, ou mesmo uma bebida, e muitas vezes cobria o próprio rosto com um leque de guerra para que os espíritos dos mortos não pudessem identificá-lo e vingar-se. O samurai que havia reivindicado as cabeças receberia presentes e recompensas baseadas no valor de quem ele matou. Era algo que os jesuítas teriam condenado como ímpio e bárbaro se realizado pelas tribos africanas, mas que, conduzido pelos japoneses, Valignano simplesmente classificou como "o seu modo ancestral", embora um tanto desagradável.

Os samurais reunidos usavam capacetes de metal com abas de couro nas laterais e a parte traseira marcada com tachas de metal, que estavam amarrados abaixo do queixo com finas cordas vermelhas. Os capacetes eram intrincadamente adornados e decorados, com orelhas de coelho ou de raposa, penas de pavão, cascas de lagosta, chifres, luas crescentes e brasões de família.

Bandeiras foram amarradas nas costas dos cavalos ou penduradas em porta-estandartes. O marmelo preto e dourado do clã Oda. A folha da árvore kiri, das forças Toyotomi. Os homens de Akechi, marchando sob a campânula japonesa de cinco pétalas em tecido azul-celeste. Toyotomi estava à frente de suas tropas, com longos picos dourados dispostos na frente de seu capacete para representar o sol nascente, e Akechi estava à frente das suas, com seu capacete marrom e liso.

Houve pouca cerimônia. Os generais gritaram suas ordens, e os exércitos marcharam para a estrada, a oeste. Os agricultores, os soldados, os guardas e os servos observaram-nos até ficarem pequenos, à distância. Depois, retomaram seu dia.

À NOITE, CAMINHEI PELO COMPLEXO. As histórias das três tentativas de assassinato haviam devolvido meu foco, e retornei aos meus hábitos. Os pátios eram iluminados por luminárias penduradas nas bordas das telhas, mas eu contava os passos e me orientava para poder me movimentar no escuro, se necessário. Dos alojamentos dos guardas até o portão. Do portão até os degraus do castelo. Da escadaria do castelo até o templo e do templo à fundação da nova igreja jesuíta, recentemente iniciada e cuja construção foi, sem dúvida, determinada após minha entrega a Oda Nobunaga.

Eu havia ouvido poucas notícias sobre os movimentos de Valignano, mas conhecia seus planos. Ele estaria se deslocando por todo o Japão, reforçando colônias jesuítas onde já existiam, estabelecendo-as onde não existiam, e passando em cada local apenas tempo suficiente para reconhecer deficiências, avaliar oportunidades e deixar para trás uma abundância de ordens.

Na volta ao alojamento dos guardas, passei perto das escadas do castelo e vi Tomiko saindo e caminhando em direção ao portão da frente. Se fosse a hora da mudança de turno dos servos, haveria vários caminhando juntos. Fiquei surpreso ao vê-la sozinha. Ela caminhou rapidamente, olhando por cima do ombro.

Comecei a chamá-la, mas senti uma presença próxima. Uma sombra saiu da lateral do alojamento dos guardas, de circunferência considerável, mas com movimentos graciosos e controlados. Os movimentos de Tokugawa Ieyasu, o general vigilante e endurecido pela batalha em quem Nobunaga mais confiava.

Deixei Tomiko ir. Observei-a passar pelo portão e começar o que seria uma descida no escuro ao longo da estrada para a cidade.

Aproximei-me de Tokugawa e fiz uma reverência.

— A que devo esta honra?

Agora ele estava sob a luz, e pude ver seu rosto. Seus olhos estavam avermelhados e com as pálpebras pesadas, úmidos e remelentos como os de um cachorro velho.

— Vim parabenizá-lo pela luta de ontem à noite. Ou devo dizer lutas? Caminhe comigo.

Tokugawa virou-se e saiu sem esperar por uma resposta, e eu segui um pouco atrás dele. Ele gesticulou para que eu ficasse ao seu lado.

— Não há necessidade disso. Diga-me, de onde você estava vindo?

— De lugar nenhum. Estava apenas andando pelo terreno, tentando aprender os caminhos.

Tokugawa assentiu com aprovação.

— Eu era guarda-costas do Padre Valignano — continuei com cautela. — Gostaria de ter algum papel aqui, por menor que fosse. Estou grato pela generosidade do nosso senhor, mas não estou habituado à ociosidade.

— Não precisa se desculpar pela ambição. Ela é recompensada aqui, desde que esteja alinhada com as ambições de Nobunaga. O que você sabe sobre mim?

Hesitei, lembrando-me da breve descrição do Irmão Organtino e imaginando o quanto seria seguro transmitir.

— Você me foi descrito como leal e paciente — comecei, inseguro —, e sei de como defendeu o Castelo de Hamamatsu com apenas cinco homens.

— Hunf! Eu tinha apenas cinco homens porque Takeda Shingen acabou com nossos exércitos em Mikatagahara. Os Takeda nos superavam em número, três para um, mas não vieram lutar comigo. Eles estavam a caminho das terras Oda para lutar contra Nobunaga. A cavalaria Takeda era uma das forças mais temidas do país na época. Cada um de meus generais me pressionou para simplesmente deixá-los passar pelas minhas terras.

— E por que você não fez isso?

— Eu não poderia ficar parado e deixá-los marchar em território Oda.

— Você era leal a ele já naquela época.

— Sempre fui leal a ele — afirmou Tokugawa enfaticamente. Ele parou e se virou para mim. Abaixei a cabeça em deferência, mas pude senti-lo me encarando. Depois de um momento, ele deu as costas e continuou andando.

— Quando menino, fui entregue como refém ao clã Imagawa. Meu pai precisava da ajuda deles para defender a província de Mikawa contra invasões, e é costume selar esses acordos enviando um membro da família para morar na casa do outro clã. Qualquer deslealdade ou traição, por parte do meu pai, qualquer coisa que não fosse lealdade ao clã Imagawa, teria resultado na minha morte.

— Você era um escravo — afirmei, maravilhado.

— Eu ainda era um nobre. Fui criado com os mesmos privilégios e oportunidades que os filhos nobres de Imagawa tiveram. Mas não importa quão bem seja tratado, você nunca esquece que não é uma pessoa. Você é apenas algo que tem algum valor, não diferente de um vaso ou de um animal valioso. Acho que disso você já sabe.

Eu sabia. Foi a lição que aprendi inúmeras vezes e nunca deveria ter esquecido. Que não importava quantos anos eu tivesse servido ao Padre Valignano e à Igreja, não importava se havia servido bem e com lealdade, e a despeito do bom tratamento, das roupas finas, do treinamento e das liberdades ocasionais, no final, eu ainda era uma coisa a ser negociada. Eu ainda era uma propriedade.

— É isso o que eu sou aqui? — perguntei.

Tokugawa colocou as mãos atrás das costas e continuou andando silenciosamente. Ele parou quando nos aproximamos dos primórdios de um prédio. Pouco mais que o contorno de uma trincheira, com grandes pedras empilhadas nela.

— Aqui será construída a nova igreja cristã. Foi pela promessa dela que seu padre trocou você.

— Eu sei — falei, calmo.

Ajoelhei-me junto à trincheira e coloquei as mãos em uma das pedras que serviriam de fundação à nova igreja de Padre Valignano. Eu conhecia a mente dele, sua devoção singular. Uma vida não significava nada para ele em comparação com as almas que ele salvaria naquele lugar. Ele construía igrejas na glória de Deus, pregava sermões na glória de Deus, batizava os convertidos na glória de Deus, e embora eu o conhecesse por tempo suficiente e bem o suficiente para saber que sua fé era sincera, eu também sabia que ele não ignorava a glória que essas realizações traziam a ele pessoalmente.

Tokugawa colocou a mão sobre o meu ombro.

— Você não está aqui por causa de um acordo com os jesuítas. Está aqui porque Nobunaga queria que você estivesse aqui. Esse foi apenas o preço.

— Não entendo.

— Você sabe como Nobunaga alcançou a grandeza?

Eu balancei a cabeça. Tirei minha mão da rocha da igreja e me levantei.

— O clã Imagawa pretendia marchar sobre Quioto. Os Imagawa podiam provar que eram parte da linhagem dos clãs Minamoto e Ashikaga, o que significava que se Imagawa Yoshimoto tivesse sucesso em sua campanha contra a capital, poderia reivindicar o título de xogum.

— E Nobunaga não podia. É por isso que ele só conseguiu derrubar o xogum, e não reivindicar o título para si mesmo. — Quase acrescentei: *e é por isso que ele precisa do imperador*. Mas ir tão longe parecia imprudente.

Tokugawa aquiesceu e continuou.

— A província natal de Nobunaga, Owari, ficava no caminho para Quioto. Os Imagawa não tinham nenhuma desavença com o clã Oda, eles simplesmente estavam no caminho. Owari é uma província pequena, e os Oda eram vistos como um clã menor. Duvido que Imagawa tenha sequer considerado qualquer oposição significativa ali como parte de sua campanha. E, de fato, ele tomou a parte sul de Owari com pouca dificuldade. Tanto que acampou durante a noite no vale de Okehazama. Ele comemorou seu sucesso prematuro com uma cerimônia de exibição de cabeças. Nobunaga estava no Castelo de Gifu, no norte. Ele tinha 2 mil homens, enquanto Imagawa tinha 24 mil. Seus generais suplicaram para que ele fortificasse o castelo, pedisse auxílio e tentasse conter o cerco por tempo suficiente para que a ajuda chegasse. Teria sido a escolha mais sábia, na verdade. Mas nosso senhor nunca desconfiou de seus próprios instintos e marchou, em desvantagem numérica de doze para um. Eles se aproximaram dos limites do vale sem serem detectados, sob a cobertura de uma grande tempestade. Atacaram as forças despreparadas de Imagawa e as massacraram. Aqueles que sobreviveram se dispersaram e voltaram para casa. A campanha Imagawa chegou ao fim. Yoshimoto foi morto, e todo o Japão tomou conhecimento de Owari e de Oda Nobunaga. E eu fui libertado.

— É por isso que você é leal a ele.

— Sim. E não. Nobunaga permitiu-me regressar à província de Mikawara, onde acabei por governar no lugar do meu pai. Eu era refém, e ele me tornou um daimiô. A ascensão de Toyotomi é ainda mais improvável... ele nasceu camponês, sem sequer um nome de família. Entrou ao serviço de Nobunaga como criado pessoal, mas com cada nova tarefa, e cada nova responsabilidade, ele provava sua capacidade. Agora ele é um dos principais generais do clã Oda. A questão, Yasuke, é que Nobunaga respeita a tradição, mas não está vinculado a ela. Ao serviço de Nobunaga, um homem não está limitado pelo seu nascimento ou pelo seu nome. A serviço de Nobunaga, um homem pode ser tudo o que provar ser capaz. É por isso que sou leal. Talvez algum dia você também encontre uma razão para isso.

Tokugawa fez uma leve reverência a mim e foi embora, enquanto eu permanecia de pé na fundação da igreja.

16

De manhã, um prisioneiro chegou de Iga. Fui acordado pelas batidas dos cascos e os gritos dos homens. Atrás dos cavaleiros e do prisioneiro vinha um pequeno cortejo de outros soldados e cidadãos curiosos, e todos os murmúrios que inevitavelmente acompanhavam uma multidão.

Era o terceiro assassino de Iga, aquele que havia tentado envenenar Nobunaga. Ele foi arrastado portão adentro por um grupo pequeno de soldados, suas mãos amarradas, o rosto ensanguentado. Vestia calças pretas largas, mas estava sem camisa e sem sapatos, e tiras de pele rasgada sob seus pés sugeriam que ele estava descalço havia algum tempo.

Um dos soldados entrou no castelo e voltou rapidamente, pulando os degraus da escadaria e gritando ordens.

Os soldados arrastaram o homem até o pátio de treino, na lateral do castelo, e dois trabalhadores começaram a cavar. Em menos de uma hora, haviam cavado um buraco quase profundo o suficiente para abarcar um adulto. Nesse ponto, uma multidão de centenas de pessoas havia se reunido, todos a uma distância respeitosa, formando um círculo ao redor dos soldados e do prisioneiro — que permanecia sem expressão enquanto era forçado a entrar no buraco e o enterravam até o pescoço.

Os trabalhadores e soldados, então, se afastaram. A multidão se abriu, e Nobunaga entrou com Ranmaru ao seu lado e Ogura e Jingorou logo atrás. Nobunaga vestia um quimono preto simples, e os outros também tinham escolhido cores sólidas, para combinar. Nada dos padrões complexos ou da ostentação das ocasiões mais formais.

Nobunaga aproximou-se pela frente do prisioneiro, para que ele pudesse vê-lo chegando. Notei que, tal como Padre Valignano, parecia que nenhum detalhe passava despercebido de Nobunaga. Ele olhou para o prisioneiro, mas apenas brevemente, antes de se dirigir à multidão.

— Disseram que os homens de Iga são bruxos. Que aparecem e desaparecem como fantasmas, que se transformam em animais, que podem ficar sem respirar durante dias seguidos, que podem controlar a mente dos homens. Dizem que os assassinos de Iga nunca falham, mas três vezes enviaram seus assassinos contra mim, e aqui estou eu. Disseram que a província de Iga nunca cairia, mas os nossos mensageiros trazem a notícia de que Iga *caiu*. Em seguida, serão os Takeda, e depois, os Mori. Em breve, todo o Japão estará unido sob o emblema Oda, e todos os nossos inimigos sangrarão em solo Oda.

A multidão aplaudiu e ergueu as mãos no ar. Nobunaga voltou sua atenção para o prisioneiro, e Ranmaru estendeu ambas as mãos, apresentando uma longa cana de bambu cortada em uma fatia fina. O prisioneiro ainda estava calmo, mas agora respirava pesadamente. O peso da terra comprimia seu peito, forçando-o a respirar fundo.

Nobunaga pegou a fatia de bambu de Ranmaru e, sem falar nada, empurrou-a no topo da testa do prisioneiro. O sangue jorrou pelo rosto do homem, pingando na terra. Nobunaga continuou a empurrar a vara pelo cabelo e o couro cabeludo do homem, até que ela passou para o outro lado. O homem gritou e lutou para se mover. Nobunaga removeu a fina camada de couro cabeludo e colocou-a na frente do prisioneiro, onde ele pudesse vê-la.

Eu vivi uma vida entre soldados. Já havia visto homens sujeitos a torturas piores por crimes menores, e a punição que Nobunaga escolheu aplicar foi uma que considerei justa pelos padrões da guerra.

Observei a reação da multidão. Alguns sorriam, outros tinham expressões de choque. Alguns tinham virado a cabeça. A maior parte das pessoas, no entanto, parecia inabalada ou indiferente. Lembrei-me dos ensinamentos de Valignano. Aquele povo convivia com a guerra havia mais de cem anos. Nenhum daqueles homens ou mulheres jamais viveu um único dia em paz naquele país. Eram um povo acostumado ao horror.

Nobunaga jogou a cana de bambu no chão, e o sangue pingava de suas mãos. A multidão abriu caminho novamente, e o pequeno grupo retornou ao castelo. A multidão se dispersou, deixando o assassino que gritava sozinho no pátio.

Mais tarde naquele dia, fui convocado ao castelo para o chá. Ranmaru me conduziu até o salão de chá, um cômodo de sete tatames no quarto andar. Com paciência, mas rapidez, ele me mostrou os costumes; mas eu já os conhecia das aulas de Padre Valignano na longa viagem até o Japão.

Aquele salão era uma das poucas salas do castelo sem obras de arte. Em vez disso, ele era inteiramente pintado com flocos de ouro, e o sol, batendo nas paredes, dava ao cômodo uma aparência brilhante. Nobunaga esperava lá dentro. Ele usava um quimono simples com uma jaqueta sem mangas por cima, os ombros largos e engomados. O brasão dos Oda estava exibido discretamente no peito da jaqueta e em tamanho maior nas costas.

Ajoelhei-me diante dele sobre um tatame primorosamente tecido, e as mesmas mãos que algumas horas antes haviam removido o topo da cabeça de um homem agora limpavam os apetrechos de chá com um pano de seda, purificando-os cerimoniosamente. Ele abria o pano com um estalo após cada esfregada, depois dobrava-o com cuidado e limpava mais uma vez. Então ele colocou o pano de lado e pegou uma concha de água de uma panela colocada sobre pedras ainda fumegantes. Despejou a água quente em uma tigela, depois mergulhou um batedor na água duas vezes, girou a tigela suavemente e despejou a água em uma segunda panela à sua esquerda.

Ele colocou uma pequena quantidade de folhas moídas de chá na tigela limpa, despejou água quente sobre o pó e bateu o chá em movimentos circulares rápidos. Como era o costume, nenhum de nós falou. Havia o som de pássaros e um trecho ocasional de conversa vinda do pátio abaixo, mas o interior do castelo estava silencioso. Admirei o movimento das mãos de Nobunaga, a graça, a disciplina. Mesmo os movimentos mais simples eram executados precisamente e da forma prescrita, mas, apesar da graciosidade, as mãos dele eram marcadas por cortes de treinamento, por calosidades resultantes de longas horas empunhando uma espada ou lança e por incontáveis puxões na corda de um arco. Suas mãos eram um estudo do contraste entre a violência chocante e o talento artístico inspirador que eu havia vislumbrado em todas as culturas, mas nunca como ali.

Ele bateu até o chá espumar, depois desfez a espuma sacudindo levemente do batedor. Colocou o chá de lado e me passou um prato com um único doce. Tinha o formato de uma flor rosa com o estame amarelo. Cortei-o em três, peguei um pedaço e coloquei na boca. Era extremamente doce, mas era proposital, para equilibrar o amargor do chá. Cortei o restante do doce ao meio e comi também os dois últimos pedaços, depois coloquei o prato de lado.

Nobunaga pegou o chá com a mão direita, colocou-o na palma da esquerda e virou a tigela duas vezes. Fizemos uma reverência um para o outro quando aceitei, depois retribui o respeito virando a tigela duas vezes. Bebi o chá amargo em três goles e limpei a borda da tigela, encerrando a cerimônia formal.

— Peço desculpas pela brevidade da cerimônia. Ainda estou aprendendo os costumes. O mestre de chá do imperador, Sen Rikyu, às vezes mantém a cerimônia por horas, sem dizer uma palavra, e todos seus convidados saem sentindo-se iluminados.

— Seu pedido de desculpas é desnecessário, meu senhor. Você me honra com este serviço.

— Como você me honra com o seu.

— Perdoe-me, senhor, mas não prestei nenhum serviço.

— Você entreteve. Todos os homens e mulheres presentes ficaram extasiados ao ver você lutar, e eu soube que as crianças ficam igualmente maravilhadas ao ver você treinar.

Nobunaga riu, e eu olhei para minhas mãos, sem saber como responder.

— Hum. — Ele suspirou. — Sim, falei com Tokugawa. Ele me disse que você não se sente útil aqui. Por que está tão ávido para servir?

A menção do nome de Tokugawa me deixou ciente de que nenhuma conversa em Azuchi estava a salvo dos ouvidos de Nobunaga e que encontrar Tokugawa na noite passada provavelmente não havia sido um acidente. Eu hesitei. Não tinha a habilidade de Valignano de sempre saber a coisa certa a dizer, então, em vez disso, ofereci a verdade.

— Desde que me lembro, minha sobrevivência dependeu de provar meu valor.

— Todo homem tem valor.

— Nem todo homem tem um mestre a quem deve provar seu valor.

Nobunaga refletiu a respeito. Ele recostou-se quando os criados entraram na sala, tirando os apetrechos que estavam entre nós e guardando cuidadosamente a chaleira quente e o carvão. Eles saíram da sala, segurando as bandejas de apetrechos à sua frente e fazendo uma reverência.

— Alguns dos meus vassalos cochicham que prefiro os costumes dos europeus aos costumes do meu próprio povo, mas isso não é verdade. Valorizo as nossas histórias e tradições tanto quanto qualquer homem, mas também aceitarei qualquer novidade que seja útil, independentemente de onde venha.

— Eu não ouvi nenhum desses cochichos, meu senhor.

Nobunaga jogou a cabeça para trás e riu.

— Eu disse que eles cochicham. Eu não disse que eles fazem isso de forma descuidada. — Ele acariciou sua barba curta e triangular. — Você lida bem com os nossos costumes.

— Padre Valignano achou importante que entendêssemos os japoneses. Todos os membros da nossa missão foram treinados a bordo do navio, e mesmo antes.

— Você aprendeu bem. Ainda assim, vou contar uma história que você talvez não conheça. Você sabe da batalha entre Takemikazuchi e Takeminakata?

Eu não sabia. Nobunaga endireitou-se ainda mais e cruzou as mãos no colo. Eu estava praticando a forma de sentar, mas meus tornozelos já estavam começando a queimar por ficarem pressionados embaixo de mim.

— Uma vez, houve um conflito entre os deuses celestiais e os deuses terrenos. Os deuses terrenos multiplicaram-se e tornaram-se indisciplinados e desrespeitosos para com os deuses celestiais. Mas os deuses celestiais fecharam os olhos e mostraram pouca preocupação com o que acontecia na terra. Até que um dia, Okuninushi, o líder dos deuses terrenos, proclamou que toda a terra era sua. Isso irritou a deusa celestial Amaterasu, porque todas as terras, por tradição, pertenciam a ela.

"Amaterasu convocou um de seus filhos para ir à terra e restaurar a ordem, mas o filho olhou para a terra e ficou com muito medo de combater sozinho os deuses terrenos. Amaterasu convocou um segundo filho e o enviou para a terra, mas este filho procurou Okuninushi e mudou de lado. Ela, então, convocou um terceiro deus celestial, chamado Ame no Wakahiko, armou-o com um arco mágico e o enviou à terra para restaurar seu domínio. Mas os anos se passaram e nenhuma palavra chegou de Ame no Wakahiko. Amaterasu enviou um faisão à terra para obter notícias dele, mas o faisão foi atingido por uma flecha. A flecha percorreu todo o caminho até o céu e pousou nos pés de Amaterasu.

"Outro deus pegou a flecha, reconheceu que era de Ame no Wakahiko e disse: 'Se ele é um traidor, que esta flecha o mate.' Ame no Wakahiko tinha conhecido uma mulher na terra, apaixonado-se e casado-se com ela, mas a flecha do céu, sua própria flecha mágica, o encontrou e o atingiu.

"Amaterasu agora estava furiosa. Durante anos, Okuninushi tinha governado suas terras e virado seus filhos contra ela. Ela convocou um último deus, um deus guerreiro feroz chamado Takemikazuchi. Takemikazuchi viajou para a terra e procurou Okuninushi, exigindo que ele devolvesse a terra. Takemikazuchi, então, plantou a espada no chão, com o cabo para baixo, e sentou-se de pernas cruzadas em cima da ponta da espada. Okuninushi estremeceu ao ver esse deus feroz, mas pediu permissão para consultar seu filho.

"Agora era a vez de Okuninushi encontrar um campeão. Seu primeiro filho deu uma olhada em Takemikazuchi e ficou tão dominado pelo medo, que lançou um feitiço e ficou invisível. Takemikazuchi exigiu novamente a devolução das terras, mas Okuninushi pediu permissão para consultar outro filho. O segundo filho, Takeminakata, era mais destemido que o primeiro. Ele olhou para Takemikazuchi sentado em cima de sua espada e pegou uma pedra colossal, equilibrando-a na ponta do dedo. Ele exigiu que o deus guerreiro deixasse a terra e que Amaterasu não enviasse mais nenhum de seus filhos, mas Takemikazuchi recusou.

"Takeminakata, que era da terra, tentou derrubar o celestial Takemikazuchi no chão, agarrando seu pulso, mas Takemikazuchi transformou seu braço em um bloco de gelo, forçando Takeminakata a soltá-lo. Takeminakata agarrou seu outro pulso, mas Takemikazuchi transformou esse braço em uma espada, forçando Takeminakata a soltá-lo novamente. Então Takemikazuchi agarrou o pulso de Takeminakata e quebrou-o com facilidade. O deus terreno Takeminakata fugiu, mas o deus celestial Takemikazuchi o seguiu até o Lago Suwa. Takeminakata se rendeu e prometeu nunca mais sair do lago se fosse poupado.

"Depois disso, Okuninushi devolveu o controle da terra a Amaterasu. Ela enviou um de seus netos à terra, Ninigi, para governá-la. Deu a ele três presentes para ajudá-lo em seu reinado: uma joia fabulosa chamada Yasakani, um espelho chamado Yata, e Kusanagi, uma grande espada que seu irmão Susanoo tirou da cauda de um monstro. O imperador pode traçar sua linhagem até Ninigi e, portanto, Amaterasu. E ainda hoje ele possui esses três itens. Eles são a prova de sua ancestralidade divina."

Meus tornozelos latejavam dolorosamente embaixo de mim, mas permaneci concentrado na história, sabendo que Nobunaga não a teria contado se não tivesse um significado.

— Esta é a origem do Japão?

— Do império do Japão, sim. Mas também é a origem do sumô. A luta livre entre Takemikazuchi e Takeminakata, para determinar se as pessoas seriam governadas pela terra ou pelos céus, é o início da tradição do sumô. Cada luta de sumô é uma batalha pela alma. Sua apresentação na outra noite deve ter feito muitos pensarem no próprio Takemikazuchi vindo até nós mais uma vez.

Nobunaga abriu um sorriso amplo, e eu levei minha cabeça até o chão.

— Não sou nenhum deus, meu senhor. Sou seu servo.

Levantei a cabeça, e Nobunaga me encarava pensativo, não mais sorrindo.

— Sente-se incomodado quando eu falo dos deuses xintoístas? Você partilha da fé que seu Padre Valignano prega?

— Acredito no que me dizem para acreditar, meu senhor.

Uma expressão sombria atravessou o rosto de Nobunaga. Minha resposta parecia tê-lo deixado com raiva.

— Há cem mil homens que eu poderia chamar para este salão, e todos ficariam ajoelhados e me diriam exatamente isso. Eu trouxe você aqui porque sinto que você não é um deles. Fale livremente. E sente-se de maneira confortável.

Arquejei de alívio e me inclinei para a frente, apoiando meu peso em um dos joelhos e libertando meus tornozelos doloridos. Nobunaga riu, mas não de maneira condescendente.

— Com o tempo, vai se acostumar — falou. — Me diga... você estava no pátio mais cedo. Você acha cruel torturar um homem?

Esfreguei os tornozelos e considerei a pergunta. A exigência de Nobunaga para que eu falasse livremente parecia genuína, eu não via armadilha ali. Percebi que estava me afeiçoando a ele e me fiz lembrar que eu não era nada mais do que um de seus presentes estrangeiros, que ele tanto valorizava. No entanto, eu estava ali para servir. Se ele queria que eu falasse livremente, eu faria isso.

— Logo que fui retirado da minha terra, fui vendido para um mercenário. Ele nos treinou para lutar. Matei outros meninos por um pouco de comida e vi coisas piores sendo feitas. Nunca considerei a moralidade disso, porque estava tentando sobreviver.

Afastei a memória do jovem Dinca se contorcendo sob minha lança, do sangue espumando em sua boca. Afastei a memória do menino que estava ao meu lado quando fui despendurado, que foi morto só porque estava parado naquele lugar. Dizer que eu nunca considerei a moralidade disso não era bem a verdade. Eu apenas havia decidido que a necessidade era mais importante.

— E agora? — perguntou Nobunaga.

Alonguei minhas pernas e olhei brevemente para Nobunaga. Em seguida, desci o olhar para seus pés.

— Quando me tornei um adulto e depois que já tinha provado minha habilidade na guerra, comecei a sonhar com a vingança. Eu ficava acordado, à noite, tentando me lembrar do rosto dos homens que tinham ido até a minha aldeia e assassinado minha família, mas seus rostos tinham parecido tão estranhos para mim na época, que eu não conseguia identificá-los. Percebi que podia ser qualquer um, em qualquer lugar. Podiam ser os rostos no mercado, ou nos estábulos. Podiam ser até mesmo homens com os quais eu lutei, lado a lado, e eu não saberia com certeza. Comecei a vê-los em todos os lugares, convencido de que todo homem branco que eu via era um daqueles traficantes de escravos.

“Isso me levou a uma raiva constante. Você me pergunta o que acho dos ensinamentos jesuítas… eu acho que há muitas boas lições neles, mas o perdão que eles pregam é algo que nunca me pareceu certo. Algumas coisas podem ser perdoadas, outras não podem e nunca deveriam ser. Se algum dia eu conseguir encontrar aqueles homens, se eu puder fazer com eles o que você fez, hoje, com o seu potencial assassino… eu farei isso e mais. E não me acharei cruel por causa disso.

Nobunaga esfregou o queixo e me avaliou, pensativo.

— Então você acredita que é possível justificar a crueldade quando esta decorre da vingança?

— Os ensinamentos jesuítas me deram uma perspectiva diferente sobre muitas coisas, mas, na minha cabeça, a sobrevivência ainda é soberana. Penso que, se um homem pretende governar, precisa ter a capacidade de ser tanto cruel quanto misericordioso. Tecer julgamentos sobre tais coisas é para aqueles que não carregam a responsabilidade dessa necessidade.

— E como um homem sabe quando deve ser cruel e quando deve ser misericordioso?

— Sua pergunta presume que a crueldade é uma ação. Não acredito que seja. Ações não são cruéis nem clementes. A crueldade está em sentir prazer ao executá-las.

— Foi o Padre Valignano que te ensinou essa filosofia?

— Ele não precisou ensinar, meu senhor.

Nobunaga fez uma pausa e inclinou a cabeça. As mãos dele, antes imóveis, abriram-se à sua frente e, então, juntaram-se formando um triângulo.

— Tenho a impressão de que você presenciou muitas dessas ações.

— Meu povo… — comecei, parando logo em seguida.

— Por favor. — Nobunaga gesticulou, me encorajando, mas aguardou paciente.

Busquei velhas memórias, que tinha enterrado fundo, e delas exumei os fatos. Fiquei surpreso ao perceber que não sentia dor ao relembrar. Limpei minha garganta.

— Quando um homem é acusado de alguma coisa, a questão é levada à presença do nosso *mwene*. Ele não é o nosso líder, mas algo como um pacificador de disputas ou uma fonte de orientação. Se o *mwene* não conseguisse chegar ao cerne da questão, ele forçaria as partes interessadas a fazer juramentos, que chamamos de *mwaavi*. Uma data seria marcada para que os juramentos sejam feitos, e a aldeia se reuniria. No dia marcado, aqueles sendo julgados chegam antes do nascer do sol. Uma panela de água é fervida, e o ancião designado como administrador do *mwaavi* canta sobre a água. Então, o acusado recebe a ordem de colocar a mão dentro da panela. Se ele se queimar, é considerado culpado. Se não se ferir, é porque a acusação contra ele era falsa.

— Mas todos queimam a mão na panela, não é?

— Sim — respondi. — Porque todo homem é culpado. Os jesuítas acreditam em certo e errado. Não estou tão convencido da retidão deles, assim como não acredito na retidão de homem nenhum.

Nobunaga levantou-se e caminhou até a janela, ficando de costas para mim enquanto observava o pátio.

— Você sabia que eu viajei apenas a distância equivalente a uma semana cavalgando, em qualquer direção? Você navegou pelo oceano, viu a Europa, a Índia e a África. Logo serei o governante do Japão e, apesar disso, vi apenas uma fração do que você já viu.

Ele se virou para mim, e eu abaixei a cabeça, ainda me apoiando em um dos joelhos.

— Todos os homens sob o meu comando viveram como eu vivi. Estudamos as mesmas histórias e aprendemos as mesmas lições. Eu recebo conselhos de homens e mulheres que pensam como eu, porque o que eles sabem, eu também sei. Se você tivesse que me aconselhar, Yasuke, você falaria com franqueza?

— Não, meu senhor. Não arriscando perder a pele para uma cana de bambu.

Sorri e torci para que o Nobunaga com quem conversava agora fosse o mesmo da recepção em Honnō-ji, aquele que apreciava histórias, diversão e a companhia dos seus homens. A risada dele, quando veio, livre e autêntica, foi minha recompensa pela ousadia.

— Acho que você vai se dar bem aqui.

A risada de Nobunaga cessou, mas o brilho nos olhos dele permaneceu, e consegui compreender a lealdade que Tokugawa sentia por ele.

— Os homens pelos quais lutei, aqueles que me compraram e me treinaram, eles deveriam ter perdido — falei. — Na época, eu sabia pouco sobre as razões que os levaram a lutar, mas aprendi bastante desde então. Eles estavam em solo estrangeiro. Estavam em grande desvantagem numérica. Eles aguentaram pelo tempo que conseguiram, mantendo o inimigo dividido. Cada um daqueles que governavam as diferentes regiões queria que os portugueses fossem embora, mas todos lutaram individualmente e, algumas vezes, lutaram entre si.

Ousei olhar diretamente nos olhos de Nobunaga.

— Hoje você tem comerciantes e missionários estrangeiros — falei —, mas vai chegar o dia em que terá soldados estrangeiros. Você está certo em unificar o Japão. Sob uma bandeira. Sob um homem.

Nobunaga atravessou o salão e colocou a mão sobre o meu ombro.

— Você queria responsabilidades. Vai servir como meu guarda pessoal. Manteve o Padre Valignano e os jesuítas em segurança, e vai fazer o mesmo por mim. Posso ensiná-lo a se sentar sem parecer que foi esfaqueado nas pernas — falou, com um sorriso amplo. — Em troca, você pode me ensinar sobre o que viu do mundo.

17

Na escola dos jesuítas, aprendi que era um selvagem.

O grande navio no qual embarquei depois da derrota dos portugueses contornou a costa durante os primeiros dias antes de entrar em alto mar, mas paramos em um porto e recebemos novas ordens. Tomamos outro rumo, para romper um cerco em Hormuz.

Os primeiros ventos fortes e as chuvas sinalizaram o começo da estação das monções, e navegamos em direção a outra batalha enquanto o capitão observava cuidadosamente o céu. Carreguei bolas de canhão para abastecer os homens que acendiam e disparavam os canhões do convés. O navio balançou e guinou nas águas agitadas e, embora estivéssemos perto o suficiente para podermos ver os rostos dos homens nas naus inimigas, quaisquer ataques desferidos contra eles eram mais uma questão de sorte do que de pontaria.

Passamos da barricada, lançamos âncora e remamos os botes até as águas mais rasas, com os braços doloridos por causa do esforço contra a tempestade.

Em terra, a cidade havia sofrido danos graves. Os escravos foram enviados para destruir casas com o objetivo de limpar a linha de visão, ou para privar o inimigo de posições vantajosas. Cavamos trincheiras, erguemos muros de terra e outras fortificações, consertamos os muros da guarnição, que haviam sido perfurados repetidamente com fogo de artilharia pesada, e éramos espancados, pontapeados ou chicoteados se parássemos para descansar.

As tropas combinadas dos indianos e dos otomanos estavam em nosso campo de visão, a uma pequena distância. Eles, em turnos, jogavam terra na parte mais rasa do rio, construindo uma ponte de terra, e corremos para preparar as defesas para o eventual ataque. Todos os dias, observávamos o progresso deles, e eles observavam o nosso.

A tempestade estava em seu ápice quando eles se lançaram contra nós e lutamos sob vento e chuva, que transformaram o caos normal da batalha em algo irreconhecível. Era impossível transmitir ordens. Os soldados inimigos surgiam dos lençóis cinzentos sem aviso prévio. O clarão dos mosquetes estourava na escuridão como vaga-lumes, e o som de uma bala de mosquete passando perto do ouvido era abafado pelo vendaval, a bala sendo identificada apenas por um chiado abafado e, se passasse perto o suficiente, por uma sensação momentânea de calor.

Fui atingido uma vez no antebraço e mal consegui ouvir o estalo do osso, mas não tive escolha a não ser continuar lutando e brandindo uma alabarda com o braço bom. Escorregávamos na lama, colidíamos com nossos inimigos, nos arrastávamos até o chão, matávamos ali e nos levantávamos novamente. Quando a noite trouxe uma trégua nos combates, um oficial tracionou meu braço para colocar os ossos no lugar e amarrou-o contra uma pequena vareta de madeira para mantê-lo reto, depois me mandou de volta para continuar a escavação, os reparos e a preparação para a batalha do dia seguinte. Eu estava exaurido e ainda era um menino, mas fui forçado a cumprir minhas tarefas sob ameaça de chicotadas, tortura ou execução.

Nos primeiros dias do cerco, os oficiais eram alimentados primeiro, depois os soldados, depois os escravos, mas à medida que os suprimentos diminuíram, os escravos deixaram de ser alimentados. Nós surrupiávamos o que podíamos, catando rações entre as roupas dos soldados mortos e vasculhando os poucos itens que restavam nos mercados da cidade fora da guarnição, competindo por restos com os ratos e os cães selvagens.

Depois de meses de combate, a guarnição foi defendida, o tempo melhorou, e avançamos para o interior. A estação das chuvas voltou e se foi mais três vezes enquanto lutávamos, até que nossos líderes e os deles finalmente estabeleceram a paz. Durante esse período, os primeiros pelos surgiram em meu rosto, mas como os escravos não podiam usar lâminas, exceto sob a supervisão de oficiais, eu os raspei desajeitadamente em uma grande tenda, com o sangue pingando em uma tigela enquanto os homens assistiam e riam.

Quando chegou a hora de retornar ao navio, ele estava carregado com tapetes, temperos e madeira, basicamente qualquer saque que tivesse sobrevivido sem danos, e zarpamos novamente.

A essa altura, eu já havia aprendido português o suficiente para conversas simples e me juntei a um grupo de três soldados.

— Você lutou bem. Quando voltarmos para a Europa, cuidaremos de você.

— Fique conosco — disse outro. — Eu mesmo vou ficar de olho em você.

Eles estavam magros devido ao tempo de guerra, os ossos muito visíveis sob a pele ao redor do pescoço e dos ombros. Tinham o rosto manchado e machucado debaixo da barba áspera, e suas unhas estavam roídas. Eles compartilharam um odre que continha bebida de gosto desagradável e davam tapinhas no peito, verificando constantemente as bolsas com botões e fivelas que cada um deles havia conseguido adquirir. Eu não confiava neles, mas estava cansado demais para ser cauteloso e não tinha outra escolha. Achei que estaria mais seguro com homens em quem não confiava do que com homens que não conhecia.

Eu queria deixar meu braço sarar, meu corpo descansar, mas o tempo era curto. Quando o vento parou, me colocaram em um remo. Esfreguei o convés, consertei rasgos nas velas, lavei os doentes, e caso não se recuperassem, embrulhava e carregava seus cadáveres para o convés.

Quando finalmente atracamos, os homens se alegraram de um modo que me fez perceber que aquela devia ser a casa deles. Os três soldados com quem fiquei me conduziram por ruas de paralelepípedos e me ofereceram a um fazendeiro em troca de um porco de aparência doentia. Não resisti. O fazendeiro, por sua vez, me ofereceu à Igreja, aparentemente para pagar uma dívida.

— Eu posso trabalhar — falei em português. — Serei útil.

— Você foi batizado?

Não reconheci a última palavra, então não respondi. O padre ergueu o canto dos lábios em desgosto, mas fez um aceno de aceitação ao fazendeiro.

Fui levado para o pátio, e me deram um balde e uma barra de sabão. Foi um tratamento melhor do que o que eu havia recebido dos traficantes de escravos brancos, que atiravam baldes de água fria em nós a distância, no convés. E o simples ato de me esfregar ao ar livre parecia um luxo.

Dormi por dois dias, levantando-me apenas para me aliviar ou para beber da bacia que me foi fornecida. Quando acordei completamente, o padre me vestiu com uma túnica branca e mergulhou minha cabeça na água. Ele entoou algumas palavras em uma língua que eu ainda não tinha ouvido. Pela inflexão de sua voz, percebi que havia feito uma pergunta. Sua expressão era de expectativa. Concordei com um movimento de cabeça, sem saber com o que havia concordado. Ele me mergulhou novamente na água. Quando levantou minha cabeça, ele me deu as boas-vindas e disse que eu estava salvo.

— Você disse que pode trabalhar? — perguntou, enquanto eu me sacudia para me secar.

Aquiesci.

— Bom. Não permitimos mãos ociosas aqui. Você viu o jardim, pode começar por ali. Deve ser regado diariamente e capinado em dias alternados. Haverá roupas para consertar, refeições para cozinhar, e, claro, precisamos manter tudo limpo.

— Obrigado padre. Farei tudo o que você pedir.

O padre franziu a testa.

— Você também assistirá às aulas, mas não se preocupe se elas forem muito difíceis para você. Começaremos com esse sotaque. Você fala como um animal.

Meus dias eram preenchidos com o trabalho e as aulas, exatamente como o padre havia planejado para mim. Eu havia aprendido as palavras dos portugueses com os soldados e marinheiros, mas as articulava como um africano. Eles me puniram até que eu conseguisse proferir suas palavras com a mesma sonoridade de quando eles as falavam.

Fui instruído em história, latim e religião, e quando conseguia encontrar tempo entre as aulas e as tarefas, eu treinava. Usava o cabo de madeira quebrado de uma vassoura velha. Segurava-o como seguraria uma lança. Firmava os pés e balançava, virava e empunhava, trabalhando os movimentos que tinha repetidamente praticado. Meu corpo suava, mas meu coração e minha respiração estavam controlados.

Minhas mãos, meus pés, quadris e ombros se moviam, mas meus pensamentos estavam em silêncio, e minhas lembranças, profundamente enterradas.

As tarefas e as aulas dadas pelos padres não eram difíceis, mas o preço da imperfeição era alto. Havia cortes nas costas de minhas mãos, de chicotadas que levei por manchas que não vi durante a limpeza e por roupas que não estavam bem passadas após a lavagem. Quando calos se formaram em minhas mãos e eu não conseguia mais sentir o impacto do couro, eles tiraram meus sapatos e bateram na sola de meus pés. Todas as noites, eu me deitava no beliche e deixava que a dor rítmica e a pulsação do sangue em minhas mãos e pés machucados embalassem meu sono.

Minhas aulas incluíam também geografia, mas quando falavam da África, não era da África que eu conhecia. Falavam de selvagens tribais de pouca inteligência e moral baixa, que se banhavam em rios e rezavam para as árvores, seminus, aptos à violência e autores de rituais incompreensíveis.

— Não rezamos para as árvores — falei sem pensar. — Trazemos presentes para colocar sob a árvore Msoro e oramos a Deus por um trabalho seguro nas minas, boas colheitas e saúde para nossa família.

O padre me agarrou pelos cabelos, com o rosto ardendo de raiva, e me arrastou dos bancos.

— Aparentemente, chicotadas na mão não são suficientes para você.

Ele me levou para o pátio, cortou um ramo novo de uma videira e me bateu nas costas. Estava afiado o suficiente para partir a pele através da camisa fina. A dor fez meus joelhos dobrarem e me levarem ao chão. Um dos outros irmãos trouxe um chicote trançado, e ele deixou a vara cair, passando a me açoitar com o chicote.

Eu não conseguia respirar. De quatro no pátio, com longos fios de saliva escorrendo de meu queixo, esperei que a surra terminasse. Quando isso aconteceu, um grande jugo de madeira foi encaixado em meu pescoço, tão pesado que foram necessários três irmãos para posicioná-lo.

— Em pé.

Tentei ficar ajoelhado, mas não conseguia levantar minha cabeça do chão. O chicote estalou em minhas costas de novo, raivoso.

— Em pé!

Eu me esforcei para colocar os pés debaixo de mim o máximo que pude, depois coloquei as mãos nas laterais do jugo e me empurrei para cima, gemendo e cambaleando, as pernas tremendo. Levantei e senti o peso total e esmagador do mecanismo em meu pescoço e nos ombros. O padre deu um passo à frente e, como eu estava curvado sob o jugo, seus olhos finalmente ficaram no mesmo nível dos meus.

— Não me fale de suas tradições pagãs. E não me contradiga novamente. Você ficará aqui pelo resto do dia e durante a noite. Se eu, ou qualquer outra pessoa, vir você sentado, sua punição começará novamente.

Ele se virou para sair, e os outros irmãos o seguiram.

Permaneci de pé. À medida que o crepúsculo caia, o céu ficava mais escuro, e a temperatura, mais fria, minhas pernas enfraqueceram, meus ombros ficaram dormentes e minhas costas latejaram de dor, tanto por causa das chicotadas quanto do peso. A mensagem do Lomwé penetrou em meus ossos. Era perigoso, para um escravo, expor seus pensamentos.

Quando removeram o jugo pela manhã, desabei no chão de pedra do pátio e, pela primeira e única vez na vida, chorei por misericórdia.

A partir daquele momento, eu ouvi. Andei com os pés inchados, concluí minhas tarefas com as mãos rachadas e dormentes, depois me sentei nos bancos de madeira e repeti as lições para eles melhor do que qualquer um de seus noviços poderia fazer.

Fiquei ainda mais reservado do que antes. Trabalhei, aprendi, fiquei calado. Mesmo quando o assunto era a África, eu ficava sentado em silêncio, envergonhado, e ouvia minha própria história ser ensinada da forma errada. Era assim que eu sobreviveria.

Não tentei contar a eles sobre o Ichiyao, onde todos os membros da comunidade se reuniam para ajudar na tarefa de uma família, ou sobre a choupana M'Mwera, para onde eu teria ido no momento do corte se não tivesse sido levado tão jovem pelos brancos, e onde teria permanecido por uma lua aprendendo os costumes do nosso povo antes de retornar à aldeia como homem.

Dia após dia, mês após mês, as palavras deles se impuseram, e eu permiti. Deixei que suas palavras substituíssem as minhas, que suas crenças substituíssem as minhas, que sua história substituísse a minha. As memórias de minha aldeia desapareceram, as memórias das histórias de meu pai desapareceram, as memórias de minha família desapareceram, até que comecei a questionar se os padres é que estavam errados, ou era eu. Depois, com o tempo, parei té mesmo de questionar.

18

Todas as manhãs, no pátio, a cana de bambu surgia e mais uma pequena fatia da pele do crânio do assassino era removida. No terceiro dia, ele estava enlouquecido, atacando insetos que rastejavam pelo seu rosto e tentando pegá-los com os dentes para se alimentar. Ele lambia a água que um criado pingava periodicamente em sua boca, e às vezes também o sangue que escorria e coagulava em suas bochechas e no queixo. Ele estava consciente, mas não presente, e olhando em seus olhos, era fácil acreditar no prometido inferno jesuíta.

Não pude deixar de pensar na minha própria tortura, pendurado em uma tábua no centro do pátio da casa de treinamento, inclinando desesperadamente a boca para pegar a água que escorria de um pano. Eu compreendia como um homem podia facilmente ser quebrado.

Agora eu era chamado diariamente ao castelo. Às vezes eu via Tomiko de relance, a criada quieta com olhos salpicados de laranja, mas nunca tive a oportunidade de falar com ela. Eu a avistei mais uma vez, em um de meus passeios noturnos, deixando o castelo sozinha e em silêncio. Se eu achava que a tinha assustado em Honnō-ji, certamente o fiz ao pedir-lhe abruptamente que me ensinasse sobre sua cultura e seu povo quando a abordei na cidade. Eu estava curioso para saber para onde ela estava se esgueirando, mas ela passou pelos portões e desceu a estrada para a cidade antes que eu pudesse pará-la para conversar.

As funções que me foram atribuídas eram simples. Nobunaga recebia uma variedade de diplomatas, peticionários e empregados de alto escalão em diversas salas de audiência espalhadas pelo castelo, dependendo da posição de seu visitante. Eu ficava de guarda ao lado de Nobunaga, ainda ostentando a espada de bordo pintada de preto e a longa lança que me acompanhou através do mar. Cada um dos visitantes fazia uma reverência para Nobunaga, mas depois arriscava um olhar de soslaio na minha direção antes de começar a discutir os negócios. Eu sabia que estava lá tanto pela novidade e pela intimidação quanto pela segurança, mas aceitei o papel e respondia à maioria dos olhares com uma carranca severa, rindo por dentro sempre que alguém se assustava ao vê-la.

No entanto, eu sabia que Nobunaga tinha inimigos. O potencial assassino, sendo escalpelado lentamente no pátio, era prova suficiente disso. Permaneci vigilante e aprendi o que pude. Observei os homens e as mulheres que vinham falar com Nobunaga da mesma forma que observava os soldados, procurando sinais de suas intenções, indicações de qualquer coisa que eles escondessem ou que oferecessem com nervosismo. Notei que aqueles cujo escalão era alto o suficiente para serem autorizados a usar espadas na presença de Nobunaga sempre removiam a bainha do cinto à esquerda da cintura e a colocavam no chão, à direita, quando se ajoelhavam diante dele. Depois de ver isso várias vezes, percebi que uma espada colocada do lado esquerdo estava pronta para ser desembainhada por um lutador destro, mas a espada colocada à direita era uma oferta de paz, um sinal de que nenhuma agressão ou ameaça era intencional.

Eram apresentadas questões de guerra, certamente, mas também uma ampla gama de questões administrativas — levantamentos de terras, disputas fiscais, a qualidade das colheitas de arroz, a produção das minas de prata, delegação de terras, salários, estágios e nomeações, casamentos, consertos de castelos e fortificações adicionais, o custo de armar os homens e alimentá-los, favores a serem mostrados e favores a serem retidos, pedidos de fundos para a manutenção do Palácio Imperial e dos terrenos em Quioto, e também disputas religiosas, templos insistindo em receber pagamento por terem orado pelo sucesso de Nobunaga ou solicitando sutilmente que as atividades dos jesuítas fossem delimitadas com mais rigor ou completamente banidas.

Esses últimos pedidos, em sua maioria, eram dispensados por Nobunaga, e o progresso da igreja jesuíta prosseguia em ritmo acelerado. E à medida que a atividade aumentava, também aumentava a presença de padres enviados para supervisionar a construção. Reconheci alguns deles, mas evitei-os, de qualquer maneira. Uma repulsa explodia em mim sempre que eu via as conhecidas túnicas ou constatava que as paredes da igreja estavam cada vez mais altas, pois sabia que aquele edifício era a medida de meu valor.

Nobunaga estava longe de ser previsível, mas era consistente. Em cada novo território que ficava sob seu controle, ele padronizava a moeda, formalizava a estrutura tributária, exigia censos precisos e missões de levantamento, ordenava que as estradas fossem mantidas em bom estado de conservação, abolia as barreiras alfandegárias e promovia o comércio e a indústria. Nobunaga era por vezes impaciente com aqueles que hesitavam em fazer o que ele requisitava, por vezes duro com aqueles que achava que tinham executado mal suas tarefas, mas refletia verdadeiramente sobre todas as informações que lhe eram apresentadas e julgava de forma sensata e justa. Não se podia exigir muito mais de um homem de sua envergadura.

No campo militar, começaram a chegar as primeiras cabeças da campanha ocidental, evidências das primeiras vitórias do General Hideyoshi e do General Mitsuhide. As cabeças foram entregues a serventes especializados, para serem preparadas para a apresentação. Elas seriam limpas, perfumadas e adornadas para exibição, e suas expressões seriam serenas, os cabelos untados de óleo e amarrados firmemente em um coque e os dentes enegrecidos com carvão. Elas seriam exibidas em tábuas de madeira com pequenas placas esculpidas.

Os corpos foram presos a postes no pátio, para fins muito menos cerimoniosos. Eles seriam usados para testar novas lâminas, golpeados e cortados até que as armas fossem consideradas dignas e os corpos caíssem em pedaços pequenos o suficiente para serem carregados pelos pássaros. O cheiro de sangue velho e carne revirada pairava no ar, e suspeitei de que aquilo também fosse intencional. Uma maneira de endurecer e preparar os lutadores menos experientes para o que estava por vir.

FUI CONVIDADO PARA ACOMPANHAR NOBUNAGA em viagens de caça com Ranmaru, Ogura e Jingorou. A cidade de Azuchi ficava de costas para o Lago Biwa, criando uma barreira formidável e possibilitando um campo de visão desobstruído por quilômetros. O lago tinha três ilhas principais, e era uma remada curta até a mais próxima delas, Okishima, para procurar caça nos pântanos e bosques.

Nobunaga era um falcoeiro talentoso e parecia muito satisfeito quando um de seus pássaros voltava para ele com um coelho ou alguma outra criatura pequena. Todos eles eram mais hábeis do que eu com arcos, tanto a pé quanto a cavalo, mas, ainda assim, consegui impressioná-los atingindo um porco selvagem com a lança a vinte metros de distância.

Enquanto cavalgávamos sobre o animal abatido, Ranmaru parou e gritou:

— Salve Yasuke, matador de porcos!

Ele se virou para mim e, não vendo nenhuma mudança em minha expressão, deu um tapinha no meu ombro para que eu soubesse que estava brincando.

— Não seja assim, Yasuke. Você é um guerreiro, não é? Você deve praticar a ostentação. Ogura é excelente nisso.

Aproveitando a deixa, Ogura tirou um pequeno coelho do alforje, pendurando-o pelas pernas. Em seu rosto, havia uma expressão que era uma zombaria da austeridade.

— Eu sou Ogura, e nenhuma criatura é rápida o suficiente para escapar da minha vista ou do meu arco. Disparei mil flechas e peguei mil peles. Nunca alojei uma arma na terra ou em uma árvore, apenas em carne e osso.

— Sim, sim — interrompeu Jingorou, sua expressão muito menos séria. — Meu irmão é o flagelo de pequenos animais e roedores, mas para cada pele que ele tirou, eu, Jingorou, consegui três. Meu irmão caça o que foge dele, eu caço o que corre em minha direção.

— Você caça o que acerta por engano — disparou Ogura.

Os dois irmãos sorriram. Ranmaru apontou o queixo para mim.

— Do que você vai se gabar, Yasuke? Seus cavalos corcundas do deserto? Suas feras com presas gigantes?

Eu ri, mas engoli rapidamente, acostumado a esconder minhas reações. Ranmaru tinha um brilho nos olhos, e pude ver que esses gracejos eram sua tentativa de me fazer sentir confortável. Era um gesto simples, mas fiquei emocionado.

— Eu gostaria que ele tivesse se gabado da sua luta — disse Jingorou. — Isso poderia ter me poupado algumas moedas no torneio.

Ranmaru acenou com a cabeça, de forma quase indetectável, me encorajando. Eu me virei para Jingorou. Lancei-lhe um olhar intimidador e, então, estufei o tórax da maneira mais exagerada que consegui e bati com o punho no peito.

— Minha modéstia só se compara à minha força, Jingorou. Lamento que ambas tenham custado tão caro...

Eu pretendia continuar, mas Nobunaga deu uma volta repentina em seu cavalo, posicionou-se e disparou uma flecha, depois outra, depois uma terceira.

A grama à nossa frente mal havia se mexido ainda quando ele disparou a primeira, mas três codornizes irromperam da grama alta e caíram no chão com a mesma rapidez, cada uma delas com uma flecha no peito. Ficamos todos parados em nossas selas por um momento, atordoados e em silêncio.

Nobunaga colocou o arco de volta no lugar e ergueu o canto da boca em um leve sorriso.

— Eu sou Oda Nobunaga, e os guerreiros mais pretensiosos do Japão coletam minhas caças.

Ogura e Jingorou se curvaram, riram e avançaram para pegar os pássaros caídos.

Não havia negócios urgentes que exigissem nossa volta, então acendemos uma pequena fogueira na margem. Ainda não estava escuro, mas as cigarras haviam começado seu canto noturno. Ogura e Jingorou limpavam os pássaros. Um coelho esfolado estava pendurado para secar em um suporte improvisado, e eu trabalhava esfolando outro enquanto Ranmaru aumentava as chamas. Outros três pássaros já estavam em uma panela pendurada acima do fogo, fervendo para soltar a pele e as penas.

— Você atirou bem hoje — disse Ogura ao irmão.

— Obrigado. Tenho evitado as peras.

Ogura parou de cortar a pele da pequena codorna que segurava e olhou através do fogo, para onde Jingorou estava sentado.

— Você tem evitado as peras — repetiu, com um tom inquisitivo na voz. Ao meu lado, os ombros de Ranmaru balançaram para cima e para baixo duas rápidas vezes, como se ele estivesse sufocando o riso.

— Sim — confirmou Jingorou, arrancando as penas de um pássaro que havia fervido e já estava frio. — As peras fazem você enxergar mal. Eles afetam a mira. Eu as tenho evitado.

Ogura abriu as mãos, exasperado.

— Quem te disse isso? Vou acabar com o homem que fez meu irmão parecer um idiota.

— Comer peras demais faz com que você enxergue mal. Todo mundo sabe disso.

Neste ponto, Ranmaru havia parado de tentar conter o riso.

— Jingorou, a sua esposa deve ter comido todas as peras da região na sua noite de núpcias.

Jingorou fingiu ficar indignado com a provocação, mas logo desabou a rir, acompanhado por Ogura e Ranmaru. Eu sorri, mas segurei a risada por dentro. Se Nobunaga ouviu a conversa, não deu indicação. Estava sentado com as costas para o fogo, observando os insetos atravessarem a superfície plácida do lago. Ele se virou, e nossos olhos se encontraram por um momento antes que eu abaixasse a cabeça.

Ele limpou a garganta, discretamente, e as risadas cessaram.

— Vou providenciar para que os arqueiros não recebam mais peras — declarou ironicamente, ficando de frente para o fogo. — No futuro, por favor, assegurem-se de que conselhos militares sábios como esse cheguem a mim imediatamente.

Nobunaga tinha um charme e uma sagacidade sutis. Sua curiosidade, sua perspicácia e sua atenção aos detalhes me lembravam de Valignano, mas enquanto ambos mostravam uma concentração implacável, eu não me recordava de alguma vez ter visto Valignano brincar com seus homens. E ainda assim, eu também havia me deixado encantar por Valignano, apenas para descobrir que não passava de uma propriedade para ele. Decidi permanecer mais vigilante com quem eu confiava, embora não pudesse negar que gostava daqueles homens.

Ranmaru largou os dois galhos que estivera usando para manipular o fogo, parecendo satisfeito com o calor, e levantou o queixo em minha direção.

— Yasuke, quais são os arqueiros mais apavorantes que você já encontrou?

— Os mais apavorantes? — Dei uma olhada rápida nos rostos ao redor da fogueira, todos agora voltados para mim. — Os arqueiros mais apavorantes que já vi são os que estavam atirando em mim.

Todos riram.

— Você prefere o arco ou o arcabuz? — perguntou Ogura.

Refleti sobre a pergunta por um momento, cortando mais um pedaço da pele do coelho.

— O arco ainda é mais preciso nas mãos certas. Mas demanda habilidade e prática, ao contrário do arcabuz. O arcabuz pode causar danos mesmo com um tiro perdido, ou, pelo menos, assustar um cavalo e até mesmo um soldado.

— Eles são eficazes — complementou Nobunaga. — Nem todos concordariam com você, no entanto. Há tradicionalistas que acreditam que estou errado em usar as armas portuguesas. Akechi prefere que seus homens usem o arco. Ele diz que as guerras são vencidas por guerreiros, não por armas.

Essa última frase foi dita com desdém. Nobunaga pegou uma pedra de amolar e começou a afiar sua faca, as faíscas se somando ao fogo de Ranmaru.

— Sempre fomos lentos no que diz respeito à mudança — disse ele calmamente.

Os outros aquiesceram. O silêncio se instalou.

— Na Índia, havia canhões... — Fiz uma pausa, perdido nas lembranças de minhas experiências com eles: o som e a destruição aterrorizantes, o chacoalhar das paredes quando os projéteis atingiam o alvo, a sensação de que tudo ia desmoronar e todos ficaríamos enterrados nos escombros. Pensei no velho escravo Lomwé e imaginei onde ele estaria agora, ou se já não vivia. Balancei a cabeça e me recompus.

— Os canhões são armas incrivelmente poderosas. São feitos para intimidar e destruir e podem ser usados para matar com apenas um pouco de treino.

— Onde você os viu? — perguntou Ranmaru.

— Em diversas batalhas. Em Malaca. No Estreito de Ormuz. Eu não conhecia muito sobre a batalha naquela época, mas fui pego no meio de uma guerra entre dois grandes impérios, o português e o otomano.

Nobunaga havia se aproximado do fogo à menção dos impérios, mas seu rosto permaneceu sem expressão. Ogura e Jingorou haviam parado o que estavam fazendo.

— Um deles invadiu o outro? — questionou Jingorou.

— Não. Ambos lutavam por uma terra que nenhum deles podia reivindicar, exceto pela reivindicação que tinham feito entre si. Havia riquezas a serem obtidas no comércio, e, por isso, eles lutavam pelo domínio dos portos. Todo grande império sempre dependeu do controle do acesso ao mar.

Eu me perdi em meus próprios pensamentos. Estava me lembrando dos conveses ondulantes dos navios portugueses durante a tempestade nos arredores de Ormuz, dos homens amarrando-se à amurada enquanto os escravos corriam nas tábuas escorregadias para garantir o tiro dos canhões, arriscando serem arrastados para o mar e se afogarem para que nossos senhores pudessem lutar por riquezas que não lhes pertenciam. Dos navios inimigos aparecendo e desaparecendo de vista com o surgimento e a quebra das ondas e do vento enviando a chuva gelada que nos cortava como facas.

Os outros continuaram conversando. Perdi a maior parte do que eles disseram, mas uma menção a Nagasaki trouxe minha atenção de volta para a conversa. Ranmaru estava listando os portos e os senhores que os controlavam.

—... menores ao longo das ilhas, mas para grandes navios comerciais, Nagasaki é o porto mais bem situado. O senhor Sumitada controla a região de lá.

Hesitei, esperando que alguém corrigisse Ranmaru ou que ele mesmo se corrigisse, mas isso não aconteceu. Ele continuou listando os inimigos e aliados de Sumitada.

— Perdão — interrompi. Virei-me para Nobunaga e abaixei a cabeça. — Peço desculpas se isso é algo que meu senhor já sabe. Talvez a notícia ainda não tenha chegado a Azuchi.

Fiz uma pausa, nervoso, mas Nobunaga gesticulou para que eu continuasse.

— Quando aportamos aqui pela primeira vez, devíamos desembarcar em Nagasaki, mas decidimos ancorar na Baía de Kuchinotsu. O senhor Sumitada controla a região, mas não controla mais o porto.

— Então quem controla? — perguntou Ranmaru.

— O senhor Sumitada cedeu o controle de Nagasaki ao Padre Valignano.

Do outro lado do fogo, a expressão de Nobunaga pareceu ficar carregada por um momento. Fizemos silêncio, esperando por sua resposta. Ele pegou a jaqueta e se levantou.

— Vamos voltar — falou calmamente. — Já tivemos ociosidade suficiente por um dia.

19

Nobunaga recebia a maior parte dos visitantes em uma pequena antessala no segundo andar do castelo. Visitantes de maior importância eram apresentados a ele no andar principal, no estrado central onde o torneio de sumô havia acontecido, mas Nobunaga preferia um cenário menos alteroso para os negócios de maior informalidade.

A sala do segundo andar tinha capacidade para dez homens confortavelmente. Isso forçava os visitantes a subir um lance de escadas, vendo o suficiente dos pilares centrais ricamente decorados para chegarem na presença de Nobunaga devidamente deslumbrados. Ele se sentava de pernas cruzadas em uma plataforma de madeira, de costas para a parede dos fundos e elevado o bastante para ficar acima de quem estivesse à sua frente, mas não de forma ostensiva.

Eu ficava em pé do lado direito do estrado, enquanto ele ouvia de um de seus cavaleiros relatos da guerra.

— A campanha ocidental está progredindo, mas lentamente. Tanto Akechi quanto Toyotomi venceram os primeiros combates, mas contra serviçais Mori de menor importância. Toyotomi está se movimentando com maior agressividade pela rota meridional. As tropas de Akechi… empacaram em um cerco no Castelo de Yakami. — O cavaleiro limpou a garganta, torcendo para que a notícia não fosse mal recebida. — Apesar disso, os dois exércitos encontram-se em boa posição, meu senhor.

— Algum movimento dos Mori? — perguntou Nobunaga.

— O clã Mori ainda não enviou todas suas forças. No entanto, eles não podem permitir esse ataque aos seus vassalos por muito mais tempo. Sabemos que vão se envolver logo.

Enquanto os Moris não fossem desentocados, não haveria confronto decisivo, mas eles pareciam prestes a sair. Ao mesmo tempo, as tropas de Tokugawa estavam se movimentando. Com Iga dominada e não sendo mais necessário manter o exército de Tokugawa como reserva, ele foi enviado para leste para conquistar as terras dos Takeda. O clã Takeda havia sido severamente enfraquecido por uma série de perdas devastadoras, sobretudo em Nagashino, pelas mãos do próprio Nobunaga. Mas Takeda Katsuyori ainda não havia se rendido. Tokugawa havia saído discretamente com seu exército durante a noite, sem nenhuma da pompa escolhida por Akechi e Toyotomi.

O clã Takeda estropiado, ao leste, e o perigoso, mas reduzido, clã Mori, a oeste. Isso era tudo que se punha entre o clã Oda e a reunificação do Japão. Nobunaga se levantou, com o humor aparentemente melhorado pelas notícias.

— O povo precisa de entretenimento.

Para celebrar a vitória em Iga, Nobunaga ordenou que uma peça teatral acontecesse. Atores do teatro Noh vieram de Quioto para atuar a seu pedido. Nós nos reunimos ao redor do palco em fileiras que correspondiam à maneira em que vivíamos: aqueles mais próximos do topo da montanha ficaram mais próximos dos atores, aqueles que viviam mais abaixo na montanha ficaram sentados mais longe. O palco em si era uma instalação permanente no pátio, um palco de madeira que se elevava sobre vasos semienterrados para amplificar os sons, com uma cobertura semelhante a um santuário e um pinheiro pintado na parede posterior. À esquerda dele, havia uma rampa inclinada para a entrada dos atores, com três pinheiros baixos plantados na frente. O palco era cercado por pedras brancas polidas, que refletiam a luz das lanternas e davam ao palco uma aparência brilhante.

Um pequeno coro entoava cânticos e cantava à direita do palco e quatro músicos estavam ajoelhados no fundo, três com pequenos tambores de lona e um com uma flauta. Foram cinco peças curtas. Cada uma apresentava um único ator usando uma máscara de madeira, enquanto os demais atores estavam com o rosto descoberto. Os trajes eram elaborados: túnicas douradas de ombros largos, sedas com estampas de conchas e leques com dragões e escorpiões bordados. Os movimentos às vezes eram sutis, e às vezes, dramáticos.

Eu não conseguia acompanhar muito do que realmente estava acontecendo, mas me senti profundamente inquieto ao observar os homens pisando forte, dançando e cantando. As máscaras que o ator principal usava mudavam constantemente: uma mulher de rosto triste, um demônio feroz, um homem idoso enlouquecido, um monge sereno.

Na peça mais longa, um monge viajante se deparou com uma mulher chorando em frente a um santuário. Quando o monge perguntou sobre o santuário, ela suplicou para que ele orasse pelo homem ali sepultado, depois revelou ser um fantasma e desapareceu. No segundo ato da peça, ela voltou, com armadura de batalha completa, lamentando não ter conseguido se juntar ao seu senhor na morte.

A certa altura da apresentação, Ranmaru colocou a mão em meu braço e me fitou preocupado. Olhei para ele e, depois, rapidamente, desviei os olhos. Estava abalado com as performances, mas não tinha certeza se conseguiria expressar em palavras o porquê. As peças eram breves e lentas, mas para mim, passaram como um borrão.

Quando as apresentações terminaram, eu estava suando. Enquanto a multidão migrava em direção ao portão do castelo, fui na outra direção para tomar um pouco de ar. Fui até a base do muro de pedra nos fundos do pátio, de frente para o Lago Biwa, e me sentei no chão.

A peça trouxe de volta memórias de casa, lembranças que passei anos escondendo e mantendo sob controle. Festivais realizados em minha infância, em que as mulheres pintavam o rosto de branco com uma pasta feita de minerais e dançavam e tocavam tambores, enquanto os homens se apresentavam sobre pernas de pau, usando máscaras de espíritos e animais.

Um dia, encontrei as pernas de pau do meu pai escondidas debaixo de seu banco de entalhe. Fugi até os limites da aldeia para dançar sobre elas — caí, levantei, dancei e caí novamente. Arranhei a pele dos joelhos e cotovelos, meu queixo começou a sangrar, mas continuei a praticar até conseguir pelo menos realizar uma coreografia curta, levantando os pés bem alto, girando os braços, jogando a cabeça para trás e oferecendo a garganta para o céu. Quando voltei, não consegui esconder o que havia feito, mas minha mãe e meu pai não me castigaram, nem conseguiram disfarçar que estavam mais entretidos do que zangados.

Eu não sabia se meu pai ainda estava vivo. Não sabia se ele ainda estava procurando, se ainda tinha esperanças, apesar de todos os anos. Não sabia onde minha mãe estava enterrada. Meu pai teria procurado por ela entre os corpos, garantindo que as tradições fossem cumpridas. Talvez ele tenha feito isso por todos. Nenhum deles foi poupado.

Eu tinha 12 anos quando fui levado. Meus sonhos eram ir para a choupana M'Mwera com os outros meninos da minha idade, aprender os costumes da vida adulta e voltar para minha família para ser reconhecido como homem. Em vez disso, fui vendido em lugares distantes, matei meninos, matei homens e depois enterrei, queimei corpos ou os embrulhei e joguei no mar. Eu tinha visto doença e morte, crueldade e violência. Havia visto o que os homens eram, e ver tudo isso me fez querer ser um menino novamente... ficar sentado com minha mãe enquanto ela batucava os tambores e observar meu pai enquanto ele dançava.

Não havia me permitido chorar por eles no porão do navio, nas áreas de treinamento dos mercenários ou nas salas de aula dos jesuítas, mas chorei por eles agora, na escuridão, ao pé do muro de um forte construído em uma terra tão distante que eu nem sabia que existia.

Depois de me recompor, voltei na direção do alojamento dos guardas, passando pelo palco do teatro no caminho. A multidão havia se dispersado, buscando descansar ou continuar a diversão em outro lugar. Os artistas ainda estavam lá, limpando o palco e guardando os instrumentos. Um homem vestindo um quimono cinza estava dobrando cuidadosamente as fantasias e colocando-as em um baú, e pela graça e controle de seus movimentos, notei que ele era o ator por baixo das máscaras.

— Gostaria de agradecer pela performance. Foi emocionante.

Ele se virou para mim, levantou a cabeça e me encarou com os olhos arregalados, então se lembrou de seus modos e abaixou o queixo com um gesto rápido.

— Fico feliz por ter gostado. Atuar para o senhor Nobunaga é uma honra. — Ele arriscou uma nova olhada. — Perdoe-me a curiosidade. Eu estava em Quioto quando você chegou. Ouvi a comoção, mas não consegui vê-lo.

— A curiosidade nunca deveria demandar um pedido de desculpas. Também estou curioso... As máscaras. São maravilhosas.

— Ah! — exclamou ele animado, revirando o baú para pegar uma delas. — Sim. A criação de máscaras é uma arte.

Ele ergueu a máscara esculpida de um homem com uma expressão neutra: os lábios eram curvados, mas não o suficiente para formar um sorriso, e as sobrancelhas eram altas e arqueadas, mas não enfáticas o suficiente para evocar surpresa. O ator inclinou a máscara, mostrando como, com o movimento da cabeça, ele conseguia usar a sombra para criar muitas emoções a partir de uma única expressão.

— É extraordinário — comentei. — De onde eu venho, também esculpimos máscaras. Os homens as usam em festivais, para cantar e dançar. Ver você se apresentar esta noite me lembrou de casa.

Ele se curvou profundamente.

— É uma honra.

Estiquei o braço para pegar a máscara, e ele me permitiu. Corri meus dedos pelo rosto, a madeira lisa sob meu toque.

— Meu pai me ensinou a esculpir, mas só um pouco. Eu teria aprendido mais… — Parei, pensando em todas as coisas das quais fui afastado. Devolvi a máscara, e ele a aceitou lentamente, colocando-a de volta no baú. — Você poderia fazer uma para mim?

— Infelizmente, não. Diz a tradição que devemos esculpir nossas próprias máscaras.

— Entendo. Obrigado. E obrigado pela sua apresentação. Não vou esquecê-la.

Fiz uma reverência e me virei em direção aos meus aposentos.

— No entanto, eu poderia te ensinar.

Parei e olhei para o ator por cima do ombro.

— Seria uma honra ajudar um dos servos do senhor Nobunaga e um convidado estrangeiro. Não posso ensiná-lo como seu pai teria feito, mas podemos pegar o que você aprendeu e o que eu aprendi e criar algo novo.

Os artistas retornaram a Quioto, mas o ator ficou para trás. Ele me deu um bloco de cipreste e me mostrou como desenhar o rosto nele. Serramos as bordas para obter o formato geral, e, então, ele me mostrou como usar um cinzel e um martelo de madeira para descascar a madeira em camadas. Na minha mão, o cinzel tinha o mesmo toque que a enxó que meu pai tinha me dado havia tanto tempo, mas com a cabeça de metal mais leve. O cipreste também era mais macio do que a acácia que eu havia esculpido quando criança.

No começo, eu enfiava a faca muito fundo e estragava a madeira, e ele consertava com paciência quando podia. Se não conseguia, ele me fornecia um novo bloco de cipreste e me encorajava a tentar novamente. Logo aprendi os ângulos corretos e o peso exato do martelo, e fui recompensado ao ver os caracóis da madeira sendo descascada em tiras finas.

— Você tem família? — perguntei.

— Eles não sentirão minha falta se eu ficar ausente por alguns dias a mais do que o esperado.

— Você viaja longe com suas peças?

— Mais agora. Ah, ah, cuidado! — Retrai o cinzel para trabalhar com mais leveza, e o ator relaxou.

— Mais agora? Por quê?

Ele encolheu os ombros.

— Quanto mais terras estiverem sob um só governo, mais seguro será viajar. Há menos necessidade de se preocupar com a política de atuar para um senhor em uma semana e, na próxima, para seu inimigo.

Ele estendeu a mão sobre a minha, para firmá-la.

— O senhor Nobunaga me perguntou uma vez se eu o considerava cruel.

O ator me encarou bruscamente.

— Ele te trata mal?

— Não — respondi apressadamente. — Ele me trata bem, tão bem quanto trata os outros à sua volta, homens de seu próprio país que estão com ele há muito mais tempo.

O ator encolheu os ombros novamente, sentindo a madeira com o dedo.

— Um homem como Nobunaga deve, às vezes, ser cruel. Mas ele não precisa ser gentil. Suas gentilezas são uma escolha.

Avaliei o homem por um momento, mas ele estava concentrado na máscara.

— Acho que está pronta para pintar — falou.

— Tive um outro mestre que também me colocou em uma boa posição. Confiei nele. E acho que errei ao fazer isso.

O ator atravessou a sala e vasculhou o baú, procurando os materiais de pintura. Ele falou de costas para mim enquanto procurava.

— Quando a confiança é quebrada, a culpa só pode recair sobre o homem que a recebia, nunca sobre aquele que a oferecia. Agora você vai julgar todos os homens por esse padrão?

Ele encontrou as tintas e os pincéis que queria e começou a retirá-los do baú.

— A confiança é uma coisa estranha. Um homem não pode demonstrar que é ou não merecedor dela por antecipação. A confiança só pode ser conquistada depois que já foi oferecida.

Ele ainda não havia se virado. Abriu as tintas e as preparou em uma tábua fina. Observei-o trabalhar. Ele havia ficado e me ajudado, quando não tinha razão nenhuma para fazê-lo. Essa gentileza era uma escolha dele, feita sem nenhuma contrapartida, e talvez as gentilezas de Nobunaga também fossem.

O ator manuseou a máscara com destreza, respeitosamente. Pensei em meu pai, com a máscara dele, dançando acima de mim, seus olhos nunca deixando os meus enquanto se movia sem esforço com as pernas de pau. No quanto eu desejei dançar ao lado dele, apenas uma vez.

— Você tem um pouco mais de madeira? — perguntei. — Tem mais uma coisa que eu gostaria de fazer.

TIVE POUCO TREINAMENTO NOS COSTUMES do meu próprio povo. Eu havia observado, e essas memórias e observações eram tudo o que eu tinha para me guiar. O ator havia retornado a Quioto, deixando comigo um pequeno cinzel de seu kit de ferramentas, como presente. Ele me desejou sorte, assim como eu também desejei a ele. Havíamos acabado de encerar e pintar, e embora a máscara que criei não se comparasse à qualidade daquela dele, era mais do que aceitável.

Certa manhã, depois que Nobunaga terminou sua refeição, pedi a ele que fosse comigo até o pátio.

— Gostaria de mostrar algo a você.

Nobunaga, sempre curioso, pareceu satisfeito e me seguiu sem questionar. Ranmaru, Ogura e Jingorou o acompanharam.

Assim que desci as escadas do castelo, pedi licença para ir aos aposentos dos guardas. Um pouco depois, saí de lá completamente diferente.

Eu havia construído duas pernas de pau de madeira, cada uma com sessenta centímetros de comprimento e cavilhas para apoiar os pés. Foi mais difícil descrevê-las para o velho ator do que construí-las. Ele olhou para mim confuso à medida em que eu explicava o que queria fazer e, no final, apenas deu de ombros e me entregou seus pedaços de madeira mais resistentes. Depois ficou espiando por cima do meu ombro da melhor forma que podia enquanto eu fazia os cortes no tamanho certo e juntava as peças.

No lugar de uma roupa mais tradicional, amarrei um longo lençol de seda na cintura, longo o suficiente para quase chegar até a base das pernas de pau. Na parte de cima, eu não usava camisa, apenas um colar simples e pulseiras feitas de feno de arroz, com algumas penas de faisão presas em cada uma. E no rosto, eu usava a máscara de um rinoceronte, sua face pintada de cinza, a expressão irritada e o chifre curto e curvo grudado com argila seca.

Bufei, flexionei os músculos dos braços, do peito e dos ombros e saí para o pátio. Houve arquejos do pequeno número de pessoas que se aglomeravam na base do castelo. Um dos guardas de Nobunaga levou a mão para sua lança, assustado, mas não a levantou. Eu não ficava assim tão nervoso desde que era menino. Meu coração batia forte, e a máscara parecia pulsar em meu rosto a cada respiração. Uma pequena multidão se reuniu. Todos olhavam para mim, alguns maravilhados, alguns em choque, outros com medo.

Primeiro vieram os sussurros, depois começaram a apontar, e então alguns começaram a rir. Eu podia sentir o calor da minha própria respiração sob a máscara. Preocupei-me com a possibilidade de ter cometido um erro, com a possibilidade de me considerarem um selvagem irracional e um bárbaro, tal como os jesuítas julgaram meu povo. Nobunaga silenciou o grupo com um olhar penetrante. Ele pediu um banquinho. Deu um passo à frente e sentou-se na minha frente, sozinho, enquanto os outros se reuniram em círculo ao nosso redor.

Pisei duas vezes no chão, com força. Recuei a cabeça, jogando o chifre curto e cinza em direção ao céu. A princípio, me movi de maneira hesitante, lembrando-me dos movimentos, em vez de senti-los. Eu havia pegado guias de metal do arsenal e as amarrado nos dedos e polegares, para criar uma espécie de batida.

Na minha aldeia, haveria tambores, uma fileira deles, batucados por palmas endurecidas e cheias de calos das minas ou dos campos. Haveria juncos esculpidos, soprados pelos mais velhos para formar notas agudas e assobiadas. Os outros dançarinos teriam enrolado cordões de nozes de macadâmia secas em volta dos tornozelos, que chacoalhariam dentro das conchas enquanto os homens pisoteavam e saltavam. Eu me movia desajeitadamente sobre as pernas de pau, mas ficava mais confortável a cada passo.

Minha mãe estaria naquela fileira de tambores, o único rosto sorridente entre os fervorosos, porque ela não conseguia conter a alegria que sentia ao tocar, nem eu a alegria de observá-la. Eu ainda não conseguia me lembrar de algumas características de seu rosto, mas conhecia cada detalhe de suas mãos, de como ela puxava os dedos para trás para esticar as palmas, girando os ombros para a frente e para trás enquanto batia as palmas das mãos contra o couro do tambor, de como a vibração da batida parecia fazer todo seu corpo tremer. As memórias tomaram conta de mim, mas em seguida se acomodaram em algum lugar bem profundo, e eu me senti pronto.

Lembrei-me de uma de nossas últimas conversas, quando perguntei se ela tocaria para mim quando fosse a minha vez de dançar no festival. Lembro-me do sorriso que surgiu em seu rosto, vibrante e amplo. A centelha de alegria em seus olhos. A sensação do beijo dela na minha testa. Por baixo da máscara, a recordação trouxe lágrimas aos meus olhos.

— Vou tocar para você até que a pele do tambor desintegre — ela havia dito. — Vamos ver quem vai ceder primeiro: meus braços ou seus pés de dançarino.

Nobunaga me deu toda a atenção, e eu me concentrei nele, performei apenas para ele, da mesma forma que meu pai havia performado exclusivamente para mim. Os movimentos me provocavam uma sensação estranha. Eu já vivia em outras terras havia mais tempo do que tinha vivido na minha. Lembrei-me do cheiro doce de manga e laranja na brisa, do som de meu povo cantando, do orgulho que sentia cada vez que meu pai se voltava para mim, escondido sob a máscara. Lembrei-me do rosto dele, e depois, do rosto de minha mãe, de minha avó, com mais clareza do que jamais fui capaz de visualizá-los antes.

Os movimentos começaram a vir com mais naturalidade. Cravei as pernas de pau no chão e raspei o pé direito no solo, como um rinoceronte prestes a atacar. Chutei as pernas de pau para trás com um pontapé, abri bem os braços, girei e saltei, e a cada movimento, libertei um pouco da vergonha que os jesuítas me ensinaram. Dentro de mim, podia ouvir os sons dos tambores e o canto; podia, pela primeira vez, sentir uma conexão com meus ancestrais e minha aldeia, e com a vida que eu teria levado. Uma leveza. Uma consciência. Uma conexão com algo dentro de mim que não me havia sido tirado, mas que eu não sabia como encontrar. Dancei até ficar suado, até que meus músculos doessem por causa do esforço. Meus pés ficaram doloridos por pisar nas cavilhas das pernas de pau, e os tambores pararam de batucar dentro de mim.

Caí no chão, exausto. A multidão ficou em silêncio, observando Nobunaga para ver sua reação. Ele levantou-se do banco, aproximou-se do local onde eu estava deitado na terra e fez uma reverência diante de mim, encostando a testa no chão.

Um murmúrio percorreu a multidão, depois, um farfalhar de roupas à medida que eles também se curvavam diante de mim. Mas enquanto eles estavam simplesmente seguindo o exemplo de seu senhor, a reverência de Nobunaga foi de verdadeiro respeito. Eu me senti honrado, quase a ponto de chorar. Havia permanecido ao lado dele por semanas, vendo convidados ilustres levarem presentes extravagantes e generosas demonstrações de gratidão, mas eu não tinha nada a oferecer além de meu serviço.

Tirei a máscara e a ofereci a ele. Ranmaru se adiantou para aceitar, mas Nobunaga o dispensou. Ele mesmo pegou a máscara de minhas mãos, e nos sentamos juntos no chão, por um momento, como iguais.

20

O humor de Nobunaga estava melhorando, mas o espírito geral de Azuchi estava mais sombrio.

Os soldados, antes focados e disciplinados nos treinos, agora estavam ainda mais. O remanescente das tropas de Nobunaga sabia que logo seria chamado ao campo; era apenas uma questão de determinar se seria a oeste, para apoiar Akechi ou Toyotomi contra o clã Mori, ou a leste, para apoiar Tokugawa contra os Takeda.

Eu às vezes treinava com eles, outras vezes, sozinho. Com eles, praticava manter meu corpo alinhado, usar a quantidade certa de força e ajustar os pulsos para cortar com a espada como se fosse fatiar, em vez de golpear como se fosse arrancar pedaços. Sem eles, eu deixava a espada de lado e treinava apenas com os pés, deslizando-os para a frente e para trás, de um lado para o outro, mantendo-os sempre bem embaixo de mim, aprendendo a me mover da maneira que precisava. As pequenas multidões que anteriormente vinham assistir ficaram entediadas e se afastaram.

Em algumas noites, eu dormia e sonhava com as pessoas de minha aldeia, não amarradas à fornalha de ferro, mas enterradas até o pescoço. E os traficantes de escravos portugueses descascavam pedaços do couro cabeludo de meu povo com canas de bambu afiadas como navalhas, levantando as tiras de pele e cabelo e dançando descontroladamente, gritando aos céus para seu deus.

Em outras noites, eu caminhava. Evitava a igreja durante o dia, pois não queria ver os padres nem o crescente número de japoneses que se sentiam atraídos por eles. À noite, porém, permitia-me ficar diante dela. O progresso havia sido rápido. Prudentes, eles a construíram para ser menor do que o santuário xintoísta vizinho, que era uma das construções mais estimadas de Nobunaga. Mas a igreja cristã, à sua maneira, não era menos impressionante.

As paredes eram de pedras bem encaixadas, de vários tons, sutis, mas lindas. A porta era de carvalho grosso, importado com grande custo, e ao lado havia uma abertura oblonga, curva na parte superior e plana na parte inferior, atualmente bloqueada por uma madeira que logo seria substituída por um vitral encomendado pelo Padre Valignano. Seria a primeira janela desse tipo em todo o Japão.

Meus sentimentos em relação aos jesuítas eram complexos. Havia bons homens entre eles, e outros em quem não se podia confiar. Os padres portugueses a quem fui entregue inicialmente trataram-me como um animal, mas Valignano, apesar de sua traição em Honnō-ji, não o fez. Aprendi lições difíceis com eles, mas também coisas valiosas: línguas, cultura, história. Sua mensagem de misericórdia e perdão era digna, embora alguns dos que a pregavam fossem indignos dessas palavras. E eu não tinha certeza de como separar a mensagem dos homens, as palavras das ações.

Captei um vislumbre de movimento com o canto do olho. Uma sombra descendo os degraus do Castelo Azuchi, que eu sabia que devia ser Tomiko. Corri para segui-la e a alcancei no portão.

— Tomiko.

Ela se virou bruscamente, seu rosto com a mesma expressão chocada de quando Nobunaga me chamou para levantá-la em Honnō-ji.

— Perdoe-me por tê-la assustado. E me desculpe por antes, se pedi demais.

Houve uma longa pausa. Ela parecia quase à beira das lágrimas, mas sua voz estava firme quando respondeu.

— Eu vi você dançar. Foi… lindo.

Engasguei com um nó repentino na garganta e desviei o olhar.

— Obrigado — respondi calmamente.

Ela estendeu a mão e tocou meu antebraço.

— Você quer nos compreender. Não é pedir muito. Venha.

Ela me conduziu pelo portão. Os guardas estavam a postos para fiscalizar qualquer pessoa que entrasse nos terrenos do castelo, mas não se preocupavam muito com quem saía. Descemos a estrada da montanha na escuridão e em silêncio.

— É aqui que você vem todas as noites? — perguntei quando chegamos à planície em que ficava a cidade.

Ela continuou a andar. Havia um punhado de lanternas ainda acesas do lado de fora das lojas e das casas e alguns pequenos grupos de três ou quatro pessoas andando pelas ruas, mas estava quase tudo silencioso. Atravessamos a cidade até um conjunto de meia dúzia de barracos perto da beira da água, em um lugar tão escuro que eu nem os tinha visto da rua.

Uma mulher esperava em uma das entradas. Ela me avistou e olhou intensamente para Tomiko.

— Está tudo bem — disse Tomiko à mulher, acenando para que eu avançasse.

O cheiro me atingiu primeiro: sangue derramado e carne a ponto de apodrecer. Soprava pela rua, atacando minhas narinas. Era um cheiro com o qual eu estava familiarizado, mas foi inesperado. Engasguei e pressionei a manga da camisa contra o nariz.

O interior do barraco era minúsculo, apenas um único cômodo com um tatame colocado no canto, duas velas queimadas até a metade e uma pilha de uma dúzia de cabeças caídas no chão. Alguns estavam com os olhos e a boca abertos e fitavam o teto baixo em perpétuo horror. Havia pedaços de papel dobrados em suas orelhas e narinas, indicando quem eles eram e quem os havia matado.

— Essas cabeças são do oeste — comentei estupidamente.

A mulher era um dos encarregados de limpar as cabeças. Aqueles eram os barracos deles, entocados nos limites da cidade para executarem sua arte macabra, trabalhando em suas telas de músculos e ossos, bem longe daqueles que os rejeitariam.

— Sim — disse Tomiko, ajoelhando-se diante da pilha de cabeças, aparentemente não afetada pelo cheiro. A mulher ficou encostada na parede, ainda com medo de mim. Tanto Tomiko quanto eu a ignoramos.

— Eu nasci no clã Mori — continuou Tomiko. — Eu me casei com um membro do clã Saitô e comecei a servir os Oda quando os Saitô foram derrotados.

— Não entendo.

Tomiko estudou as cabeças, pegando-as com cuidado, uma por uma, inspecionando-as.

— Meu irmão e meu pai são samurais, servos juramentados do clã Mori. Eu venho aqui para procurá-los.

A mulher me encarava em silêncio e se encostava com mais força contra a parede. Tomiko virou uma cabeça cuidadosamente entre as mãos enquanto eu assimilava suas palavras. Eu tinha mais perguntas do que sabia como proferir. Será que ela estava aliviada por não encontrar as cabeças de sua família entre os mortos? Sentia raiva de Oda por sua guerra contra sua família ancestral? Ela o trairia? Tomiko pareceu ler meus pensamentos.

— A guerra é a natureza deste país. Crescemos com ela e convivemos com ela diariamente. Não é algo a ser temido, odiado ou para se descarregar a raiva. Ela apenas existe. É impossível nos entender sem entender isso. Se a cabeça do meu pai ou do meu irmão aparecerem aqui, saberei que lutar contra eles foi considerado uma honra.

Ela colocou a última cabeça de volta na pilha, limpou as mãos no quimono ao se levantar e, depois, acenou com a cabeça em agradecimento à anfitriã. Tomiko entregou uma única moeda para a mulher, e ela olhou para mim com medo antes de aceitá-la e se encostar de volta na parede.

— E o que você vai fazer? — perguntei. — Se... se eles aparecerem?

Tomiko olhou em meus olhos, com o queixo levantado e sem nenhum vestígio do medo anterior.

— Vou honrá-los. Vou lavar a cabeça deles com minhas próprias mãos, para que saibam que foram amados.

21

Acompanhei Tomiko de volta ao castelo, e os guardas me reconheceram e permitiram que eu ela entrasse comigo. Fiquei abalado com a experiência, e ela, ao contrário, parecia mais tranquila. Nobunaga não era seu inimigo. O conflito dos Oda contra os Mori era algo mais importante do que qualquer homem. Era inevitável, e para Tomiko, enfurecer-se com isso seria tão inútil quanto enfurecer-se com o nascer do sol. Estranhamente, eu compreendia. Pensei nos mercenários portugueses, nos padres jesuítas. Eu sabia o que era aceitar seu capturador. E servir.

Poucos dias depois, encontrei Ranmaru no portão principal. Eu não havia sido chamado para trabalhar desde minha performance. Quando finalmente recebi a notícia de que deveria ver Ranmaru, fiquei aliviado e também preocupado. Ele gesticulou para que abrissem o portão e indicou que desceríamos pelos caminhos da montanha.

— Alguma informação da guerra? — perguntei.

— Toyotomi está avançando. Akechi permanece empacado do lado de fora do castelo Yakami. Tokugawa manda poucas atualizações, mas quando fica em silêncio, geralmente as notícias são boas.

— Você acha que seremos enviados para oeste então?

— Não. Tokugawa vai alcançar Takeda Katsuyori antes que Akechi ou Toyotomi estejam ocupados com os Mori. Nobunaga vai mostrar respeito a ambos os clãs. Ele vai cavalgar primeiro para leste, para remover Katsuyori pessoalmente da liderança do clã Takeda. Vai seguir a oeste apenas quando os Mori entrarem em campo.

Afastei pensamentos sobre Tomiko, que esperava que as cabeças de seu irmão e seu pai chegassem do oeste. Fiquei aliviado ao saber que Ranmaru acreditava que, em vez disso, iríamos para leste confrontar os Takeda.

Enquanto conversávamos, passamos pelas casas dos generais, que — merecidamente — eram pequenos castelos situados um pouco abaixo e praticamente ao lado dos portões de Nobunaga. Os três complexos posicionados abaixo do Castelo Azuchi me lembraram da maneira como os três homens se sentaram abaixo dele no estrado em Honnō-ji na noite em que os vi pela primeira vez. Toyotomi, magro e com orelhas de esquilo, que havia ascendido do campesinato; o obeso e sempre vigilante Tokugawa, libertado de uma escravidão refinada e retornado à chefia de seu clã e de sua província; e Akechi, calvo e de barba grisalha, o poeta e filósofo cuja jornada sinuosa o levou do clã Saitô ao xogum, e agora a Nobunaga.

— Vou cavalgar com ele? — perguntei.

— Está ansioso assim pela guerra?

— Estou ansioso para servir. Fui treinado para a guerra.

— Eu pensei que você tivesse sido treinado para dançar. — Ranmaru me encarou friamente por um momento, depois abriu um largo sorriso.

— Sabia que eu poderia esmagá-lo com uma mão? — brinquei.

— Hum. Não se deixe enganar pela minha beleza — retrucou ele. — Eu não tenho medo de você como os outros homens têm.

— Com medo de mim ou não, o resultado será o mesmo.

Ranmaru respondeu simplesmente erguendo uma sobrancelha. Suspeitei que ele realmente tivesse sido subestimado muitas vezes com base em sua aparência. Ele tinha a feição delicada de um nobre mimado, mas nada da arrogância que normalmente a acompanha. Suas palavras muitas vezes eram convencidas, mas suas ações mostravam a humildade de um servo, e tanto as palavras quanto as ações eram sempre entremeadas de pequenas gentilezas. A maneira como ele me conduzira rápida e habilmente para fora da sala, depois que Padre Valignano me ofereceu em Honnō-ji, ou suas palavras de encorajamento e seus conselhos na noite do torneio de sumô, ou as farpas brincalhonas em viagens de caça, tinham a intenção de me fazer relaxar e me sentir acolhido.

— Eu devia agradecer a você... — comecei, mas ele já estava falando.

— Você parecia chateado na outra noite. Durante a peça.

Aquiesci e limpei a garganta, então me virei para olhar para a frente.

— Ela trouxe... lembranças.

— De casa?

— Sim.

— Você não fala muito sobre isso.

— É um lugar que nunca mais verei. Por muito tempo, esquecer dele pareceu ser a melhor escolha.

— E você ainda se sente assim?

Pensei no velho homem Lomwé, nos meus primeiros dias de escravidão. Ele havia falado com os portugueses a meu favor, convencendo-os a me levar com eles. Se não fosse por sua ajuda, eu provavelmente ainda estaria trabalhando lá. Quando hesitei em ir embora, o velho colocou as mãos nas laterais da minha cabeça e me inclinou em direção a ele.

— Seu povo vem de uma aldeia perto do Monte Namuli, certo?

— Eu não tenho povo. Não mais — falei amargamente, mas o velho me ignorou.

— Sua mãe, tenho certeza, te ensinou como a primeira mulher saiu da caverna do Monte Namuli e que toda a vida a seguiu?

Eu concordei com um movimento de cabeça. Ouvi as risadas de minha mãe no vento enquanto ela corria pela estrada com suas amigas, vi sua silhueta tocar a sombra de meu pai sob o sol da manhã enquanto eles se despediam pela última vez.

— Alguns de nós nunca saem daquela caverna. Nós nos contentamos em permanecer seguros na escuridão. Mas você é jovem, forte e corajoso. Você, eu acho, é destinado a sair da caverna. A deixar uma pegada no mundo.

Foi ele quem me disse que eu deveria esquecer minha mãe e meu pai, esquecer minha casa. Ele certamente estava acorrentado ou morto e não estava mais feliz por ter aceitado seu destino. Mudei de assunto.

— Sobre o que era a peça? A mais longa, com a garota chorando perto do santuário?

— Tomoe Gozen? — Ranmaru ficou visivelmente animado com a oportunidade de contar uma história. — É uma das favoritas de Nobunaga. Ele recitou partes dela no santuário de Atsuta quando parou para orar antes de partir para a batalha contra os Imagawa. Ela é uma das nossas guerreiras mais célebres.

— Já vi mulheres treinando. Elas lutam? — perguntei.

— As mulheres não lutam no lugar de onde você veio?

— Nossa aldeia não tinha problemas com os vizinhos.

— Você cresceu em paz. — Ranmaru riu. — Alguns chamariam isso de bênção, outros, de fraqueza.

Pensei nos traficantes de escravos chegando à nossa aldeia e em como estávamos despreparados para o ataque. Na pouca resistência que tínhamos oferecido. Por um momento, a raiva quis me invadir, mas eu sabia que Ranmaru não teve intenção alguma com o comentário, e a suprimi.

— As aldeias do nosso povo eram administradas pelas mulheres. Elas principalmente trabalhavam no cultivo, mas também determinavam quem ficaria com quais parcelas de terra, como os alimentos e que outros recursos seriam distribuídos e com quem e quanto negociaríamos. Quando havia casamentos, era o homem que saía de casa para ir morar com a mulher, e as disputas menores eram resolvidas por elas, embora assuntos mais significativos fossem levados ao *mwene*. A palavra delas era final em todos os assuntos. É muito diferente daqui ou da maioria dos lugares que já vi.

— Talvez seja *por isso* que vocês viviam em paz — comentou Ranmaru, e eu não tinha certeza se ele estava falando sério ou não. Ele continuou a caminhada e retomou sua história como se ela nunca tivesse sido interrompida.

— As mulheres que você vê no pátio são *Onna-Bugeisha*. Elas não se juntam a nós na batalha, mas treinam para defender o castelo e a cidade caso Azuchi seja atacada enquanto nossos exércitos estiverem fora. Tomoe Gozen era *onna-musha*, uma samurai feminina, condecorada em batalha. A história diz que ela equivalia a mil soldados, com espada ou arco, e que estava pronta para enfrentar um demônio ou um deus, fosse a cavalo ou a pé. Ela serviu Yoshinaka, do clã Minamoto, na Guerra de Genpei e sempre era a primeira capitã que ele enviava para a batalha.

“Na peça, o fantasma de Tomoe Gozen reza no santuário onde seu amado senhor Yoshinaka foi enterrado. Ela conta ao monge viajante sobre sua última batalha e seu comando final. Yoshinaka liderou a derrota do clã Taira e deixou os Minamoto em posição de governar, mas foi traído por seu primo Yoritomo. Quando Yoshinaka foi gravemente ferido em Awazu, Tomoe o encorajou a tirar a própria vida e jurou que tiraria a dela também, mas Yoshinaka ordenou que ela vivesse e levasse o amuleto e o quimono dele de volta para sua província natal.”

“Ela saiu para encontrar o bando de soldados Yoritomo que se aproximavam. Eles não a reconheceram, então ela fingiu medo para encorajá-los e atraí-los para perto, e depois eliminou todos eles. Ao fazer isso, ela deu a seu senhor Yoshinaka tempo para acabar com sua própria vida com dignidade. Ela retornou ao corpo dele para pegar o amuleto e o quimono. Na peça, ela lamenta não ter podido se juntar ao seu senhor na morte, mas cumpriu seu dever."

— Você faria isso? — perguntei, já sabendo a resposta. — Você cometeria *seppuku* se Nobunaga fosse derrotado?

— Sem hesitar — respondeu ele, orgulhoso.

— E se ele ordenasse que você vivesse?

Ranmaru parou, como se nunca tivesse considerado essa questão. Então sua expressão mudou, e, em vez de responder, ele apontou.

— Ah, chegamos.

Havíamos parado aproximadamente na metade da encosta da montanha, logo abaixo das casas da esposa de Nobunaga e de suas concubinas, bem próximo do nível onde moravam os servos e pajens de alto escalão. Ranmaru estava apontando para o pátio de uma modesta casa de pinho. Árvores floridas de ameixas e magnólias ladeavam o curto caminho até a porta, e dos fundos da casa, eu podia ouvir o barulho suave de sapos ou peixes em um pequeno lago.

Ranmaru abriu a porta, e eu o segui para dentro. Não precisei me abaixar para passar pela porta. No interior, o teto era excepcionalmente alto. Havia uma pequena área de recepção, e depois outra porta para uma sala maior. Um amplo tatame cobria a maior parte do chão. Uma janela dava para o lago dos fundos, e a luz do sol entrava pelos espaços entre os galhos da árvore florida do quintal. Dois jovens com quimonos amarelos simples estavam parados na extremidade do tatame e curvaram-se quando entramos.

— Estes são os seus servos. Tenho certeza de que você os tratará bem, assim como eles tratarão você.

— Não entendi — murmurei, realmente confuso.

— O que há para entender? — Ranmaru riu e olhou para o teto. — É evidente que esta casa foi feita para um gigante. Você achou que viveria no alojamento dos guardas para sempre?

Olhei ao redor da sala novamente, com novos olhos. Os painéis de madeira tinham um brilho úmido e ainda estavam verdes em alguns lugares, recém-cortados.

— Isso é meu? — gaguejei.

Passei a maior parte de minha vida dormindo em tendas ou sob as estrelas. Quando eu dormia sob um teto, era sempre um que pertencia a outro homem. Fiquei comovido e não sabia como responder.

Fiz uma reverência aos dois servos e pensei em dar-lhes alguma pequena tarefa a título de serviço, mas nunca havia dado ordens sobre qualquer assunto que não fosse a batalha e não consegui pensar em nada para pedir. Ranmaru colocou a mão no meu ombro.

— Há outra coisa.

VOLTAMOS AO TOPO DA MONTANHA, passamos pelo portão, e Ranmaru me conduziu para além da quase finalizada igreja jesuíta, até onde ficava sua contrapartida xintoísta. Nobunaga aguardava nos degraus, vestido formalmente com um rico quimono roxo repleto de incrustações douradas.

Ranmaru fez uma reverência.

— Estarei de volta.

Nobunaga acenou com a cabeça para Ranmaru, e ele partiu. Comecei a agradecer pelo presente, mas ele dispensou minhas palavras.

— Você era um menino quando foi levado, certo? Você se lembra de muita coisa de casa?

— Fragmentos, meu senhor. Não penso nisso com frequência, e quando penso, sinto mais um vazio do que qualquer outra coisa. Lembro-me de alguns costumes do meu povo, mas não tantos como os que esqueci ou tantos como aqueles que nunca aprendi. Lembro-me de detalhes de pessoas e lugares, mas raramente me lembro de algum *sentimento*. Minhas memórias, quando as tenho, são como as de outra pessoa.

— Hum. Minha província natal, Owari, fica a apenas uma curta distância daqui, mas minhas lembranças dela são como as suas. Claras, sim, mas de alguma forma vazias de qualquer conexão. Como se fossem coisas que tivessem acontecido com outra pessoa. Há um evento, no entanto, que sempre permaneceu comigo.

Nobunaga desceu alguns degraus e parou naquele logo acima de mim.

— Fui imprudente na minha juventude. Desrespeitoso, até. Achava que meu pai e seus seguidores eram fracos. Ficava irritado porque éramos considerados insignificantes pelos outros clãs e os culpava por isso. Na época, não compreendia que minhas próprias ações também nos envergonhavam.

Vestia-me de maneira desleixada, prestava pouca atenção aos assuntos da província ou à sua gente. Meu pai favorecia meu irmão mais velho para ser seu herdeiro, embora ele fosse um filho ilegítimo. Briguei com eles muitas vezes, mesmo na frente de servos e plebeus, mesmo quando seus conselhos eram sábios. As pessoas cochichavam sobre minha arrogância. Cometi meu pior ato no funeral de meu pai. Eu deveria estar homenageando-o, e, em vez disso, atirei longe um incensário e amaldiçoei seu corpo.

Nobunaga pareceu estremecer com a lembrança.

— Eles me chamavam de o Louco de Owari. Em todo o Japão, era assim que eles me viam. Zombavam de mim, do nosso clã, da nossa província. E eles estavam certos.

— Mas agora todos eles se curvam diante de você.

Ele gesticulou com desdém.

Nobunaga virou de costas para mim e observou o santuário. Valignano não ficaria feliz quando visse um santuário xintoísta ao lado da sua igreja em Azuchi, mas se Nobunaga conseguisse unir o Japão sob seu domínio, Valignano e os jesuítas não teriam escolha a não ser trabalhar com ele e aceitar o que ele oferecesse.

— Supervisionei pessoalmente a construção do santuário. Por semanas, pedras foram trazidas por bois e alavancadas até a posição correta por equipes de homens. Coloquei uma orquestra feminina para tocar durante todo o dia, na colina, para que a música os incentivasse.

Nobunaga se virou para mim, um fogo aceso brilhando em seus olhos.

— Chamei este templo de Masahide-ji. Quando meu pai morreu, seus seguidores ficaram tão preocupados com meu comportamento que conspiraram para posicionar meu irmão como chefe do clã. Eles não queriam que os Oda fossem guiados por aquele que era conhecido como o Louco de Owari. Mas um dos servos do meu pai, um samurai chamado Masahide, recusou-se a desistir de mim.

"Ele reuniu os outros samurais no santuário de Owari. Leu uma carta que havia escrito, expressando sua decepção com minha conduta, mas também sua esperança de que eu aceitaria minhas responsabilidades e lideraria o clã Oda com honra. Então, ele cometeu *seppuku*. Ajoelhou-se no tapete, no centro do santuário, e usou uma pequena lâmina para primeiro se esfaquear e, depois, rasgar a barriga com um movimento ascendente. Em seguida, seu jovem pajem, agindo como auxiliar, usou a *katana* do próprio Masahide para decapitá-lo, cortando habilmente para deixar um pequeno pedaço de pele na frente da garganta a fim de evitar que a cabeça de seu mestre tocasse o chão.

"Esse é um costume antigo entre os samurais, mas nunca tinha sido realizado na minha frente. E foi por minha causa. Porque eu *era* um tolo. Vivo todos os dias com a vergonha de ter levado Masahide a dar a vida para me colocar no caminho certo, e quando estou em casa, em Azuchi, venho aqui todos os dias para me lembrar disso. Naquele dia, Masahide me ensinou responsabilidade, honra e sacrifício. Naquele dia, Masahide me ensinou o que significa ser um samurai. E eu construí este santuário para homenagear a memória dele. Mas também o construí para me lembrar de como já fui tolo."

Senti necessidade de dizer alguma coisa, mas não consegui encontrar as palavras certas. Nobunaga parecia estar dominado por uma emoção genuína.

— Antes, perguntei a você no que acredita. Deixe-me dizer no que eu acredito. Eu acredito no Japão. Acredito no nosso estilo de vida, nos nossos costumes, na nossa história. Mas também acredito que devemos aceitar a mudança. Devemos honrar os nossos costumes, mas não ser contidos por eles. E acredito que lutamos uns contra os outros por tempo demais e que devemos nos tornar um só novamente. Agora você é um homem livre, Yasuke. Um escravo acredita no que lhe dizem. No que você acredita?

Levei minha cabeça ao chão. Suas palavras foram como um golpe no estômago. Eu havia considerado a natureza da liberdade muitas vezes, mas raramente pensei nela como uma questão prática. O que eu considerava liberdade eram as pequenas objeções que Valignano às vezes tolerava, ou as ocasiões em que fui consultado sobre questões de estratégia. O que significava a verdadeira liberdade ali, naquele lugar?

Eu não sabia, mas sabia disto: se agora eu era dono de minhas escolhas, escolheria ficar. Teria dado minha vida por Nobunaga já no primeiro dia a serviço dele, porque era isso que eu deveria fazer. Agora faria isso independentemente da servidão. Fui entregue a ele como um presente, mas ele havia me tratado como um homem. Em um ato de humildade, ele havia se sentado ao meu lado na terra. Se eu era verdadeiramente livre, usaria essa liberdade para acompanhá-lo e protegê-lo dos inimigos. Eu sabia pelo que escolheria lutar, e, naquele momento, isso era liberdade suficiente.

— Eu acredito na honra — falei. — Acredito em lealdade, serviço e sacrifício. Toda a minha vida, lutei pelas causas de outros homens, mas se você me aceitar, lutarei pela sua causa como se fosse minha.

Nobunaga aquiesceu.

— Entre.

No topo da escadaria, dois servos de Nobunaga esperavam. Eles abriram as portas do santuário. Logo na entrada, havia duas prateleiras de madeira, uma contendo um par de espadas e a outra contendo uma armadura de tamanho grande. Sem dizer nada, os dois servos começaram a retirar as peças do suporte encouraçado e a me ajudar a me vestir.

Eu já estava de calça curta e camisa com cinto e chinelos. Eles me entregaram caneleiras, que coloquei por cima das calças. Amarrei as caneleiras e fiquei de pé enquanto eles prendiam as grevas em forma de saia ao redor de minha cintura. Em seguida, vieram as luvas e mangas blindadas, depois, as placas do ombro e do peito. A armadura era preta com um único marmelo dourado, o emblema Oda, pintado na placa do peito. Os cordões eram vermelho-sangue e amarrados nas costas, para ficarem fora do caminho. Finalmente, uma faixa de cor creme foi enrolada duas vezes na minha cintura, bem apertada. Quando tudo estava no lugar, os dois servos recuaram, abrindo espaço.

Assim como a casa, eu sabia que a armadura havia sido construída sob medida para mim. Isso não foi um capricho de Nobunaga, mas algo que ele estava planejando havia algum tempo. Seu rosto não traía nada, e por mais oprimido que me sentisse dentro da armadura, segui seu exemplo para respeitar a solenidade do momento.

As bainhas das duas espadas eram pretas, e os punhos tinham um padrão de diamantes cruzados em vermelho e dourado. Retirei cada uma do suporte, com cuidado, e ajustei as bainhas na faixa. Quando me virei, Ranmaru havia retornado. Ele entregou meu elmo para Nobunaga. Era todo preto, exceto por um chifre de rinoceronte curto e curvado para cima que se projetava do centro, o mesmo chifre de rinoceronte que esculpi, tingi de cinza e prendi à máscara com a qual dancei. A máscara que dei a Nobunaga. Não havia viseira. Ajoelhei-me diante de Nobunaga, e ele colocou o elmo em minha cabeça.

— Deixe-os ver seu rosto — disse ele — e deixe que fujam dele.

22

A posição de samurai nunca havia sido concedida a um não japonês. Os cidadãos, os guardas e os *ashigaru* agora tinham de se curvar na minha presença. Fui dispensado do serviço de guarda, de modo que todo meu tempo livre pudesse ser usado para treinar e manter a simplicidade da casa, o jardim e o lago que haviam deixado aos meus cuidados, embora grande parte desse trabalho coubesse à dupla de criados que me foram cedidos.

Para aliviar minha mente, eu treinava. Agora tinha meu próprio jardim e não praticava mais no espaço aberto atrás do alojamento dos guardas, estudado por uma multidão. Passava do sol para a sombra e de novo para o sol, sob a ameixeira e o cipreste, observado apenas por sapos e pássaros. Saía do caminho de pedra e pisava no solo macio do jardim, evitando cuidadosamente os brotos de cenoura e batata para poder praticar em solo pouco firme. Um desafio podia surgir com a mesma probabilidade na lama, na neve ou na pedra, e eu estaria pronto de qualquer maneira.

Deslizava meus pés para a frente e para trás, dava um passo para o lado, me virava e repetia, tudo com a espada ainda enfiada no cinturão. Imaginava um oponente e o criava inteiro na minha frente. Observava suas mãos, seus pés, seus olhos, e só quando chegava a hora certa é que desembainhava e golpeava, um único golpe descendente no topo de sua cabeça.

Restabelecia-me, embainhava a katana e começava de novo. Para a frente, para trás, para a frente, para a esquerda, para a frente, depois movia a katana com uma mão na linha de visão do inimigo para forçar o bloqueio, e com a mão esquerda, mergulhava a *wazikashi*, mais curta, em seu peito. Embainhava ambas as espadas e reiniciava.

Na maioria das noites, eu era convidado para jantar no castelo com Nobunaga, às vezes com Ranmaru e os outros samurais, às vezes em particular. Recebi mais roupas e um pequeno salário. Foi a primeira vez na minha vida que fui pago.

Fiquei preocupado com a reação dos outros samurais e dos plebeus. Eu era um estranho que havia sido elevado a uma posição de honra, mas isso poderia ser recebido com respeito ou ressentimento. Então fiquei aliviado, mas ainda um pouco desconfortável com relação a como fui bem aceito. Eu havia selado minha popularidade no torneio de sumô. Onde quer que eu fosse, as pessoas se curvavam, sorriam e às vezes até aplaudiam quando viam as duas espadas enfiadas no cinturão e reconheciam o que isso significava.

Eu retribuía as reverências, agora ainda mais consciente de que devia prestar atenção aos costumes adequados. Não queria envergonhar nem Nobunaga nem a mim mesmo. Havia recebido uma honra, mas senti que ainda precisava fazer mais para provar que era digno dela. À noite, em minha nova casa, praticava ajoelhar, comer e falar.

Os criados me procuravam em busca de ordens, mas eu não tinha nenhuma para lhes dar, então eles limpavam e preparavam a comida, cuidavam e regavam o jardim, zelavam pela minha armadura. Minhas mãos estavam em uma situação em que nunca haviam estado antes: ociosas.

Olhei para elas, deformadas, calejadas e cheias de músculos e cicatrizes. Haviam trabalhado nas paredes das cavernas das minas de minha aldeia, no alcatrão das muralhas das fortalezas portuguesas, no remo de seus navios, na lavagem dos pisos dos seminários e no aperfeiçoamento do manejo da espada, da lança e do arco no pátio de treinamento na Índia.

Eram também mãos que nunca haviam abraçado outra pessoa com amor, nunca roçaram a pele macia de uma bochecha ou acariciaram uma trança de cabelo. Eram mãos que mataram, mas nunca acariciaram. Mãos que agarraram tudo o que era necessário para sobreviver, mas que no fim permaneceram vazias, e talvez sempre permanecessem assim.

— ISAQUE.

Eu havia levado minha lança ao ferreiro para afiar e estava esperando do lado de fora, no pátio. Não registrei o nome, de início. Ele permaneceu no ar até ser assimilado, até que eu me desse conta de que um dia ele havia sido meu. Olhei para cima e vi as túnicas familiares dos jesuítas se aproximando. O rosto sorridente de Irmão Organtino e a expressão severa de Padre Valignano.

Um pouco da repulsa que eu havia desenvolvido recentemente irrompeu em mim e logo se acomodou, misturada aos antigos sentimentos de lealdade. Curvei a cabeça para eles, instintivamente. Velhos hábitos custam a morrer.

— Saudações.

— Olhe para você, devidamente vestido como um japonês.

Como sempre, com Valignano, não consegui detectar se as palavras foram ditas com aprovação ou como sinal de desrespeito. Seu olhar caiu sobre o punho vermelho e dourado das duas espadas em minha cintura, e embora eu as tivesse usado com orgulho desde que me foram dadas, aquele único olhar azedou a honra, e eu abaixei a mão para cobri-las.

— Você parece bem — interrompeu Organtino. — Ficamos satisfeitos.

— Obrigado, irmão. Estou bem. O que os traz aqui?

Eu estava falando exclusivamente japonês havia semanas, e a transição de volta para o português foi desagradável. Lembrei-me dos padres no pequeno seminário, administrando punições sempre que eu pronunciava incorretamente as palavras; mas também não pude deixar de me lembrar de Valignano, depois, ensinando o japonês e corrigindo com paciência os eventuais erros. Agora as palavras em português pareciam estranhas em minha boca. Eu tinha de pensar enquanto falava, e o desconforto me fez sentir como se estivesse na defensiva.

— Fomos convidados a supervisionar a conclusão da igreja.

— Você está animado para ter um lugar de adoração novamente? — perguntou diretamente Valignano.

Encarei o homem que havia me dado de presente.

— Não tenho dúvida de que será uma linda igreja. Estou certo de que valerá cada centavo do preço pago para comprá-la.

Organtino olhou para baixo, mas a expressão de Valignano não mudou.

— Qualquer preço seria baixo. Qualquer servo leal da Igreja concordaria com isso.

Seu tom era inquisitivo, tentando sondar qual seria o nível de lealdade com que ainda poderia contar. Tentei não dar a ele nenhuma janela de interpretação, mas conhecer as táticas de Valignano não necessariamente me protegia delas, e afastei o olhar.

A loja do ferreiro era aberta para a rua, e observei enquanto ele afiava a lança, as faíscas pulando da ponta quando ele batia a pedra contra ela. A seu lado, um armeiro estava tecendo guias de metal do tamanho de metade de uma palma, correndo o fio através de um buraco no canto para formar uma fiada e depois unindo as fiadas para formar uma placa de peito leve e flexível. Outro homem estava alisando uma coronha de madeira que seria perfurada e usada em um arcabuz, de qualidade igual ou superior à das armas das quais os jesuítas tanto dependiam para trocas. Se Valignano ficou surpreso ao ver sua construção, ou mesmo se a notou, não deu nenhum sinal.

— A qualidade da madeira no Japão é excelente, e o olhar deles para boas pedras é, devo dizer, incomparável. Levou algum tempo para ensinar seus artesãos sobre o vitral, mas eles se adaptaram muito bem ao desenho. Acho mesmo que ficará magnífico.

— Uma igreja que vai parecer uma igreja, portanto — falei.

Valignano franziu a testa, desaprovando meu tom.

— Um passo à frente. As igrejas construídas como santuários ou templos sempre foram concebidas como um começo. Uma forma de dar conforto a quem hesita em receber a Palavra. No entanto, há uma diferença entre receber a Palavra e aceitá-la. Aceitá-la exige abandonar o apego aos velhos hábitos. Creio que muitos aqui estão prontos para isso, não concorda?

— Você teve sucesso em suas viagens, então?

Olhamos um para o outro por um momento, Valignano meio virado para mim, meio para o lado. Ele coçou o queixo, pensando, depois virou-se totalmente para a igreja antes de responder.

— Bastante sucesso, sim. Muitos estão ansiosos para ouvir nossa mensagem. Porém, como já disse antes, espalhar essa mensagem requer recursos. Ouvi dizer que Nobunaga tem... preocupações a respeito do nosso controle sobre o porto de Nagasaki.

— Parece que seus espiões estão bem posicionados, como sempre.

Valignano balançou a cabeça, enojado.

— Eu não uso *espiões*. Todavia, você entende a importância de se manter bem informado. Assim como você entende o valor de Nagasaki no avanço da nossa missão aqui. Não apenas como ponto de apoio, mas como fonte de financiamento para nossas atividades. Alguém que está prestes a controlar o país inteiro certamente não nos negaria uma coisa pequena dessas.

— Nada do que você exige jamais é "uma coisa pequena". Você sabe muito bem que já vi exércitos lutarem por menos.

— E é isso que Nobunaga pretende?

— Eu não falo pelo meu senhor.

— Eu, sim, falo pelo meu. E Sua Palavra não pode ser ignorada.

O ferreiro apareceu atrás de mim.

— Sua lança está pronta.

Ele fez uma reverência curta e nítida antes de entrar novamente em sua loja, e Valignano sorriu.

— É bom que você seja respeitado aqui. Você sempre foi um bom servo, e acredito que sempre o tratei como tal. Espero que continue sendo útil para nós.

Valignano se virou antes que eu pudesse responder, e após um breve olhar de desculpas em minha direção, Irmão Organtino fez o mesmo. Eu me senti aprisionado enquanto os observava se afastar e libertado quando desapareceram de vista.

23

Eu nunca havia visto um homem de Deus antes de ser vendido, primeiro aos mercenários, depois à Igreja. Meu povo era constituído de cultivadores, comerciantes e artesãos, mas principalmente de garimpeiros. Os homens de nossa aldeia visitavam a árvore *Msoro* diariamente para deixar presentes e rezar pela saúde de suas famílias, pelo trabalho seguro nas minas e por boas colheitas, mas, fora isso, a religião era secundária em nossa vida.

Os padres portugueses que me compraram e me deram um nome impuseram suas crenças a mim da forma que julgaram ser melhor, isto é, por meio de longos dias de trabalho e punições marciais para qualquer sinal de transgressão.

Quando chegou a notícia de que o seminário receberia um visitante importante da Itália, os padres locais entraram em pânico. Durante as semanas que antecederam a visita de Padre Valignano, os padres inspecionaram cada canto do terreno da igreja, distribuindo dolorosas chicotadas até mesmo pelas infrações mais pequenas. Dobraram os joelhos e baixaram a cabeça antes mesmo que a sombra daquele avantajado visitante italiano que todos temiam houvesse atravessado a porta.

Depois de uma refeição com as melhores carnes e vinhos que conseguiram obter, eles enviaram os filhos dos nobres a Valignano para uma récita, mas ele os dispensou e gesticulou em minha direção.

— Quem é esse?

Os sacerdotes se empertigaram e trocaram olhares. Um deu um passo à frente.

— Nós o chamamos de Isaque. Ele é...

— Um estudante, presumo — interrompeu Valignano. — Ele se veste como um.

Ele acenou, e eu dei um passo à frente para me apresentar.

— Você conhece os catecismos?

Recitei-os em um latim que sabia ser impecável e, embora Valignano não reagisse, pude sentir a túnica do padre português farfalhando atrás de mim, pude sentir o olhar dos outros estudantes nas minhas costas. Valignano olhou para o frango assado, as batatas e a torta que permaneciam à sua frente, mas de repente pareceu ter perdido o interesse neles. Um padre português pigarreou, e eu voltei para meu lugar no canto do refeitório.

Mais tarde naquela noite, fui chamado de volta ao salão. Valignano e três dos padres locais estavam sentados a uma pequena mesa. Ajoelhei-me diante deles.

— Você já se confessou?

— Não achamos que fosse necessário... — começou um dos padres.

— Ele não tem alma? — perguntou Padre Valignano bruscamente. — Por que enviamos nossos missionários aos confins do mundo se não acreditamos que as pessoas que encontramos lá sejam filhos de Deus?

O padre não respondeu, exceto pela vermelhidão em seu rosto e o medo que azedava sua expressão. Admirei esse homem que inspirava tanto respeito e que conseguia ferir os outros apenas com sua desaprovação.

— Deixem-nos.

Os padres se apressaram para fora do cômodo, as cabeças baixas e as túnicas assentadas a seu redor. O pequeno gesto fez surgir uma lembrança de minha mãe ajeitando a saia e descendo correndo a estrada até a aldeia com um sorriso incandescente no rosto. Afastei a memória tão rápido quanto ela chegou.

— Você tem cicatrizes. Foram dadas a você aqui?

Balancei a cabeça.

— Antes daqui. Eu era um soldado.

— Você não tem idade suficiente para ser um soldado — Valignano escarneceu. Quando não respondi, ele se inclinou para a frente, levantou meu queixo com a mão e virou a cabeça como se estivesse avaliando um objeto novo que havia descoberto.

— Onde?

— Na Índia. Com os homens que me trouxeram aqui.

— Você sobreviveu — falou, largando meu queixo. — E deve ter causado algumas cicatrizes também. Você matou alguém?

Eu hesitei, mas concordei com um movimento de cabeça.

— Você sabe que isso é um pecado mortal?

Aquiesci novamente e me preparei para sua requisição de chibatadas, ou mesmo algo pior. Ele se recostou na cadeira.

— Vamos considerar isso a sua confissão. Não é o jeito certo, mas vai servir por agora.

Alguns dias depois de minha confissão para Valignano na igreja portuguesa, avisaram que eu deveria arrumar minhas coisas. Que eu iria embora com ele.

— Isso significa que meus pecados foram perdoados?

— O perdão não é necessário. Você fez o que tinha que fazer. Como algo que é necessário pode ser maléfico?

Eu não tinha nada para arrumar, então saí do seminário português no encalço de Valignano com as mãos vazias e vestido somente com a túnica áspera de algodão dos noviços. Nós paramos primeiro em um alfaiate, e enquanto ele media e cortava, Valignano ensinava.

Ele me contou que não havia ido a Portugal procurar por homens, mas por navios. As águas que navegaríamos eram mais conhecidas pelos marinheiros portugueses e pelos protestantes holandeses. Contou que o seminário ao qual fui entregue era um lugar de desova para os filhos menos importantes dos nobres. Que os primogênitos eram criados como herdeiros e os segundos filhos eram criados como uma proteção contra infortúnios dos primeiros, mas que os terceiros ou mais filhos eram enviados a seminários e escolas onde poderiam trazer mérito ao nome da família sem onerar a fortuna da família.

Ele falou de seus planos. Sobre como acreditava que aqueles que vieram antes dele falharam ao tentar forçar o cristianismo nos outros sem fazer nenhuma concessão. Sua visão era a de uma Igreja que integrava a palavra do Senhor aos costumes, línguas e mitologias locais, em vez de exigir que fossem abandonados. Ele esconderia sua religião dentro da religião deles. Faria inimigos assim, falou. E precisaria de proteção.

Na época, compreendi pouco do que ele disse e sabia ainda menos em quanto daquilo poderia confiar. Não disse nada, apenas concordei com um movimento de cabeça quando ele parecia precisar de algum incentivo para continuar. Gostei dele de imediato.

Quando o alfaiate terminou, Valignano inspecionou a nova vestimenta.

— Faça mais dois conjuntos — falou. — Um deles, um tamanho maior que o primeiro, e o outro, um tamanho maior que o segundo. Temos uma longa viagem pela frente. Ele vai crescer.

A jornada de Portugal ao Japão durou quase cinco anos, com paradas em Goa e Macau, que são portos controlados pelos portugueses na Índia e na China, respectivamente.

No convés ou nas galés, Padre Valignano me ensinou a história do Japão, os costumes, a língua. Eu já havia aprendido português e um pouco de latim, mas o japonês era muito diferente de ambos. Tive dificuldade, e Valignano foi paciente.

Suas aulas foram ampliadas para incluir o conflito europeu, o comércio e, claro, a Igreja, sendo que os dois últimos ele considerava interligados.

— É lamentável ter que depender de tais preocupações materiais, mas as missões são caras. Novos seminários, escolas, prensas tipográficas... a divulgação da nossa palavra não é possível sem elas.

Em Macau, Valignano ficou horrorizado ao descobrir que nenhum dos padres havia aprendido a falar chinês e escreveu para que os melhores linguistas da Igreja fossem enviados imediatamente. Nas ruas, havia bandidos, alguns dos quais marcaram o padre como alvo. Eles tentavam nos levar para uma área sem movimento, ou às vezes nos confrontavam à vista de todos, sabendo que ninguém interferiria. Nessas ocasiões, eu me posicionava na frente de Valignano, inchava o peito e encarava o bandido que parecesse mais corajoso. Às vezes, havia violência. Outras vezes, eles fugiam para tentar novamente com uma vítima mais fácil.

Em Goa, passamos por feiras que me fizeram lembrar aquela onde fui vendido pela primeira vez. Havia barracas com pérolas, corais, porcelanas, veludos, pimentas e remédios, mas, acima de tudo, especiarias. Dunas delas, de todas as cores e cheiros.

Nas ruas em frente à feira, africanos e índios eram leiloados. Eram empurrados para uma plataforma elevada, um por um, para serem exibidos, alguns assustados, outros confusos. Eu não conseguia olhar para eles sem me ver ali, em seu lugar.

Observei os escravos desfilando no cais, em Goa, com Valignano ao meu lado. Reconheci a fragilidade e a fadiga daquela longa caminhada, sua confusão, a submissão após as dificuldades de uma longa jornada, mas também a terrível centelha de esperança, da esperança inextinguível que só serviria para aprofundar a miséria deles. Eu não podia fazer nada além de abaixar a cabeça e tentar evitar olhar em seus olhos. Depois de alguns dias assim, sem dizer uma palavra, Padre Valignano começou a alterar nossas rotas, desviando a ponto de acrescentar uma hora ao nosso caminho para evitar os mercados.

Eu o considerava um amigo.

24

No jantar daquela noite, Nobunaga fez um anúncio.

— Pela manhã, sairemos para o leste.

As palavras trouxeram uma atmosfera pesada ao ambiente geralmente descontraído. Nobunaga continuou.

— Tokugawa desentocou o que resta da liderança Takeda e os colocou para correr. Ele acredita que estão indo para Tenmokuzan. Devemos alcançá-los rapidamente.

Os irmãos Ogura e Jingorou balançaram a cabeça, concordando. Como sempre, Ogura estava com o cabelo preso em um coque solene na nuca, enquanto o de Jingorou caía sobre os ombros. Foram trazidas bandejas frescas com pratinhos contendo castanhas, alga marinha e abalone, assim como copos de saquê. Permaneci em silêncio.

— Há notícias do oeste? — perguntou Ogura. — Como nossos outros generais estão se saindo em suas campanhas?

— Toyotomi está fazendo progresso ao longo da estrada para o sul, mas os Moris ainda não foram tirados de seus covis. E na estrada para o norte, Akechi está... empacado.

Jingorou escarneceu.

— Isso não é uma surpresa. O ratinho astuto consegue o que quer, e o velhote fica atolado.

Ranmaru ignorou o comentário e prosseguiu.

— Akechi não teve êxito no cerco ao Castelo Yakami, mas negociou uma rendição.

— Ele continua na província de Tanba? — brincou Jingorou. — Aposto que se olharmos pela janela, ainda conseguimos enxergar a cauda do cavalo dele.

— E qual foi o preço da rendição? — perguntou Ogura com calma.

— Uma troca de reféns. Akechi prometeu a segurança dos Hatano para assegurar a rendição do Castelo Yakami. Hatano Hideharu virá para cá, para Azuchi, servir ao senhor Nobunaga. A mãe de Akechi vai servir na casa do clã Hatano.

A notícia foi recebida por todos com zombaria. Eu podia imaginar a reação dos guardas quando eles ouviram as notícias, pois me lembrei deles rindo e dizendo que Toyotomi conquistaria o caminho para o oeste, enquanto Akechi só faria progresso se implorasse.

— O homem oferece sua mãe como refém, mas os Hatano não têm chance de vitória.

— Quando alcançar Toyotomi, não vai sobrar mais ninguém da família dele.

— Talvez ele só estivesse muito ansioso para se livrar da mãe, já que desistiu dela tão rápido.

Os irmãos riram, mas Ranmaru logo os silenciou.

— Deixe-me lembrá-los de que Akechi está no campo liderando milhares de homens, enquanto vocês se sentam confortáveis na mesa do nosso senhor, aquecidos e bem alimentados. Engulam o riso. Em breve, vocês também vão considerar trocar sua própria mãe por uma cama confortável.

Os homens assentiram, devidamente repreendidos. Nobunaga não ergueu os olhos de sua tigela e não parecia ter a mesma a visão compassiva de Ranmaru.

— Eu chamei Akechi de volta. A rota do sul está se mostrando mais promissora, e Toyotomi vai tirar os Mori de seu esconderijo sozinho. A diplomacia tem seu lugar, mas Akechi paga um preço muito alto por um prêmio muito pequeno. Não confrontaremos os Mori com fraqueza. Akechi recebeu novas ordens para trazer seus homens para o leste para encontrar os nossos. Pedi a ele que traga a família Hatano para Azuchi pessoalmente e depois vá nos encontrar.

— Akechi não vai gostar de ser retirado da campanha ocidental.

— Akechi é leal. Não estou preocupado com os sentimentos dele sobre o assunto, ele tem suas ordens.

Os homens murmuraram, consentindo. Ranmaru se virou para mim.

— E qual é o seu problema? Você está ansioso para ver a batalha há semanas e, agora que ela é iminente, parece ter chupado uma fatia de limão. Nosso gigante ficou assustado?

Ele disse isso como uma provocação e arrancou algumas risadas dos homens, mas nenhuma cruel. Quando não respondi, Nobunaga levantou os olhos da tigela.

— Todos falam livremente aqui.

Engoli meu último pedaço e abaixei o prato e a tigela.

— Os jesuítas permanecerão aqui?

— Isso incomoda você?

Cerrei os punhos, depois os abri. Eu não sabia a resposta. Não havia razão para minha raiva e nenhuma razão para ser contra a presença deles, mas encontrá-los no pátio foi outro lembrete de que eu havia visto como aliados aqueles que me viam como propriedade.

— Eu deveria ter avisado que eles estavam vindo — afirmou Nobunaga. Era o mais próximo que ele chegaria de um pedido público de desculpas. — Seja como for, a resposta é sim. Eles permanecerão aqui. São meus convidados e serão tratados como tal, por todos.

— Claro — concordou Ranmaru. — Mas também estou curioso, meu Senhor. Por que entreter os sacerdotes quando seus próprios armeiros aprenderam a fazer arcabuzes com quase a mesma qualidade daqueles que os portugueses oferecem?

— Os jesuítas têm utilidades que vão além de suas armas. Suas ideias se espalharam, e isso faz com que os sacerdotes budistas e xintoístas fiquem... inquietos. Eles não nos darão mais problemas se toda a sua atenção estiver sobre os jesuítas.

— Ainda assim, eles detêm o controle do nosso porto comercial mais crítico — arriscou-se Ranmaru ao dizer.

— Todas as terras japonesas carregarão nossa bandeira, quer estejam atualmente sob o controle de estrangeiros ou do nosso próprio povo. Por enquanto, temos outros inimigos para lidar.

— Eles são inimigos, então? — perguntou Ogura discretamente.

Todos os olhos se voltaram para mim, e pensei por um momento. Tentei separar meus sentimentos pessoais para poder dar uma resposta honesta.

— Valignano não considera nenhum homem seu inimigo. Mas ele tem objetivos e sempre acredita estar do lado da razão. Ele pode ser... determinado.

Os outros assentiram, refletindo.

— Permitir que as ideias deles se espalhem muito pode não ser nada bom — insistiu Ranmaru.

Nobunaga se irritou e respondeu bruscamente.

— Elas não vão se espalhar demais. Eu garanto.

Depois de alguns momentos de silêncio tenso, Nobunaga virou-se para falar diretamente comigo.

— Você perguntou, uma vez, sobre a história da invasão mongol e do Vento Divino. Queria saber por que escolhi essa história na noite em que você me foi apresentado. Eu vou te contar. Tokugawa contou a história da batalha de Okehazama, não foi?

Aquiesci.

— As forças do clã Imagawa superavam as nossas em doze para um. Não havia razão alguma para eu enfrentá-los, à exceção de uma: *eu acreditava*. Eu acreditava que venceríamos, a despeito das probabilidades. O clã Imagawa, enfatuado com suas primeiras vitórias, estava acampado em uma ravina onde eu brincava quando era menino. Uma ravina que eu conhecia como a palma da minha mão. Entendi isso como um sinal.

"No meio do caminho, parei no Santuário Atsuta. Enquanto Imagawa Yoshimoto bebia saquê e observava as cabeças dos membros derrotados do nosso clã, eu rezava. E depois de orar, cavalguei com todas as minhas forças. Quando chegamos à foz da ravina, os homens de Imagawa estavam cansados ou bêbados, ou ambos, mas ainda eram muitos. Ainda assim, precisávamos de um milagre. E recebemos um."

"O céu se abriu, e a chuva caiu com tanta força que não era possível ver mais do que alguns metros à frente do rosto. Aproveitamos aquela tempestade para cavalgar até a beira do acampamento. Eles só perceberam a nossa presença ali quando sentiram as flechas em suas barrigas, as lanças em seus pescoços. Eles correram, caíram e se espalharam, e nós cavalgamos sobre seus restos. A tempestade veio justamente quando precisávamos dela e parou quando não precisávamos mais. Você ouviu a história da invasão mongol e a interpretou como uma tropa japonesa sendo dominada por invasores estrangeiros. Para mim, ela representa o Japão lutando para se defender. Como ele lutou pelo nosso clã, enviando uma tempestade sobre os Imagawa na noite em que enfrentamos nossa ameaça mais terrível."

"Quando eu escolho acreditar em alguma coisa, essa fé é inabalável. E eu acredito em cada um dos homens que estão aqui, e acredito em você.

Você é um dos meus samurais agora, Yasuke. Padre Valignano pode enxergar você como moeda de troca, mas eu não sou assim."

Todos os homens assentiram com a cabeça, concordando, e ergueram seus copos em minha direção. Também ergui o meu.

— Para o nosso senhor Nobunaga.

E bebemos.

— *Tenka fubu* — disse Ogura em voz baixa ao devolver o copo à bandeja. As palavras foram repetidas pelos homens presentes, um de cada vez.

— *Tenka fubu* — ofereci por último.

O reino sob uma única espada.

— Terminem suas refeições — declarou Nobunaga. — Fiquem com suas famílias, organizem suas casas. Amanhã saímos para a guerra.

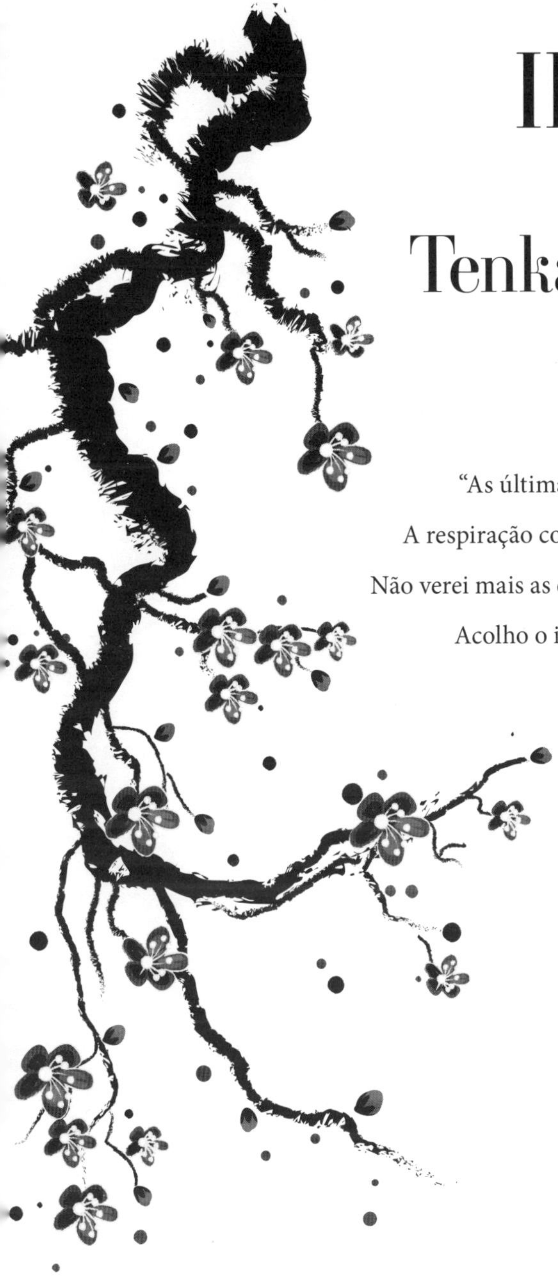

III

Tenka Fubu

"As últimas folhas caíram
A respiração condensa como gelo
Não verei mais as estações mudarem
Acolho o inverno eterno"

25

Sonhei que estava deitado sob as estrelas, depois da longa caminhada da aldeia até a costa. As tartarugas marinhas haviam enterrado seus ovos e retornado lentamente ao mar, quase sem deixar vestígios.

Logo caminharíamos naquela areia com nossos cestos para escavar os locais que havíamos marcado e recolher os ovos de que precisávamos, deixando o resto, mas por enquanto estávamos contentes em nos sentar ou deitar entre os juncos finos à beira da praia.

Eu já era adulto, mas minha mãe, ao meu lado, tinha a mesma idade da última vez que a vira. Comecei a lhe contar histórias de onde estive e do que vi. Os mercados perfumados da Índia, as igrejas em espiral de Portugal, as ruas vibrantes da China. A dignidade tranquila do salão de recepção de Nobunaga em Honnō-ji, o torreão folheado a ouro que reluzia no topo do Castelo Azuchi.

Ela não disse nada. Estava olhando para cima, seus dedos conectando as estrelas para traçar imagens no céu. Deitado ali, observando-a, eu estava feliz.

As estrelas eram incontáveis, brilhando intensamente contra faixas verdes e roxas no céu noturno. A areia sob minhas costas vibrou, e eu lentamente afundei nela, entre os ovos recém-postos. Eu podia sentir o calor de meus pais deitados ao meu lado. Mas também podia sentir a força do mar.

ERA BOM ESTAR LONGE. NAS semanas que antecederam nossa marcha para leste, as fileiras militares em Azuchi cresceram. Soldados e samurais de cidades menores e áreas rurais foram chamados para a batalha, e, com o aumento do número de homens, surgiram mais comerciantes, cortesãs e massagistas. E a mistura ficou perigosa. Os camponeses tinham o mesmo código de honra, mas não os mesmos hábitos, nem o mesmo respeito pelos costumes da corte.

Homens ansiosos pela guerra tendem a encontrar suas próprias batalhas. Brigas eram iniciadas por causa de mulheres, por dívidas de jogo, por insultos reais e mal entendidos. Os cidadãos de Azuchi aprenderam a ficar fora das ruas à noite. Por lei, um samurai poderia atacar um plebeu por qualquer desfeita ou demonstração de desrespeito, sem qualquer consequência. Esses aldeões rudes, chamados à guerra e com o sangue fervendo, não hesitavam em fazê-lo e se ofendiam com demasiado entusiasmo. A única coisa que impedia a cidade de explodir completamente, a única lei universal de Azuchi, era o medo de Oda Nobunaga.

Certa vez, um samurai baixo, barbudo e provavelmente muito bêbado gritou algo para mim na rua, que não compreendi. Ele se aproximou de mim, zombou e gritou novamente, e embora eu não conhecesse as palavras, sua intenção era clara. A mão dele já segurava a faca quando dois de seus companheiros o agarraram e sussurraram para ele, depois se curvaram e pediram desculpas profusamente enquanto o escoltavam para longe.

Mesmo nas cidades distantes, a notícia havia chegado aos ouvidos de todos: o samurai negro gigante, que tinha lutado contra dez dos homens mais fortes do clã Oda, agora cavalgava diariamente com Nobunaga e havia sido aceito em seu círculo íntimo. Nenhum homem a serviço de Oda ousaria me desafiar.

Contei a história do samurai bêbado para Ranmaru, Ogura e Jingorou enquanto preparávamos os cavalos e esperávamos nossas ordens para partir. Jingorou riu.

— Eu não repetiria essa história para o Senhor Nobunaga. Ele faria com que o homem fosse encontrado, removeria a cabeça dele e atravessaria uma estaca nela. Ou atravessaria uma estaca nela e depois a removeria. Às vezes é de um jeito, às vezes de outro.

— As palavras que ele me disse… o que significam?

— Significam que há bêbados por toda parte. Tenho certeza de que existem na África. E vi com meus próprios olhos que existem entre os portugueses.

Terminei de selar meu cavalo e deixei o assunto de lado.

— Eu não mencionaria isso para mais ninguém — comentou Ogura. — A menos que você realmente queira ver o homem morto.

Montei no cavalo e resmunguei.

— Se eu quisesse ele morto, teria feito eu mesmo o trabalho.

— Ah, sim — Ranmaru brincou. — Yasuke, o temido gigante negro. Só que, até agora, ninguém viu você lutar para valer, não é? Espero que você não se torne um covarde quando a batalha começar.

— Continue falando, Ranmaru, e não viverá para ver a batalha.

— Ah! — zombou Ranmaru. — Nenhum inimigo vai arrancar minha cabeça, e muito menos um amigo.

— Nenhum inimigo *arrancaria* sua cabeça — retruquei. — Para não ser punido quando o mestre pensasse que era a cabeça de uma mulher.

Rimos e esporeamos os cavalos em direção ao portão. Sessenta mil homens esperavam no sopé da montanha, ou em algum lugar ao longo da rota, para se juntarem a nós. Muitos mais do que seriam necessários se os relatos do sucesso de Tokugawa fossem verdadeiros, mas Nobunaga tinha uma queda para a teatralidade. Também fazia sentido dar a alguns dos homens menos experientes um gostinho da batalha aqui antes da antecipada marcha para o oeste, para se juntar a Toyotomi quando chegasse a hora.

Eu havia ido ver Tomiko antes de deixar Azuchi. Abordei-a no castelo e perguntei se poderia conversar com ela mais tarde. Encontrei-a à noite, na escadaria, e a acompanhei em sua caminhada até a aldeia.

— Marcharei para o leste amanhã.

Se ela teve alguma reação ao receber a notícia de que eu estaria perseguindo os Takeda, em vez dos Mori, não consegui perceber na escuridão, e me senti um tolo por ter pensado que isso seria importante para ela.

— Desejo sucesso a você — respondeu ela. — E vitória.

Continuamos pelo caminho, atravessando a cidade e saindo em direção ao cais, onde ficavam os barracos dos preparadores de cabeças. Fiquei parado na soleira, observando Tomiko levantar as cabeças, examinando cuidadosamente cada uma delas.

Eu faria com que soubessem que eram amados.

Essa havia sido a resposta dela quando perguntei o que faria se encontrasse as cabeças de seu irmão e seu pai entre os mortos, e com essas simples palavras, percebi a ferida aberta em torno da qual meu mundo estava centrado. Fui valorizado, às vezes até respeitado, mas nunca amado. Não desde o dia em que saí da caverna despojada de minério pela última vez e entrei na luz de um sol diferente, com minha aldeia devastada, minha mãe morta e meu pai perdido para sempre.

— Meu pai… — Comecei lentamente, falando tanto comigo mesmo quanto com Tomiko. — Nunca mais o verei. Nunca saberei…

Tomiko levantou os olhos para me fitar, pausando a busca pela cabeça de seu pai, e me perguntei o que era mais difícil: saber que o pior havia acontecido, ou não ter ideia do que havia acontecido.

— Eu teria sido um garimpeiro — falei, atropelando as palavras. — Nunca tive a sede de viajar de meu pai. Ele nos amava, mas se ficasse tempo demais na aldeia, começava a se distanciar, como se estivesse vazio. Eu ansiava por pessoas, não por lugares. Pela minha família. Em vez de queimar incenso nos altares dos jesuítas, todos os dias eu levaria presentes para deixar na base da árvore Msoro; em vez de me ajoelhar nos bancos de igreja dos jesuítas, eu teria sentado com meu povo na choupana M'Mwera; em vez de aprender uma história falsa com os padres jesuítas, teria aprendido os costumes do meu povo com os *mwene*. Teria me casado. Teria tido um filho para entregar nos braços dos meus pais e pedir a benção deles.

Com um cuidado reverente, Tomiko colocou na pilha a cabeça que segurava, me dando toda a atenção. Observei suas mãos, delicadas entre os mortos, abençoando cada vítima com a graciosa dignidade de seu toque e percebi por que a havia procurado. Todas as minhas separações haviam sido repentinas: da minha família, quando fui levado, dos outros de minha aldeia no cais na Índia, do velho escravo Lomwé que tentou me ajudar, de Valignano quando me vendeu em Honnō-ji. Olhei para minhas próprias mãos, cheias de cicatrizes, grossas e perigosas. No final, tudo o que queremos é ter alguém a quem dizer adeus.

NOSSO PERCURSO FOI RÁPIDO E sem incidentes. Cruzamos as planícies fora de Azuchi e, depois, atravessamos as passagens baixas nas montanhas em direção ao Castelo de Gifu, o antigo reduto de Nobunaga antes de finalizada a construção em Azuchi.

Chegamos a Gifu antes do anoitecer, e mesmo na parte baixa das montanhas o ar esfriava rapidamente quando o sol se punha. Havia uma leve cobertura de neve no chão. Embora eu já tivesse visto neve antes, foi tão raramente que ainda ficava maravilhado com ela. Mesmo meu pai, em todas as suas viagens, não havia trazido histórias sobre neve, gelo e ventos frios e cortantes.

Tal como fazia em meus primeiros dias de escravidão, tentei vê-la através dos olhos de meu pai e depois contar sobre ela à minha mãe, usando as palavras de meu pai. Ele teria descrito como o frio entraria profundamente dentro de você, fazendo com que se curvasse e tremesse na tentativa de expulsá-lo da pele, do sangue e dos pulmões. Como você se aproximava das pessoas a seu redor para roubar um pouco do calor delas. A pluma branca e seca da própria respiração à sua frente, o ar em seus pulmões se transformando em cristais que flutuavam no ar.

Quando criança, pensava que meu pai havia visto o mundo inteiro, mas ao expirar e observar, me perguntei sobre todas as pequenas descobertas que o mundo ainda guardava. Gostaria de poder compartilhá-las com minha mãe e meu pai.

No Castelo de Gifu, nos encontramos com as tropas de Akechi. Quando Akechi foi trazido na presença de Nobunaga, seu genro Hidemitsu o acompanhou. Fiquei atrás de Nobunaga e observei o rosto de Hidemitsu, o nariz quebrado e achatado sobre a bochecha direita. Ele ficou à direita de Akechi, fez uma reverência profunda para Nobunaga e manteve o olhar voltado para a frente.

Akechi também cumprimentou Nobunaga com uma reverência, depois lançou um olhar para as duas espadas que eu agora usava no cinturão, uma novidade desde a última vez que ele havia me visto. Era a primeira vez que via Akechi de perto desde que fui apresentado a Nobunaga no templo Honnō-ji. Seu rosto estava enrugado e apresentava os primeiros sinais de manchas. O topo de sua cabeça estava bem raspado, e o cabelo grisalho na lateral, esticado e amarrado em um coque na nuca, estava ralo. Ele me avaliou com frieza e encontrou meus olhos apenas brevemente. Fiz uma reverência, e ele a retribuiu em reconhecimento, mas abaixando a cabeça apenas o suficiente para que o insulto não ficasse evidente e o respeito não fosse inequívoco.

— O senhor Hatano Hideharu e sua família foram levados ao Castelo Azuchi. Estão descansando confortavelmente em uma de suas casas de hóspedes. Ele envia sua mais profunda gratidão. O Castelo Yakami é seu, meu senhor.

Nobunaga curvou-se ligeiramente em aceitação, e Akechi foi dispensado, lançando outro olhar contundente em minha direção antes de sair. Hidemitsu se virou e o seguiu, sem nunca olhar na minha direção.

De Gifu, nos movemos rapidamente e por solo tranquilo até o Castelo de Inuyama, no interior da província natal de Oda, Owari. Tentei imaginar meu senhor ali na juventude, cavalgando entre as colinas e vales baixos, mas não consegui conciliar o líder confiante, ambicioso e detalhista do clã Oda com o irresponsável e desrespeitoso Louco de Owari que ele alegou ter sido.

De lá, viramos para o norte, cruzando Owari, atravessando as florestas e chegando ao sopé das montanhas. E começamos a ver evidências da eficiência de Tokugawa. Corpos caídos ao longo da estrada, inchados e bicados por corvos gordos, cujos grasnados saciados ecoavam pelos desfiladeiros mais baixos. Apenas algumas casas ainda estavam de pé. As outras, bem como os templos e quaisquer edifícios oficiais, foram deixadas em ruínas fumegantes. Em algumas casas, com paredes derrubadas e expostas à natureza, a mesma cena se desenrolava: os corpos de mulheres e crianças alinhados ordenadamente, com as gargantas cortadas, e um homem vestindo um quimono formal caído para a frente sobre um tatame, com a testa no chão.

— Homens leais — disse Ranmaru, cavalgando ao meu lado. — Samurais do clã Takeda que se recusaram a servir Oda. Tendo ouvido tantas histórias sobre a reputação de Tokugawa, eles sabiam que não deveriam lutar e escolheram o *seppuku*.

Observei as cenas enquanto passávamos, os corpos cobertos de neve, o sangue congelado e quase preto. Eu não conseguia ver a lâmina curta na barriga dos homens caídos, mas conhecia o rito do *seppuku*: mergulhar a faca nas entranhas e depois usá-la para cortar para cima e na transversal, se conseguisse manter suas faculdades mentais por tempo o suficiente para isso. Em situações formais, quem cometesse *seppuku* nomearia uma pessoa de confiança para servir como seu auxiliar, e o auxiliar deceparia sua cabeça assim que a espada fosse cravada na barriga, um final rápido e misericordioso. Esses homens não tiveram esse luxo. Eles cortaram a garganta de suas esposas e de seus filhos, estriparam a si mesmos e depois tiveram uma morte lenta e dolorosa com o rosto no chão.

Além dos samurais leais e dos soldados que foram claramente abatidos na batalha, eram poucos os corpos.

— Não deveria haver mais?

— Você tem um olhar aguçado. — Ranmaru piscou para mim. — Parece que mais homens se renderam do que lutaram. Não é uma surpresa; Takeda Katsuyori sempre provou ser inferior quando comparado ao pai. Os Oda e os Takeda têm uma longa história juntos, gerações de rivalidades. Sob Takeda Shingen, seu clã muitas vezes manteve a vantagem contra os Oda. Quando o senhor Shingen morreu, seu filho Katsuyori assumiu as rédeas. Katsuyori tentou provar seu valor com uma vitória contra os Oda, mas as tropas do senhor Nobunaga derrotaram os Takeda em Nagashino, e eles nunca se recuperaram.

Observei Nobunaga, mas não houve reação. Ele permaneceu concentrado na estrada à nossa frente, às vezes levantando a cabeça para olhar as montanhas ou semicerrando os olhos para as copas das árvores, mas eu sabia que, como sempre, ele estava ouvindo. Ranmaru continuou.

— Katsuyori tentou reviver a sina de seu clã com altos impostos e mantém uma liderança frouxa, com punições pesadas até mesmo para pequenas ofensas. Ele se tornou cada vez menos popular entre os seus, por isso, não é nenhuma surpresa ver seu povo se voltar para nós.

Quase como se tivessem sido convocados, alcançamos um grupo de dissidentes dos Takeda. Eles haviam sido deixados sob o comando de um dos homens de Tokugawa, limpando a neve e os corpos da estrada à nossa frente para facilitar a passagem. O homem de Tokugawa fez uma reverência a Nobunaga, e os cativos rapidamente o imitaram. Depois, voltaram ao trabalho, ignorando em grande parte o exército Oda enquanto retiravam, cavavam e varriam.

Apesar dos esforços deles e da presença de outros grupos de trabalho semelhantes ao longo do caminho, nosso progresso desacelerou. A temperatura caiu ainda mais à medida que subíamos, e a neve era mais espessa. Os cavalos se agruparam. A estrada abaixo de nós virou lama devido ao derretimento da neve e ao tráfego intenso. Os servos cavalgaram na frente para montar as tendas para o acampamento noturno, para que estivessem prontas quando chegássemos.

À noite, acampamos em uma abertura na encosta da montanha. Os defletores de vento com o emblema Oda que haviam sido montados ao redor do acampamento ondulavam e estalavam, e senti pena dos homens que tinham de ficar do lado de fora para servir de vigia. Os tratadores limparam, alimentaram e deram água aos cavalos à luz de tochas. Os criados prepararam tigelas de sopa quente e arroz para o pequeno grupo que acompanhava Nobunaga. Os outros tiveram de se contentar com peixe frio e um pouco de fruta.

Um mensageiro chegou e foi recebido com uma tigela de sopa fumegante e levado imediatamente para a tenda de Nobunaga. Ele, Ranmaru, os irmãos e eu, além de meia dúzia de samurais de confiança de Nobunaga, nos sentamos em círculo e esperamos o mensageiro se aquecer.

— Ainda não enfrentamos Katsuyori, mas o cercamos. Ele tem…

— Não. — Nobunaga levantou a mão, e o mensageiro imediatamente se ajoelhou e colocou o rosto no chão. — Conte-me do início.

O mensageiro ergueu a cabeça, inclinou-a novamente em um leve aceno e recomeçou.

— Ele fugiu imediatamente para o Castelo Shinpu. Deixou três mil homens no Castelo Takato para proteger sua retirada. Consideramos passar direto por Takato, mas não queríamos deixar aberta a possibilidade de ataques pela retaguarda ou deixar a nossa linha de abastecimento vulnerável. Há apenas uma estrada para o Castelo Takato, os outros três lados são guardados por penhascos íngremes…

O mensageiro deve ter visto algo na expressão de Nobunaga e percebeu que não precisava descrever os desafios do Castelo Takato ao seu senhor de guerra. Ele pigarreou.

— Um punhado de homens se ofereceu para atravessar o rio. Eles atacaram os guardas à noite e abriram o caminho para nossas tropas.

Eu não conhecia o Castelo Takato, mas podia imaginar o risco envolvido na missão. As águas nas passagens estreitas dos altos desfiladeiros seriam violentas e geladas. Não haveria maneira segura de atravessar. Cruzá-las à noite, sob o olhar de uma força inimiga, foi um feito de extrema coragem e lealdade.

— Quem os Takeda deixaram no comando em Takato?

— A senhora Suwa. Ela lutou bravamente, mas uma vez que estávamos dentro do castelo, não havia muito que eles pudessem fazer. De qualquer forma, Tokugawa ficou impressionado. Ele permitiu que ela tirasse a própria vida.

Nobunaga balançou a cabeça em aprovação. Ranmaru falou.

— Eu vi fumaça. Vinha de Shinpu?

— Hum, é provável — respondeu Nobunaga, refletindo. — Katsuyori dependia das suas montanhas como estratégia de defesa, não de seus castelos. Nossos espiões contaram que Shinpu foi construído mais pelo luxo do que para repelir um ataque. Se Katsuyori teve conhecimento da derrocada de Takato, saberia que Shinpu não ia aguentar.

— É verdade — afirmou o mensageiro, agora claramente nervoso. — Mas tem outra coisa. Nós capturamos homens em Shinpu e os interrogamos. Katsuyori ordenou que os outros nobres fossem trancados dentro dos edifícios antes de incendiar o castelo e a cidade adjacente.

— Que tipo de covarde… — Jingorou começou com raiva, mas segurou a língua e a fúria e não disse mais nada.

A tenda ficou em silêncio. A infância de Tokugawa como refém do clã Imagawa não era incomum. Era costume selar alianças enviando um membro da família para viver com outro clã, assim como Akechi havia recentemente enviado sua mãe para viver com o clã Hatano em troca da rendição do castelo. Talvez Katsuyori tenha ficado irritado com as traições ocorridas ao longo da marcha de Tokugawa até sua capital, mas, a despeito disso, um senhor da estatura de Takeda teria dezenas de filhos, esposas, mães ou irmãs de famílias nobres vivendo sob sua proteção. Queimá-los vivos seria uma violação irrepreensível.

Foi um ato final desesperado e deplorável, e um sinal de que Takeda Katsuyori considerava a derrota inevitável. Ele havia quebrado todas as suas alianças, e nenhuma família, por menor que fosse, juraria lealdade a ele depois de tal ato.

Todos os olhos pousaram em Nobunaga, e ninguém ousou falar.

— Mas você sabe onde ele está agora?

— Sim, meu senhor.

— E não há mais esperança de fugir?

— Nós o cercamos. Estamos aguardando sua ordem.

— Então amanhã acabaremos com o clã Takeda.

O rosto de Nobunaga, como sempre, não revelava nada. Ele se levantou e saiu da tenda, caminhando para o frio da noite.

Dormimos por algumas horas e partimos à noite. Encontramo-nos com as tropas de Tokugawa pouco antes do amanhecer, no cume de uma montanha oposta ao Monte Tenmoku. No sopé, aninhada na base da montanha, podíamos ver uma edificação que havia sido fortificada às pressas: troncos afiados pregados uns sobre os outros em forma de cruz para formar paliçadas de duas fileiras, uma para defesa inicial e outra como posição de apoio; cortinas de tiro bem tecidas, de palha, com recortes para arqueiros. Um número lamentavelmente pequeno de estandartes de batalha Takeda foi cravado na frente e balançava, apático, na brisa fraca.

— Eles fugiram para Iwadono.

A mandíbula de Tokugawa se acomodou na carne da garganta, e sua voz falhou com uma falta de ar que era nova, mas seus olhos permaneciam duros, sua aura de comando inalterada.

— Foram recusados lá. Oyamada Nobushige é o senhor de Iwadono e veio para o nosso lado depois de ouvir sobre o incêndio em Shinpu. Nenhum dos outros castelos deles está ao alcance. Nós os cercamos. Podemos alinhar os arcabuzes aqui — ele apontou para uma série de árvores a oeste do complexo. — Mas será difícil formar fileiras de homens para manter uma saraivada contínua, então, assim que atirarmos, eles atacarão enquanto os homens recarregam. Se pudermos atraí-los…

— Não precisaremos. — Os olhos de Nobunaga estavam direcionados para a edificação, não para Tokugawa. — Seus vassalos se voltaram contra ele. Os que permaneceram no complexo serão os mais leais de seus homens, aqueles que ficariam felizes em dar a vida por seu senhor.

Nobunaga virou para se dirigir ao conselho de guerra improvisado.

— Eles saberão que não podem vencer e que não podem resistir. Eles tentarão abrir um buraco em nossa linha de ataque para Katsuyori fugir. É a única coisa que ainda têm para defenderem.

Nobunaga apontou para a lacuna entre as paliçadas.

— Eles vão se posicionar aqui. É estreito o suficiente para reduzir a vantagem de nossos números, e a linha das árvores é densa o bastante para proteger a lateral de um ataque de cavalaria. Alinharemos nossos arcabuzes na frente. Duas fileiras. Uma única saraivada para cada. Quando eles atacarem, nossa cavalaria estará atrás. Prefiro tê-los em campo aberto, mas é melhor encontrá-los aqui na passagem do que deixá-los atrás dos muros. Ninguém, a não ser a linha da frente, deve avançar. Os homens posicionados ao redor do complexo devem manter suas posições e garantir que ninguém passe. Suas linhas estão seguras?

Tokugawa assentiu.

— Não há lacunas, meu senhor. Nem um rato conseguiria escapar de nós.

— Transmita as ordens.

A reunião terminou, e os comandantes seguiram caminhos separados. Nobunaga olhou para mim.

— Você está descansado?

— Eu sempre durmo bem na noite anterior à batalha. Prefiro descansar a cabeça em pedras do que em penas.

— Então vou me assegurar de te tirar a cama quando voltarmos. — Nobunaga sorriu, mas logo desfez o sorriso e me encarou com seriedade. — Faça seu nome. Hoje e em todos os dias seguintes. Você é um samurai. Seja temido.

Embora muitas vezes tenha ficado tentado, resisti a vestir minha armadura completa desde que ela me foi apresentada em Masahide-ji. Eu a limpei, cuidei dela, inspecionei cada aba, fecho e cordão, mas não a usei. A armadura foi feita para a batalha, e o ato de vesti-la agora, pela primeira vez desde que me foi dada, ajudou a ajustar o foco de minha mente. Enquanto amarrava as grevas e apertava tudo no lugar, lembrei-me de minha primeira batalha. Com apenas 13 anos, um jovem escravo enfrentando três soldados otomanos em trajes completos. Mesmo naquela época, eu estava calmo, depois de passado o pânico inicial. A guerra nunca me deixou nervoso. Era o lugar onde eu me sentia mais confortável. Era o único lugar onde fui igual a todos desde o início.

O acampamento ficou quase silencioso enquanto os homens se preparavam para a guerra. Limparam e selaram novamente os cavalos, inspecionaram as flechas e secaram a pólvora para o caso de ela ter ficado úmida por causa da neve. Esfumaçaram suas armaduras em fogueiras baixas, para livrá-las de piolhos ou outros insetos. Tarefas simples para ocupar suas mentes ou rotineiras para ajudá-los a se concentrar. Quando os homens haviam se preparado e estavam nas formações previstas, Nobunaga dirigiu-se a eles por um instante.

— O estandarte Oda não balança na capital? Nosso inimigo cairá diante de nós, como sempre acontece. Comecei com uma força de dois mil homens contra um exército de vinte e quatro mil. Agora trago uma força de sessenta mil contra menos de mil. Mas as batalhas não são vencidas pelo lado com mais homens, as batalhas são vencidas pelo lado com mais guerreiros! Prefiro atacar com seiscentos homens valentes do que com sessenta mil indecisos. Então eu lhes digo uma coisa: se a vida de vocês é tão preciosa a ponto de não estarem dispostos a abandoná-la, saiam daqui agora. Se ficarem, saibam que, seja como for seu último suspiro, como um jovem na guerra, ou como um velho na cama, a morte aguarda todos os homens. Mas a honra e a glória não. A honra e glória aguardam apenas os corajosos!

Os homens aplaudiram, e nos alinhamos na passagem. Nossas mãos e nossos pés estavam duros de frio, e enfiamos os dedos sob a armadura, para evitar que enrijecessem antes da batalha. Nossa respiração se enrolava à nossa frente em névoas brancas e parava, como se estivesse pressionada contra alguma coisa, antes de desaparecer. A fileira do arcabuz foi enviada adiante.

Eu podia sentir a blindagem se curvar em torno de meus músculos a cada leve movimento, macia e confortável, ao contrário das volumosas placas de metal que os portugueses e outros europeus preferiam. Parecia uma parte de mim. Parecia destinada para mim. Amarrei meu elmo e senti o leve peso do chifre de rinoceronte esculpido em madeira.

Dei uma olhada em Nobunaga, encorajando os homens, e depois olhei para Ranmaru, que estava ao meu lado com Ogura e Jingorou. Eu havia lutado pela sobrevivência, havia lutado por impérios e havia lutado única e exclusivamente porque me mandaram. Nunca antes havia lutado para fazer parte de algo.

Os estandartes Takeda tremulavam no vento, e os arqueiros deles se aproximaram das paliçadas com o sol reluzindo em suas placas peitorais. Testei a empunhadura da espada, e a sensação dela na minha mão era natural. Esperei pelo sinal.

26

O início de qualquer coisa é súbito.

Uma série quase sincronizada de estouros dos arcabuzeiros ajoelhados, a nuvem de fumaça que os acompanhando. Então, aqueles homens se levantaram e deram um passo para trás, e a segunda fileira de arcabuzeiros deu um passo à frente, ajoelhou-se e disparou. Duas linhas, uma única saraivada cada. Pausa.

A fumaça do tiro da espingarda rodopiou nos ventos tortuosos da montanha e logo se dissipou, revelando um único soldado Takeda em armadura vermelho-sangue agitando um estandarte de batalha, depois outro, e mais outro. Uma chuva de flechas foi lançada por trás das paliçadas e das cortinas de palha. Os arcabuzeiros recuaram, e nossos cavaleiros avançaram. Com um grito, a batalha começou.

As flechas dos Takeda continuaram a voar, pouco importando que a probabilidade de atingir seus próprios homens era tão grande quanto a de atingir os nossos. Nobunaga estava certo. O objetivo deles não era a vitória, era criar confusão. A maioria dos Takeda permanecia atrás das paliçadas de sua primeira linha de defesa, usando as longas lanças *yari* para ferir nossos cavaleiros ou a *naginata* curva para fisgá-los e jogá-los ao chão. Alguns soldados ávidos pela batalha saíram correndo de trás de sua proteção com as lâminas em punho e foram retalhados de pronto, ou simplesmente atropelados.

Meu cavalo se contorceu sob mim, tão ansioso para se juntar à luta quanto eu.

— Espere. — Ranmaru gesticulou ao meu lado. — Você não é um soldado de infantaria. Atacaremos onde formos necessários, quando formos necessários.

Os Takeda resistiam, mas tinham uma única linha de defesa, ao passo que nós podíamos enviar onda após onda de atacantes sobre eles. Divisões de homens se revezavam nos ataques, avisados sobre quando avançar ou recuar por meio de uma sequência complicada de acenos das bandeiras. Os Takeda lutaram e persistiram, mas estavam claramente cansados quando o sol se deslocou da manhã para a tarde. Nobunaga assistia de um estrado de madeira que havia sido construído durante a noite para esse propósito específico.

— Ele luta? — perguntei a Ranmaru.

— Somente quando necessário. Mas, quando ele luta, é algo digno de se ver. Espero que você corresponda aos padrões dele.

Eu estava prestes a responder quando a expressão no rosto de Ranmaru mudou de repente. Ele apontou para o lado oeste do complexo.

— Lá. Eles quase invadiram. Venha.

Ele checou com Nobunaga, que deu um leve aceno de cabeça, e saiu cavalgando, esperando que eu e o restante dos guardas de Nobunaga o seguíssemos.

Nós circulamos até a lateral e subimos. Deixamos para trás a lama e a neve da trilha e galopamos em cima de pura rocha. Éramos doze, e Ranmaru nos conduziu através do caminho traiçoeiro entre as árvores, como se tivesse memorizado a localização de cada galho e de cada pedra. Paramos algumas centenas de metros acima do complexo, no lado oeste.

— A descida é muito íngreme. Deixaremos os cavalos.

Apeamos. Os outros colocaram suas máscaras no lugar, e os homens que eu conhecia e com quem cavalgava foram substituídos por rostos de demônios. Olhos vazios e sem alma com carrancas marcadas e sobrancelhas contraídas. Eu não precisava disso. A pele negra retinta de meu rosto pareceria tão extraterrestre e sobrenatural para nosso inimigo quanto qualquer uma das criações de metal meticulosamente detalhadas.

Descemos tão rápido quanto o solo permitia. Os números ali se equivaliam, dada a incapacidade de nossas tropas de deslocar um número significativo de homens através do terreno até o local. No entanto, um buraco havia sido aberto nas paliçadas dos Takeda, e onde nossos homens tentavam forçar a passagem, a luta era feroz.

Os cavalos deles haviam sido abandonados pelas mesmas razões que fizeram com que abandonássemos os nossos. Alguns dos cavalos estavam correndo livres ao longo das linhas de batalha, atrapalhando ambos os lados. Outros foram atingidos e ficaram caídos de lado, com flechas e lanças saindo do estômago. A fumaça de uma série de pequenos incêndios preenchia o ar.

Um soldado Takeda investiu contra mim pela lateral, e eu agarrei sua lança instintivamente, então, torci meu punho e parti a haste ao meio. Seus olhos se arregalaram, e saquei minha katana, cortando seu peito na vertical. A lâmina se moveu através da armadura de couro e pela carne com pouco mais de resistência do que a de uma poça de água.

Ranmaru cortava soldados com uma facilidade quase sobrenatural, e Ogura e Jingorou se moviam em uníssono, atacando e defendendo alternadamente com precisão impecável.

Formamos uma espécie de barreira frouxa e avançamos. Eu me elevava sobre os soldados Takeda enquanto eles avançavam sobre mim, meu alcance com a espada quase tão amplo quanto o alcance deles com suas lanças e *naginatas*. Eles gritavam quando caíam e sangravam nas rochas e na neve.

Uma calma tomou conta de mim, como muitas vezes acontecia em batalha. Uma calma que vem com saber que você tem uma única tarefa e que todas as outras coisas podem ser esquecidas ou não são importantes. A batalha se torna a única coisa em mente, e há algo nisso que sempre foi reconfortante para mim.

Uma flecha me atingiu embaixo da ombreira, mas não furou a pele. Outras ricochetearam em minha armadura e meu elmo, lançadas de uma distância muito grande para perfurarem. Eu derrubei homens, três, quatro de cada vez. Lutei como os japoneses lutavam, de forma equilibrada, controlada, me movendo apenas com propósito. O ritmo veio tão naturalmente quanto a raiva brutal e a força haviam vindo antes. Os soldados Takeda eram como os meninos colocados em minha frente no pátio do mestre indiano, sem rosto e sem nome. Meninos que morreram para que eu pudesse viver.

Passei por cima dos corpos caídos até que não havia mais corpos nos quais pisar. O caminho para a varanda na extremidade oeste do complexo estava livre. Quando nos aproximamos, dois homens avançaram em nossa direção usando quimonos e agitando varas de bambu, desarmados e sem armaduras. Eles eram servos, não soldados, e ficamos parados para deixá-los ir. Nós os afastamos e entramos na antecâmara.

Um grande tatame azul cobria a maior parte do chão e havia um braseiro aceso em cada um dos quatro cantos. No tapete, os corpos de três crianças e o de uma mulher estavam alinhados em fila, suas gargantas cortadas, e o corpo de um homem estava caído para a frente, com a espada nas entranhas. Era correspondente à cena que havíamos visto nas casas incendiadas ao longo da estrada. Mate sua esposa e seus filhos, depois mate-se por meio do ritual *seppuku*.

Os corpos haviam sido posicionados com cuidado e amor. Os rostos da família, drenados, eram da cor de osso. Seus olhos estavam fechados, mas pareciam de alguma forma serenos. As mãos cruzadas no peito, a mulher segurando um pequeno pedaço de tela.

Removi a tela de seu punho fechado, tomando cuidado para não perturbar o corpo.

Meu cabelo preto está despenteado,
este mundo sem fim,
tão frágil quanto uma corrente de gotas de orvalho.
Ganso viajante,
pode levar essas poucas palavras,
para meu antigo lar em Sagami?

Dobrei o papel novamente e o devolvi aos dedos imóveis.

Ranmaru levantou a máscara, não mais um demônio. Deu um passo à frente, agarrou o coque na nuca do homem morto e levantou aquela cabeça, revelando o rosto.

— É Katsuyori.

Ninguém havia ficado para servir como seu auxiliar. Para aliviá-lo de uma morte lenta e agonizante. O *seppuku* sem um auxiliar era algo que não se desejava nem aos inimigos. Não só pelo declínio demorado e doloroso até a escuridão, mas pela solidão e a derrota total e absoluta que ele representava.

Katsuyori subitamente voltou à vida, gorgolejando e engasgando violentamente, cuspindo sangue no tatame já roxo. Os olhos piscaram e se moviam, mas não enxergavam.

Ranmaru soltou o cabelo e deu um pulo para trás, surpreso. Eu agi instintivamente, desembainhando minha catana e executando a tarefa que deveria ter sido de um leal servo Takeda. A cabeça de Katsuyori rolou uma vez, depois oscilou e parou, com os olhos abertos, fitando o telhado de palha do quarto.

Ranmaru olhou primeiro para mim, depois para os soldados que haviam se reunido na varanda atrás de nós. Acenou para eles. Um dos soldados correu para pegar as bandeiras Oda e sinalizar nossa vitória.

A batalha havia terminado.

27

A batalha terminou quase instantaneamente, com os soldados Takeda remanescentes se rendendo ou seguindo o exemplo de seu senhor e cometendo *seppuku* bem onde estavam, no campo de batalha. Os feridos foram tratados, aqueles que estavam bem coletaram seus troféus, e o complexo foi primeiro vasculhado e, depois, incendiado.

Os assistentes começaram a trabalhar nas cabeças na mesma hora, limpando-as e preparando-as. Geralmente tinham um dia ou mais para fazer isso, mas Nobunaga queria ir embora. Naquele fim de tarde, um punhado de samurais e soldados de infantaria fizeram fila do lado de fora da tenda de Nobunaga, carregando caixas de madeira envernizadas para que pudessem trazer suas oferendas e receber as homenagens.

Nobunaga sabia qual seria a cabeça pela maneira como lhe foi apresentada.

A cabeça de Katsuyori estava em uma caixa visivelmente maior, pintada de azul e carregada para dentro da tenda por dois servos. Era uma honra reservada a um daimiô: apenas a cabeça do líder de um clã era carregada por duas pessoas. Os servos colocaram a caixa no chão, em frente ao banco em que Nobunaga estava sentado. Eles viraram a lingueta e abriram a tampa com movimentos cuidadosamente coordenados. A cabeça estava sobre uma tábua simples de pinho, da qual cada servo segurou uma das pontas, levantando-a e retirando da caixa. Um terceiro servo colocou dois saquês ao lado da cabeça, ambos em copos de cerâmica com padrões ornamentados.

Nobunaga se levantou.

— Os Takeda foram derrotados.

Foi apenas um sussurro, algo que não era para ser ouvido. Eu olhei para Ranmaru e analisei o rosto das outras pessoas que estavam ali, mas não consegui perceber nada. Aquele era o inimigo mais antigo do clã Oda, e o último deles, derrotado, estava agora na frente de Nobunaga. Uma série impenetrável de emoções luzia em seu rosto, como se ele estivesse testando qual delas se adequava melhor ao momento. Passei o olhar de Nobunaga para Akechi Mitsuhide e seu genro Hidemitsu, que estavam sentados contra a parede, mas nenhum dos dois homens sequer me olhou de relance.

Os preparadores haviam feito bem seu trabalho. Com cuidado, haviam lavado o sangue dos cabelos do senhor Takeda, os quais foram, depois, escovados e prendidos em um coque formal. Haviam limpado seu rosto, arranjando os músculos para criar uma expressão natural, e então o cobriram com pó branco. Tinham enegrecido os dentes, como reza o costume, e deixaram a boca ligeiramente entreaberta. Tentei imaginar Tomiko desempenhando essa tarefa em seu pai e seu irmão. Suas mãos delicadas executando cada passo com muito cuidado.

Katsuyori parecia vivo o suficiente para falar. Mas, em vez disso, foi Nobunaga que falou, dirigindo-se à cabeça.

— Um dia, seu pai teve planos para Quioto. Marchar cidade adentro, fincar sua bandeira na capital e reivindicar o título de governante de todo o Japão. Teria que marchar por Owari para fazer isso, mas achou que seria um obstáculo de menor importância. Como aconteceu antes com os Imagawa, ele imaginou que, ao longo do caminho para Quioto, teria uma vitória rápida em Owari. Uma vitória nas minhas terras. Contra o meu povo.

Alguns dos samurais sentados nos fundos da tenda se mexeram conforme a voz de Nobunaga ficava mais alta. Akechi parecia incomodado, e Hidemitsu, ao lado dele, perplexo. A cerimônia de exibição das cabeças deveria ser cortês e respeitosa, quase religiosa. O daimiô vencedor elogiaria a coragem do derrotado, prometeria cuidar de seu povo e de suas terras e, então, brindaria sua morte com um copo de saquê. Em vez disso, o rosto de Nobunaga havia congelado em uma máscara de raiva.

— Meu senhor… — Ranmaru arriscou timidamente.

Nobunaga o ignorou e prosseguiu, discursando para o daimiô caído.

— Quando seu pai foi derrotado, tenho certeza de que acalentava o sonho de que você alcançaria o que ele não conseguiu. De que você marcharia até Quioto como líder do clã Takeda, seus estandartes tremulando altivamente. Mas eu não sou o tipo de pessoa que se permite ser pisada. O clã Oda nunca foi respeitado. Nem por você, nem pelos Imagawa, nem por nenhum dos clãs mais importantes. Mas, em breve, todos vocês respeitarão os Oda. E vou garantir que você chegue a Quioto, jovem Katsuyori. Você envergonhou todos os seus ancestrais quando incendiou o Castelo Shinpu. Vou enviar sua cabeça à capital, para ser exibida em frente à corte imperial. Vou encher sua boca de flores de ameixa, para os besouros se alimentarem. Vou esfregar mel em seus olhos para que sejam comidos pelas moscas até não sobrar nada além das larvas que elas deixarem nas cavidades vazias. Mulheres e crianças vão desviar os olhos. Todos os que olharem a cabeça de Takeda Katsuyori ficarão enojados. É assim que você vai ser lembrado.

Nobunaga ergueu o copo de saquê e jogou o conteúdo no rosto do daimiô morto. O silêncio na tenda era sepulcral. Os servos que haviam levado a cabeça estavam claramente horrorizados. Os samurais, à exceção de Ranmaru, permaneceram sentados, mas estavam visivelmente desconfortáveis. Ranmaru, onde estava, hesitava entre ir até Nobunaga e voltar para onde estava sentado.

O saquê licoroso escorria em pingos espessos pelo rosto de Katsuyori, criando sulcos na pintura branca. Embora os músculos faciais não tivessem se movido, a expressão do daimiô, antes neutra, parecia ter se alterado para adequadamente chocada.

— Saiam.

Eu nunca havia testemunhado uma exibição de cabeças. Meu conhecimento do costume limitava-se ao que Valignano havia me ensinado na longa viagem até o Japão, então, dentre os que estavam na tenda, apenas eu não me encontrava no mesmo estado de descrença. Fiquei em pé e me virei para sair, obedecendo à ordem de Nobunaga. Meu movimento pareceu quebrar o feitiço, e os outros também começaram a se levantar, subitamente ansiosos para sair. Akechi foi o último a sair, levantando-se devagar e lançando um olhar ameaçador na direção de Nobunaga. Se Nobunaga notou, não teve qualquer reação.

Enquanto afastávamos as abas da tenda, os servos foram chamados de volta.

— Preparem a cabeça para Quioto. Quero que todos a vejam.

Eu estava esgotado, mas ainda era muito cedo para dormir. Por mais silencioso que o acampamento tivesse estado pela manhã, agora havia muito barulho vindo das celebrações. Os outros samurais estavam abalados com o comportamento de Nobunaga.

— Venham — falei. — Vamos nos juntar aos homens.

Escolhemos uma das fogueiras maiores e mais animadas, e quando nos aproximamos, todos pararam, se levantaram e fizeram reverências. Eu havia começado a me acostumar com a honra, mas em determinados momentos isso ainda me incomodava. Um escravo recebendo a estima de um povo que preza a honra acima de tudo.

— Relaxem, estamos aqui para beber.

Gritos de comemoração explodiram. Bebidas foram servidas e distribuídas.

— É um mau presságio — murmurou Jingorou ao se curvar sobre o copo.

— Talvez. Mas é uma boa estratégia — disse Ranmaru de maneira pouco convincente. — As pessoas não se importam com quem governa, elas só querem paz. Querem cultivar suas terras sem serem chamadas para lutar, vender suas colheitas sabendo que os impostos não serão aumentados para cobrir o custo da guerra. Que o povo veja a cabeça de Takeda Katsuyori. Que veja que Oda Nobunaga os trouxe um passo mais perto do fim de uma guerra que começou antes dos seus avós serem jovens.

— Não é à exibição que eu me oponho, é ao tratamento.

— Então sinta-se à vontade para manifestar sua oposição ao senhor Nobunaga.

Isso pareceu encerrar a discussão. Levantei meu copo e gesticulei pedindo mais. Dei um tapinha nas costas de um dos soldados e lhe servi mais saquê.

— Se você está procurando por melhores presságios, procure no fundo de um copo.

Os homens riram, hesitantes de início e, depois, de forma mais ampla e natural. Ergueram seus copos e celebraram.

— À vitória.

28

No dia seguinte, marchamos para o norte, pelas montanhas, até o castelo Takato. Enquanto eu e os membros do círculo interno de Nobunaga tínhamos conseguido dormir em templos ou grandes casas vazias na maior parte do tempo, a maioria dos homens havia dormido no chão, protegidos do frio e do vento apenas por camadas de feno amarradas apressadamente. Nobunaga queria que tivessem uma noite de sono em um lugar fechado antes de liberá-los para retornar a Azuchi, ou, no caso dos soldados que haviam vindo das regiões vizinhas, votar para suas famílias e seus lares.

As ruínas das casas e dos edifícios na cidade que ficava ao longo do caminho para Takato estavam carbonizadas e cobertas de neve. A maioria dos mortos havia sido retirada e empilhada, mas as evidências de sua existência permaneciam: as paredes meio queimadas proporcionavam uma visão de salas onde as prateleiras ainda estavam decoradas com quadros ou lembranças de família e onde as mesas ainda estavam postas com pratos com bordas congeladas e copos que haviam rachado ligeiramente com o frio.

O castelo também havia sido limpo e encontrava-se em condições muito melhores, mas se você olhasse bem de perto, poderia ver marcas nas paredes onde haviam sido atingidas por espadas, ou o eventual buraco repuxado de onde uma flecha tinha sido arrancada.

Na sala de estar principal, os servos de Nobunaga tiveram o cuidado de preparar um grande jantar. O castelo havia sido tomado rapidamente, então os estoques e despensas permaneceram totalmente abastecidos com iguarias finas. Depois, chegou a hora da atividade principal: a divisão dos despojos. Todos os nobres, generais, samurais e homens de importantes posições estavam reunidos na sala. As mesas foram retiradas, e nos ajoelhamos ao longo das paredes, enquanto Nobunaga chamava cada um dos homens para homenageá-los.

Tokugawa recebeu a recompensa mais generosa de todas, o controle de toda a província de Suruga, na região ao sul do Monte Fuji. Akechi também recebeu um lote de terra, e eu fiquei observando seus movimentos depois de aceitar a honra e enquanto voltava para seus homens. Ele se virou, me pegou olhando e ficou me encarando, sem expressão, até que desviei os olhos e assenti com a cabeça.

Outros que se destacaram receberam feudos e castelos menores. À medida que os nomes eram chamados e os homens aceitavam seus presentes, Ranmaru, a quem foram concedidos dois pequenos feudos para adicionar aos outros que já tinha, sussurrou para mim.

— Dizem que em breve você será nomeado *tono* e receberá seu próprio feudo.

Dei de ombros, dispensando o comentário, mas não era a primeira vez que ouvia o boato. Em Azuchi, rumores semelhantes haviam começado a se espalhar. Nenhum estrangeiro jamais fora feito senhor ou recebera terras para governar, mas, por outro lado, nenhum estrangeiro jamais fora alçado à posição de samurai. Com Nobunaga, tudo era possível.

Como *tono*, eu teria minhas próprias tropas, prontas para lutar sob as ordens de Nobunaga. Meus próprios samurais, agricultores, servos, impostos. Uma esposa de família nobre e herdeiros. Um futuro. Um lar, naquele lugar tão longe da casa em que fui criado quando criança, tão diferente do lar, da família e da vida que sonhei para mim mesmo naquela época.

E com esses pensamentos, veio outro, que eu nunca havia tido antes: valeu a pena? Tirado de minha aldeia, forçado à guerra, mas agora à beira da nobreza — os horrores sofridos ao longo do caminho foram justificados pela honra que me esperava no final? Não fui capaz de dizer que sim. Muitos morreram, alguns pelas minhas mãos. Minha família. Minha aldeia. Os meninos no campo de treinamento de mercenários, cujos nomes eu nunca soube. Os homens que matei pelos indianos. Os homens que matei pelos portugueses. Os homens que matava, agora, por Nobunaga. Tudo justificado pela minha própria sobrevivência e possivelmente, em um canto de minha mente demasiado distante para que fosse possível confessar, pela ideia de voltar para um lar que não existia mais.

O preço era muito alto, mas, de qualquer maneira, já havia sido pago. E agora havia uma chance de um verdadeiro lar.

A recompensa representaria uma liberdade com a qual nunca sonhei. Significaria uma chance de criar meus próprios filhos, que nunca teriam de pagar o mesmo preço e que colheriam as mesmas recompensas, até melhores, sem conhecer a dor que tinha vindo antes. A ideia de uma família era algo que eu nunca tive motivos para considerar antes. Eu os criaria com as tradições com as quais fui criado? Contaria a eles o que pudesse sobre minha mãe e meu pai, meu povo, nossa terra? Ou os criaria apenas para o mundo no qual eles cresceriam?

Eram decisões difíceis, mas que ainda não eram necessárias. Algo no olhar de Akechi havia me enervado, me impedindo de mergulhar totalmente no sonho. Ainda havia perigos ali, e eu nunca poderia me permitir esquecer disso.

Quando a cerimônia do jantar foi concluída, as mesas foram limpas e as honras terminaram, atravessei a sala. Akechi estava se dirigindo a alguns de seus homens, com Hidemitsu ao seu lado.

— ... o arcabuz tem poder, sim, mas o arco é a arma de um verdadeiro guerreiro. Não há habilidade no uso das armas portuguesas, nenhuma expressão do espírito...

Ele parou quando me aproximei. Fiz uma reverência profunda. Akechi dispensou seus homens, mas Hidemitsu permaneceu ao seu lado.

— Espero não ter interrompido, senhor Akechi.

— Vejo que Nobunaga promoveu você.

Eu sabia pouco de Akechi, mas suspeitava que era melhor ser direto. Confiei nesse instinto.

— Promoveu. Sinto que você desaprova. Se o ofendi, ofereço minhas desculpas.

Mantive minha cabeça baixa, mas ainda podia sentir o peso do olhar de Akechi, me estudando. Ele suspirou, e levantei minha cabeça.

— Não é você que eu desaprovo. Você lutou bem hoje e, pelo que ouvi, manteve a postura correta em todas as situações desde sua nomeação. Mas eu desaprovo, sim, a quebra das tradições. Eu desaprovo que os velhos costumes não sejam honrados.

Ele hesitou por um momento, depois sorriu levemente e continuou.

— Acredito que a maldição de todos os homens velhos seja lutar contra o que é novo. Talvez a minha opinião seja a errada. No entanto, um homem só pode defender as coisas em que acredita, e eu acredito na importância de nossas tradições.

— Meu senhor. — Hidemitsu interrompeu Akechi com uma mão colocada suavemente em seu ombro. Akechi se recompôs.

— Desejo-lhe tudo de bom, jovem Yasuke. Realmente desejo. Mas espero que isso se encerre com você.

Akechi se afastou sem esperar por uma resposta. Virei-me para vê-lo ir, e Hidemitsu deu um passo à frente, cara a cara comigo.

— Meu senhor é generoso. Nobunaga adora as estranhezas e o exotismo europeu, mas desgraça a todos nós ao permitir que você use essas espadas.

Senti meu sangue ferver, não tanto pelas palavras de Hidemitsu, mas pela condescendência com que foram ditas. Mantive minha voz firme, mas não medi as palavras.

— Eu calejei meu corpo e meu espírito como qualquer homem aqui. Dormi mais noites em rochas do que em camas. Marchei a distância equivalente à vida de um soldado, com os pés descalços ou envoltos apenas em panos. Atravessei o mar sem que me permitissem ver o sol. Sofri ferimentos de lança e espada, alabarda, machado e forcado, além de outras armas cujos nomes eu não sei, e matei todos os homens que colocaram uma marca sobre mim. Servi, sempre e lealmente, e não devo a ninguém um pedido de desculpas que não tenha sido dado, um serviço que não tenha sido prestado ou uma dívida que não tenha sido paga.

Hidemitsu não recuou. Devolveu meu olhar com frieza, seus olhos escuros brilhando à luz das lanternas com uma raiva perigosa. Ele se aproximou ainda mais e, embora sua cabeça só chegasse na altura do meu peito, foi preciso determinação para manter minha posição.

— E você acha que isso o torna digno? Você fala sobre uma vida inteira, mas, para nós, ser samurai é um assunto de séculos. De linhagens que remontam aos primeiros dias do nosso país.

Comecei a falar, mas ele sorriu com desdém, interrompendo as palavras antes que saíssem de minha boca. Ele passou por mim, parando brevemente enquanto fazia isso.

— Um tigre nas profundezas da floresta causa medo no mais corajoso dos homens, mas um tigre em uma jaula será ridicularizado por um menino. Nobunaga fez de você um samurai e por isso você é um samurai. Mas nós não somos iguais.

Fiquei profundamente perturbado com a conversa que tive com Akechi e, depois, com seu genro Hidemitsu, mas não podia fazer nada a respeito. Não valia a pena incomodar Nobunaga com isso, quando eu sequer sabia que tipo de problema poderia causar. Também não queria discutir isso com Ranmaru, Ogura ou Jingorou. Parecia algo que eu devia resolver sozinho, mas também algo que deveria ser deixado de lado até esfriar. Fiz o meu melhor para afastar esses pensamentos da mente. Dormi, e dormi bem.

Pela manhã, os homens foram liberados. A campanha contra os Takeda havia chegado ao fim. Mas havia uma coisa que Nobunaga ainda precisava fazer.

— O Monte Fuji é a joia do império japonês, e eu nunca olhei para ele. Também nunca estive tão perto.

A província ao redor do Monte Fuji estava agora sob a administração de Tokugawa, e enquanto a força principal de Nobunaga voltava para Azuchi, seu círculo interno avançava ao lado dos homens de Tokugawa. Levamos meio dia de viagem para chegar à foz do vale que se abria para a montanha coberta de neve.

As flores das cerejeiras cobriam o chão do vale, macias e rosadas contra a neve branca e limpa. Adiante, Fuji era quase perfeito em sua simetria — as longas laterais inclinadas eram idênticas uma à outra ao se elevar em direção ao cume. Houve um silêncio reverente enquanto olhávamos para ele, que, por fim, foi quebrado por Nobunaga.

— Os Jōmon e outros japoneses antigos o adoravam como uma divindade. Eles queimavam incenso na base da montanha, deixavam oferendas. Perto do cume há uma caverna chamada Hitoana, onde diziam que a deusa do Monte Fuji vivia. Os devotos vinham uma vez por ano para remover galhos caídos, pedras desgarradas ou outras obstruções, garantindo que o caminho estivesse livre caso ela escolhesse descer. Pessoas de outras terras têm lendas como essa, Yasuke?

As palavras foram como uma punhalada inesperada, e eu era um menino novamente, sentado na varanda ao lado de minha mãe. Ela apontou para a montanha.

— Você vê a caverna? — perguntou ela.

Segui a linha do dedo dela. Longe, no alto da montanha, depois dos campos, passando pelas áreas rochosas mais baixas, das quais extraíamos minério, e pelos trechos mais altos da floresta onde eu algumas vezes havia brincado na esperança de avistar macacos nas copas das árvores ou mesmo a pele listrada de uma gazela saltitante. Mais adiante, havia um penhasco rochoso, no alto do pico da montanha, e uma seção sombreada que presumi ser a caverna para a qual minha mãe apontava.

— Vejo.

— Foi de lá que nós viemos — disse ela. — Todo o nosso povo. A primeira mulher e o primeiro homem. Se você subir no topo da montanha e olhar o exterior da entrada da caverna, verá uma única pegada, a pegada da primeira mulher que se aventurou pelo mundo. A mãe de todos nós.

Eu podia sentir sua voz mais forte do que nunca, como mel fresco escorrendo pela minha garganta ou o sol tocando minha pele depois de emergir de um mergulho em águas mornas. Saboreei a lembrança.

— Nós nos espalhamos pelas planícies, colinas e florestas — continuou ela —, mas você nunca deve se esquecer de que todos nós viemos do mesmo lugar. Nossos ancestrais estarão conosco onde estivermos.

Ela passou o braço em volta do meu pescoço e pressionou a cabeça na minha, rindo contra meu cabelo.

— Isso significa que estarei com você onde quer que você vá, não importa a distância.

Eu sabia que não seria capaz de encarar Nobunaga, mas também sabia que ele esperava uma resposta.

— Há uma montanha perto da minha casa, chamada Namuli — comecei, engasgando com as palavras. Respirei fundo e afastei a memória, ciente agora de que poderia recuperá-la a qualquer momento. — Eu já vi muitas montanhas, meu senhor, em muitas terras. Mas nunca uma tão linda como esta.

Nobunaga sorriu, observando enquanto a borda do sol tocava o planalto nevado do Monte Fuji e começava sua lenta descida por trás.

— A Corte Imperial já enviou uma mensagem. Eles me ofereceram os títulos de *taishogun*, *kampaku* ou *daijō-daijin*. Devo comparecer diante deles e escolher o que prefiro. Eles reconhecerão minha escolha.

Taishogun, grande general. *Kampaku*, conselheiro do imperador. *Daijō-daijin*, chanceler do Império.

— É arriscado — sugeriu Tokugawa. — Eles oferecem esses títulos porque têm medo de você.

— Sim. Estou ciente da... política. E dos riscos. Mas eles me temem porque não têm mais patronos ricos, nem exército. Eles me temem porque só eu posso proteger a Corte Imperial. Aceitarei os títulos, continuarei a financiar a reconstrução do seu palácio e de seus outros pequenos projetos, e enquanto receberem seus tributos, eles deixarão a gestão do povo e a proteção do país nas minhas mãos.

— *Tenka fubu* — sussurrou Tokugawa.

— *Tenka fubu* — repetiu Ranmaru, assim como cada um dos homens.

— *Tenka fubu, tenka fubu.*

As palavras agitaram-se suavemente pelo pequeno grupo, nos lábios de cada homem, repetidas como uma oferenda. *Tenka fubu*. O reino sob uma única espada.

Uma rajada de vento levantou uma faixa de neve e um punhado de flores de cerejeira, fazendo-as girar brevemente aos nossos pés antes de voar para longe, levando as palavras com elas. O calor da voz da minha mãe ainda aquecia em meu peito.

Fiquei ao lado de Nobunaga e contemplamos o cume magnífico do Monte Fuji, cada um refletindo sobre seus respectivos ancestrais.

— Quando era criança, eu ouvia a história e os considerava bobos — disse Nobunaga com suavidade. — Agora, fico pensando se poderiam fazer outra coisa a não ser adorar.

Avaliei sua expressão. Ele parecia, mais do que tudo, satisfeito.

29

Na volta para Azuchi, representantes de quase todos os clãs e províncias chegaram para parabenizar Nobunaga pela vitória e pelo novo título que receberia em breve do imperador. Embora ele ainda não tivesse aceitado nem escolhido um título, e então não tivesse ainda ascendido, todos reconheciam que era melhor oferecer os cumprimentos mais cedo do que tarde demais.

Além de Suruga, a morte de Katsuyori havia gerado promessas de lealdade de terras antes controladas pelos Takeda em Kai e Shinano. Desde seu início nas pequenas províncias de Owari e Mino, Nobunaga agora controlava vinte e oito províncias e partes de outras seis.

Tokugawa havia permanecido em campo nas antigas províncias dos Takeda, acalmando as pequenas rebeliões e caçando os membros menos importantes do clã que haviam sobrevivido. Toyotomi permaneceu no território Mori e avançava para o oeste com seus exércitos, o general curvado de rosto enrugado mostrando a tática brilhante e a determinação que fizeram com que se erguesse do campesinato.

Só os homens de Akechi foram mantidos em Azuchi, na reserva. Todos os dias, ele e o restante dos samurais e vassalos de Nobunaga alinhavam-se ao longo das paredes do salão do castelo, por horas a fio, enquanto o cortejo de visitantes fazia reverência, sorria e oferecia presentes e comentários efusivos e enfadonhos.

Havia peles de tigre e panos escarlates, barris de saquê raro, caixas de pepino-do-mar seco e abalone salgado e, em uma exibição espetacular, vinte cisnes brancos deslumbrantes. Nobunaga examinava cada presente e declarava seu apreço, enquanto o resto de nós cochichava sobre as várias maravilhas desencaixotadas.

Os criados entravam e saíam discretamente do salão, trazendo e retirando presentes, enchendo copos e trazendo pratos frescos de comida. Vi Tomiko entre eles e a observei. Ela executava suas tarefas com calma e graça, com a cabeça baixa para evitar contato visual com os convidados e os movimentos calculados para não chamar a atenção. Ela se misturou e desapareceu, e me lembrei de sua expressão assustada quando Nobunaga apontou para ela naquela primeira noite em Honnō-ji. Achei que ela tivesse olhado para mim uma vez, uma olhadela de relance enquanto colocava uma pequena tigela de porcelana com água na frente de algum nobre, mas foi tão rápido que não pude ter certeza.

Eu havia aprendido a lutar como um samurai, mas ainda tinha um pouco de dificuldade para me sentar como um, e Nobunaga, apesar de todas as atenções que lhe eram dispensadas, sempre percebia quando eu havia chegado ao meu limite. Ele gritava alguma ordem ou me dava uma tarefa menor para executar, mas com um pequeno sorriso que indicava que seu objetivo era meu alívio.

Manquei e cambaleei pelas escadas do Castelo Azuchi até o sol revigorante da primavera. Fiquei feliz por estar longe do frio das montanhas do leste. Meus joelhos doíam, meus quadris pareciam travados e meus pés estavam rígidos e dormentes.

O pátio estava agitado. As comitivas dos senhores e vassalos haviam expandido a população de Azuchi nos últimos dias. Os agricultores e plebeus da cidade na base do castelo também estavam passando mais tempo na corte, deixando o tráfego pesado no escambo com os viajantes que chegavam e as mercadorias que traziam.

Parei por um momento nos degraus e me imaginei com meu próprio pequeno castelo. Havia lutado para conter tais pensamentos desde que Ranmaru tinha mencionado o boato de que eu receberia um feudo, mas ocasionalmente permitia que minha mente divagasse. Eu estava havia pouco mais de um ano no Japão. Estive vigilante, atento, absorvi tudo o que pude, mas não podia descartar a crítica de Hidemitsu no sentido de que suas tradições tinham raízes que remontavam a séculos, não meses. Eu conseguiria ser tão observador quanto Nobunaga, reconhecendo o desconforto de um sujeito em uma multidão de uma centena? Será que eu tinha aprendido o suficiente sobre os japoneses para poder resolver com sabedoria as disputas entre aqueles que eu governava? Eu seria amado pelo povo ou seria visto como um estranho e causaria ressentimento?

Avistei uma túnica marrom familiar perto da casa de hóspedes onde Hatano Hideharu esteve hospedado com sua família desde que entregara o Castelo Yakami a Akechi. Nobunaga tinha dado ordens para que o refém Hatano fosse bem tratado, mas ainda não o havia visitado pessoalmente. Quando isso acontecesse, esperava-se que ele pedisse desculpas a Nobunaga por ter se oposto a ele e jurasse sua lealdade, assim como a de sua família. Ele receberia algum título, uma atividade e se alinharia formalmente com o clã Oda, mas, por agora, ele deveria ficar em casa e esperar por notícias.

Irmão Organtino estava parado em frente à casa de hóspedes onde Hideharu estava alojado, e enquanto eu observava, Padre Valignano saiu da casa e juntou-se a ele. Eles começaram a se afastar, e eu me apressei para alcançá-los.

— Vocês têm negócios com o senhor Hideharu?

O japonês agora me vinha automaticamente. Repeti a pergunta em português, mas ela foi ignorada nas duas línguas.

Irmão Organtino sorriu calorosamente, e Padre Valignano colocou a mão no meu ombro.

— Olá, irmão. É muito bom vê-lo, como sempre. Estamos felizes em ver que está seguro. Você estava na batalha?

— Perto do fim, sim, mas nunca me senti em perigo.

— Eu já vi você lutar. Duvido que alguma vez se sinta em perigo. — Valignano riu. — Já passamos por muita coisa juntos.

Senti um lampejo de nostalgia vinda da mão de Valignano em meu ombro, de suas palavras gentis. Parecia uma oferta de paz, mas a palavra "juntos" parecia falsa, como se antes fôssemos iguais, quando eu sabia que não havia sido assim. Dei um passo para trás, envergonhado comigo mesmo por ter respondido tão facilmente ao seu mero elogio. Adverti a mim mesmo de que cada palavra de Valignano era cuidadosamente escolhida e destinada a algum propósito particular. Mudei de assunto.

— A construção da igreja tem sido bastante impressionante. Suspeito que terminará em breve.

— Sim. Já temos uma congregação e tanto, apesar de ainda não termos teto. Nossos números só crescerão, é claro, quando Oda Nobunaga derrubar o santuário xintoísta.

Não havia dúvida na frase, mas havia nos olhos de Valignano, cujas sobrancelhas permaneceram arqueadas enquanto ele observava minha reação. O santuário xintoísta onde Nobunaga havia me tornado um samurai. O templo de Masahide-ji, construído para homenagear o vassalo Oda que havia cometido *seppuku* na esperança de colocar Nobunaga em um caminho mais responsável, em direção à liderança do clã. Para Nobunaga, aquele era o edifício mais precioso de Azuchi, mais até do que seu castelo, e ele nunca desrespeitaria a memória de Masahide o destruindo.

Fiquei em silêncio, e Valignano continuou. O tom casual em sua voz era forçado, e percebi que suas próximas palavras eram uma mensagem que eu deveria transmitir.

— Eu entendo que ele tenha certas... tradições que precisa manter para o povo, mas o Japão está vivendo uma nova era. Nobunaga será... o quê? Chanceler? Xogum? Em breve você será um conselheiro próximo do homem mais poderoso do país. É uma oportunidade para levar o Japão adiante, na direção de um... pensamento mais moderno. Parar de encorajar a adoração de animais e ancestrais e trazer o povo do Japão para a luz do único Deus verdadeiro. Você não acha?

As palavras e o tom de Valignano ecoavam os ensinamentos dos padres portugueses, que falavam sobre como os africanos tinham de ser trazidos para a luz, liderados e transformados, mas ao mesmo tempo que meus pensamentos se opunham, meu corpo me traía. Baixei a cabeça em assentimento. Fiquei imediatamente irritado com a rapidez com que era capaz de voltar ao velho hábito da obediência, mas não consegui encontrar a força para levantar a cabeça ou discordar. Minhas pernas pareciam chumbo, e não era mais por causa das horas que passei ajoelhado.

— Afinal, ele fez o mesmo com os santuários e templos do Monte Hiei, não foi? Com os sacerdotes lá dentro? As mãos do seu novo benfeitor estão tão sujas quanto as de qualquer outra pessoa.

— Você diz "benfeitor" como se não tivesse tido participação alguma nisso.

Valignano pareceu amolecer e baixou a guarda por um momento. Os terrenos do castelo estavam silenciosos, mas ainda havia muitas pessoas por perto. Atrás de Valignano, um criado rastelava o cascalho. Outro estava arrumando pedregulhos brancos e reluzentes em torno de uma das pedras grandes do jardim.

— Você sabe por que eu escolhi você naquela época? Porque você entende que, às vezes, coisas desagradáveis são inevitáveis. Você me serviu bem. Entregar não foi uma escolha fácil, mas é uma que eu faria novamente. Você sabe que eu sempre farei o que for preciso.

Ele começou a sair. Queimei por dentro com o quão casualmente ele mencionou me dar de presente.

— Você se lembra de Goa? — perguntei para as costas dele.

Valignano parou e me olhou por cima do ombro.

— Você costumava desviar do seu caminho, às vezes demorando uma hora ou mais, para que eu pudesse evitar a visão dos leilões e dos escravos sendo trazidos para a terra. Agora faço a mesma coisa aqui, para evitar a sua Igreja. *Aquela pela qual você me vendeu.*

Eu pretendia levantar a voz, com raiva, mas, em vez disso, ela falhou com uma dor inesperada. Foi a primeira emoção verdadeira que demonstrei a ele — perto dele, havia sempre escondido qualquer sentimento de minha voz ou expressão, mesmo naquele primeiro encontro, quando eu ainda era pouco mais que um menino.

Por um momento, Valignano pareceu realmente abalado com minha resposta, mas rapidamente mudou para a raiva.

— Eu tirei você de uma vida limpando chão e beijando pés. Eu te ensinei, te ergui, e veja onde você está agora. Você preferiria que eu o tivesse deixado naquele pequeno seminário infestado de ratos e administrado por tolos?

— Você me levou porque pensou que eu poderia ser útil para você. Não finja que foi por qualquer outro motivo.

— Eu o levei porque pensei que você poderia ser útil para *a Igreja*!

Algumas pessoas pararam na rua para assistir à nossa conversa. Percebendo isso, Valignano se acalmou tão repentinamente quanto explodiu. Ele passou a mão pela frente da túnica, alisando um amassado imaginário.

— Espero que nem todas as suas memórias sejam ruins.

Ao observar Valignano se afastar, senti a mão de Irmão Organtino no meu antebraço.

— Isaque — começou ele. — Você deve ser cauteloso. Padre Valignano tem... ressalvas em relação a Nobunaga. Não posso dizer mais do que isso e nem deveria ter dito nada. Mas você deve ter cuidado.

— Se há planos...

— Isaque — interrompeu Organtino. — Você conhece o Padre Valignano melhor do que eu, talvez melhor do que ninguém. Você sabe que sempre há planos, sempre há contingências. Mas isso não significa que eles acontecerão. Vou falar com ele. Se o santuário for importante, tenho certeza de que ele poderá ser persuadido. Isso não significa nada para ele. O porto de Nagasaki, no entanto... é importante para Valignano. Ele não o cederá facilmente. Se você conseguir influenciar Nobunaga neste ponto, se algum... acordo for alcançado... isso poderia evitar problemas.

Irmão Organtino parecia tenso, as saliências de suas bochechas mais pronunciadas, um pouco da suavidade de seu corpo desaparecida. Eles haviam planejado juntos esse engodo. Eu havia passado tempo suficiente com Valignano para perceber suas maquinações. O porto era o que Valignano realmente valorizava, e o santuário servia apenas como um trampolim. Organtino parecia angustiado desempenhando seu papel. Não conseguia me olhar nos olhos. Ele começou a se afastar, mas parou.

— Ele gosta mais de você do que você imagina. E ele te protegeu mais do que você imagina. Seja cauteloso, meu irmão. Queremos que você fique seguro.

No início da noite do quinto dia de homenagens, apareceu um convidado inesperado.

— Apresento o senhor Hideharu, do clã Hatano da província de Tanba.

Um empregado, vestindo calça e camisa pretas simples, fez a apresentação da porta do salão principal e, depois, desapareceu de vista. Se Nobunaga se irritou com a utilização do título de "Senhor" para o derrotado Hideharu, não demonstrou.

Hideharu entrou no recinto sozinho, vestindo uma camisa branca de ombros largos com um colete azul-celeste. Seu cabelo estava amarrado para trás, e o topo careca de sua cabeça brilhava à luz bruxuleante dos braseiros. Ele se aproximou de Nobunaga e fez uma reverência, tocando a cabeça no chão, e depois de um momento, levantou-se.

— Ainda não agradeci devidamente ao meu anfitrião por sua generosidade e hospitalidade, mas não poderia me demorar em felicitá-lo pela sua vitória.

Algo parecia errado. Observei Hideharu. Ele parecia orgulhoso, não derrotado, sem nenhum traço de humildade em sua postura ou voz, apesar do respeito demonstrado por sua profunda reverência. Suas mãos estavam ao lado do corpo, e, sob o punho da camisa longa e esvoaçante, pude ver um leve tremor. Olhei para Ranmaru, depois para Nobunaga, mas não consegui atrair a atenção deles e não tinha certeza do que tentaria comunicar a eles se pudesse.

As palavras de Irmão Organtino haviam me perturbado. Nos dias que se seguiram à visita dele e do Padre Valignano, eu estivera à procura de conspiração por toda parte, imaginando cada lojista, comerciante e agricultor como um inimigo mortal. Isso havia desgastado meus nervos, e provavelmente eu continuava procurando agora por algo que não estava lá.

Nobunaga levantou-se.

— Você tem sido um excelente convidado, Hideharu.

Hideharu estremeceu ligeiramente ao ouvir seu nome pronunciado sem o título. Não era um deslize que Nobunaga cometeria acidentalmente.

— Acredito que você e sua família se sentiram seguros aqui. É meu desejo que todos os que estão sob meu domínio se sintam assim.

— E em breve tudo estará sob seu domínio.

As palavras foram de felicitações, mas a interrupção foi notada. Nobunaga ficou em silêncio por um momento.

— Sim, em breve o Japão estará em paz.

— Como minha província natal, Tanba, está em paz.

A última palavra foi dita com veneno, e os comentários de Hideharu geraram sussurros, rapidamente silenciados. Os pelos de minha nuca se arrepiaram. Um desafio havia sido lançado, no tom, se não nas palavras. A conversa só poderia piorar a partir daquele ponto, e a única questão era até onde iria. Nobunaga não poderia recuar, e eu sabia que ele não teria qualquer desejo de fazê-lo.

— As pessoas no Castelo Yakami não estão alimentadas esta noite? O destino delas teria sido muito pior se o seu senhor não tivesse sido sábio o suficiente para se render.

Akechi se mexeu visivelmente, uma transgressão inequívoca entre os samurais, que deveriam se ajoelhar silenciosamente ao longo das paredes durante essas audiências, e lembrei-me de que ele havia entregado sua mãe ao clã Hatano como garantia da segurança de Hideharu. A mãe de Akechi estaria no Castelo Yakami agora, cercada por inimigos da mesma forma que Hideharu estava cercado por eles aqui em Azuchi.

As palavras de Nobunaga haviam atingido um nervo, e percebi que ele estava saboreando o confronto. Ele andou de um lado para o outro, enquanto Hideharu ficou imóvel. Meus instintos gritavam para que eu acabasse com aquilo, mas não havia como intervir sem trazer extrema desonra para mim mesmo e também para Nobunaga.

— Um governante sábio entende quando é derrotado. Agora seremos governados por meu senhor Nobunaga — disse Hideharu.

Alguns arquejos foram ouvidos. Nobunaga parou, subitamente irritado.

— Já fui criticado por permitir que as pessoas falem com muita liberdade. Talvez eu deva levar essa crítica a sério.

— Minhas desculpas, meu senhor. Não foi minha intenção desrespeitá-lo. Eu assisti sua ascensão, assim como todo o Japão. Você percorreu um longo caminho desde o fedelho cujo comportamento trouxe desonra ao seu clã e vergonha ao seu pai. Agora todo o Japão se curva ao Louco de Owari.

Fiquei em pé, mas devagar demais, com os pés dormentes e desajeitados embaixo de mim. Nobunaga deu dois passos graciosos e ergueu uma *naginata* de uma prateleira encostada na parede. Vi Akechi se levantar também, e depois Ranmaru, mais lento para reagir. Mas, embora eu houvesse sido mais rápido, não fui rápido o suficiente. Nobunaga girou a longa haste da *naginata* uma vez entre os dedos, e em seguida atravessou a lâmina pelo pescoço de Hatano Hideharu. Hideharu não se moveu até que o sangue jorrou de seu pescoço e ele o agarrou, involuntariamente.

Ele parecia ter esperado a reação de Nobunaga, e a aceitou.

Akechi, horrorizado, ficou imóvel.

Nobunaga largou a espada ensanguentada e retirou-se para seus aposentos sem dizer uma palavra. O choque diminuiu, e os criados correram para retirar o corpo e esfregar o tapete. A multidão se dispersou sem saber qual era o protocolo adequado.

De manhã, procurei Padre Valignano, mas ele havia ido embora. Tive a sensação de que algo estava em movimento; algo que eu não conseguia enxergar e não conseguiria parar.

30

A garça se ergueu do pântano com o pequeno peixe prateado contorcendo-se em seu bico, refletindo luz solar em todas as direções enquanto lutava. A garça abriu bem as asas e voou com elegância contra o céu da primavera. Nobunaga ergueu ligeiramente o antebraço, e o falcão cinza-manchado que ali repousava irrompeu para cima. O falcão bateu as asas duas vezes, recolheu-as e disparou em direção ao alvo.

As garras do falcão rasgaram a asa estendida da garça, e ela caiu, se inclinou e se recuperou. O falcão deu a volta e mergulhou. Atingiu o longo pescoço da garça com o bico e agarrou-se a ele. A garça gritou. O peixe caiu de sua boca, girando e brilhando como uma pequena estrela caindo na terra. A garça se contorceu e atacou com suas pernas estranhamente articuladas, mas não conseguiu alcançar o falcão.

Ela se inclinou, subiu e afastou o falcão, mas já estava muito enfraquecida. O falcão atingiu o pescoço dela novamente, desta vez com mais violência. O pescoço da garça se enrolou em torno do bico do falcão, suas longas asas se dobraram, e a ela cedeu e caiu, flácida, do azul-claro do céu.

Nobunaga deu um suspiro de satisfação.

— Antigamente, um falcão assim podia ser treinado para abater pombos mensageiros no ar, evitando que os inimigos se comunicassem rapidamente com seus aliados. Em algumas batalhas, um único falcão bem treinado poderia ser tão valioso quanto vinte homens.

O falcão retornou e pousou com suavidade na luva de camurça de Nobunaga. O adestrador de falcões avançou para prender os piós às pernas da ave e, depois, recompensou o falcão com um pedaço de carne de pato.

— Acho que os jesuítas estão planejando alguma coisa — falei.

Nobunaga continuou a sorrir, satisfeito com seu novo falcão. No céu, ele havia sido majestoso, mas em seu pulso, parecia bastante comum. A ave tinha uma barriga branca e macia, asas cinzentas espectrais salpicadas de círculos pretos esmaecidos. Era um de dois raros falcões coreanos que ele recebera de presente de um senhor da região como forma de reconhecimento por sua ascensão iminente.

— Eu ficaria muito surpreso se não estivessem — respondeu ele com indiferença.

O condutor começou a desafivelar a manga de camurça do braço de Nobunaga, enquanto o falcão esperava, quase imóvel.

— Trabalho com os jesuítas há anos. Muitos deles são sacerdotes inofensivos e verdadeiros homens de fé. Mas outros estão longe disso. Alguns são soldados, criminosos, assassinos, aos quais foi oferecida a escolha entre a execução e a salvação. Há homens perigosos entre eles.

Livre da luva e do falcão, Nobunaga balançou o braço. Ele aceitou outro pedaço de carne de pato do treinador para que pudesse alimentar, ele mesmo, o falcão.

— O falcão deve aprender a diferença entre seu treinador e seu mestre. Venha, vamos buscar nossa garça.

Caminhamos ao redor do pântano, nossas botas chapinando na lama. Haveria homens posicionados nas proximidades, mas não perto o suficiente.

— Se me permite, meu senhor, talvez você tenha ficado muito confortável.

Nobunaga de repente virou a cabeça para mim. Embora ele sempre tenha gostado de conversar livremente em particular, por um momento fiquei preocupado por ter ido longe demais.

— Não estou desatento ao perigo — respondeu. — Às ambições dos Jesuítas. Às maquinações da Corte Imperial. Aos senhores derrotados que são excessivamente extravagantes tanto em seus presentes quanto em seus elogios e aos grupos de rebeldes e dissidentes espalhados pelas províncias. Não sou imprudente ou tolo, Yasuke, mas também não vou me esconder atrás de um exército a cada passo.

Encontramos a garça em uma clareira. Uma asa estava dobrada sob o corpo, a outra, bem estendida. Seu pescoço estava esticado como uma grande cobra. Havia dois cortes nítidos, e o sangue manchava o branco perfeito das penas da ave. Uma perna se contraía em intervalos irregulares, e os olhos da garça rolavam nas órbitas, percorrendo a extensão do céu de onde havia caído. Nobunaga tirou uma adaga do cinto e abriu mais a garganta do pássaro, acelerando sua morte.

— Quando a ambição de alguém é grandiosa, assim também serão os obstáculos em seu caminho. Seus inimigos. Homens que não se consideram dignos de confiança nunca serão leais. É um risco, mas é necessário.

O adestrador deu um passo à frente, carregando uma toalha. Nobunaga limpou a adaga e as mãos.

— Entendeu?

Nobunaga me olhou, e percebi que aquilo era uma lição. Os boatos de minha promoção deviam ser verdadeiros. Nobunaga pretendia me dar terras, para que eu liderasse pessoas e fizesse isso com competência. Aquiesci.

— O que vai acontecer com a mãe de Akechi? A segurança dela será negociada?

O adestrador começou a limpar e embrulhar o corpo da garça. Nobunaga se agachou, examinando o chão onde a ave havia caído.

— Akechi sempre foi leal. Ele entende como as coisas são, a natureza da guerra.

Se Nobunaga pretendia dizer mais alguma coisa, foi interrompido. Ouvi passos se aproximando, o farfalhar da grama comprida e o som de botas se desprendendo da lama que cobria a trilha. Três guardas surgiram e fizeram reverência.

— Meu senhor, um cavaleiro chegou com notícias da campanha ocidental.

NOBUNAGA NÃO SE DEU AO trabalho de trocar de roupa, então também não troquei. Eu havia tirado as botas na escadaria do castelo e calçado um par de sandálias, as meias ainda úmidas do pântano. Quando o mensageiro foi trazido, Ranmaru e meia dúzia de pajens estavam reunidos em uma pequena sala lateral no terceiro andar do castelo.

Ele se curvou, tocando a cabeça no chão, depois se levantou e falou rapidamente.

— As forças comandadas por Toyotomi permanecem em posição de cerco ao redor do Castelo Takamatsu. A posição é segura, mas Toyotomi permitiu a passagem de alguns mensageiros, fazendo-os acreditar que haviam encontrado falhas em nossas linhas. Os Mori convocaram seus vassalos e estão marchando até onde Toyotomi está. Toyotomi pede humildemente o apoio de meu senhor.

— Diga a ele que ele receberá. Coma. Descanse, se precisar. Pegue um novo cavalo com o chefe da estrebaria. Mas vá assim que puder e leve minha mensagem.

O mensageiro curvou-se novamente e saiu da sala.

— Vamos para Takamatsu? — perguntou Ranmaru.

Nobunaga ficou em silêncio, saboreando o que reconheceu como o limiar da vitória. Toyotomi foi enviado para o oeste não para conquistar, mas para provocar. Se os Mori estavam finalmente se envolvendo e enviando suas tropas principais à frente, então uma vitória para nós seria decisiva. Apenas algumas ilhas e províncias menores não estariam nas mãos do clã Oda, nenhuma que representasse qualquer desafio real.

— Todos vão marchar para Takamatsu — falou. — Envie a mensagem, reúna os exércitos. As forças de Akechi marcharão imediatamente para proteger a lateral de Toyotomi. As forças de Tokugawa terão uma longa marcha pela frente e servirão como nosso reforço.

— E nós? — perguntei.

Nobunaga fez uma pausa.

— Devemos cavalgar para Honnō-ji. A Corte Imperial esperou o suficiente pela minha resposta e não permanecerá paciente para sempre. Aceitarei o título deles. Nossos homens marcharão para Takamatsu sem nós. Levarei cem homens comigo para Quioto. Conseguiremos nos mover rapidamente e nos encontraremos com Toyotomi e Akechi antes do início da batalha.

Abri a boca para questionar a sensatez de cavalgar até Quioto com cem homens, mas engoli minha objeção. Nobunaga olhou para mim e assentiu, como se tivesse lido minha mente e minha subsequente mudança de ideia. Tudo estava definido. Nobunaga havia apresentado suas ordens.

— Encaminhe as ordens para Akechi e Tokugawa. Selecione nossos homens e prepare as coisas. Envie uma mensagem ao imperador para que ele saiba que busco uma audiência com a corte. Providencie a preparação do templo. Partiremos para Honnō-ji pela manhã.

31

Meus servos prepararam comida para a jornada, poliram minha armadura até que estivesse preta reluzente, escovaram e deram água ao meu cavalo. Uma batalha contra os Mori poderia levar dias ou meses, e eles cuidariam de minha casa e do pequeno jardim enquanto eu estivesse longe. Eles se curvaram na entrada estreita, deixando a cabeça baixa até que eu levasse o cavalo na direção do portão do castelo.

Imaginei o que meus pais pensariam se pudessem me ver ali, naquele lugar. Um samurai e um homem respeitado, com servos e uma casa, mas alguém que havia sido forçado a fazer coisas terríveis ao longo do caminho. Será que estariam orgulhosos ou envergonhados? Imaginei a sombra deles se fundindo contra o sol da manhã enquanto encostavam as testas e se despediam um do outro sem saber que seria pela última vez. Imaginei meu pai como o velho escravo que falava a língua Lomwé o tinha imaginado, colocando a mão sobre o ombro de todo jovem que encontrasse, a cada vez com a esperança de que o rosto que virasse fosse o meu.

Afastei esses pensamentos e, ao passar pelo portão, deixei que as rédeas ficassem soltas em minhas mãos. Alguns dos servos de Nobunaga haviam ido na frente para preparar, enquanto outros cavalgavam conosco, aumentando as linhas dos cem guerreiros para um número cinquenta por cento maior. Procurei Tomiko entre os criados, mas não a vi. Torcia para que ela estivesse entre os que ficaram para trás em Azuchi, em vez de marchar conosco primeiro para Honnō-ji e, depois, para o oeste, para guerrear com seu clã ancestral.

Nós serpenteamos pelas ruas de Quioto, passando por lojas, carroças de mercadores e boticários. Os homens ainda olhavam para minha pele escura e minha estatura imponente com os mesmos olhos arregalados de minha última marcha por Quioto, mas agora eu cavalgava ao lado de Oda Nobunaga, e não com os padres estrangeiros, e ninguém ousava me encarar por muito tempo ou se aproximar.

A igreja jesuíta estava iluminada com velas, aparentemente movimentada, apesar de terem feito a transição quase completa para a nova igreja em Azuchi. O portão do edifício havia sido reforçado em algum momento nos últimos quinze meses, e me perguntei se isso se devia à multidão desenfreada que havia celebrado minha chegada, ou se eles estavam tomando precauções contra alguma outra ameaça.

O portão de Honnō-ji ficava a poucos quarteirões da igreja. Eu não conseguia acreditar que fazia apenas quinze meses desde a última vez em que estivera ali. Senti meu peito e minha garganta apertarem. Tanta coisa havia acontecido! Tanto havia mudado! A última vez que passei por esses portões foi a pé, com soldados Oda atrás de mim prontos para me esfaquear se eu lhes desse motivo para isso. Agora eu passava pelo mesmo portão a cavalo, com alguns daqueles mesmos soldados Oda atrás de mim, só que agora eles lutariam para defender minha vida com as suas próprias, como eu faria por eles. Primeiro cheguei como prisioneiro e escravo. Agora voltava como um homem livre, um samurai e um servidor juramentado do homem mais poderoso do Japão.

Desmontei e passei as rédeas para um cavalariço. O salão principal, para onde fui levado naquela primeira vez, estava fervilhando de atividade enquanto os criados que chegaram mais cedo davam os retoques finais nos preparativos da refeição. Nobunaga era esperado para uma cerimônia do chá com o príncipe herdeiro e alguns outros membros do alto escalão da corte, mas, de qualquer modo, uma refeição extravagante havia sido preparada, para o caso de uma mudança de planos.

— Você vai comer? — perguntou Ranmaru.

— Tenho comida que me foi preparada para a viagem. Acho que vou descansar.

Ranmaru convocou um carregador e entrou no salão principal. O carregador pegou minha pequena bagagem, e eu o segui até meus aposentos, levando eu mesmo a armadura. Depois de uma breve refeição sozinho, visitei os banhos.

Deslizei a porta de painéis e fui envolto em vapor. A princípio, consegui distinguir apenas formas, mas à medida que meus olhos se acostumaram, pude ver que já havia cerca de meia dúzia de soldados nas piscinas, e três vezes essa quantidade de servas dando banho neles ou esperando para serem chamadas. Tirei minha túnica e entrei lentamente nas águas.

Duas servas vieram até mim de imediato, vestindo quimonos floridos completos e com o rosto pintado de branco. Tive um vislumbre de minha mãe sentada em uma fileira de mulheres, todas com o rosto pintado de branco, com zinco transformado em pasta, preparando seus tambores.

Tantas lembranças de casa naquele lugar tão distante do que deveria ter sido meu lar! As tradições de rostos pintados e máscaras esculpidas, além da música e da dança. As crenças de que podemos ser guiados pelos espíritos de nossos ancestrais. Até as lendas, que falavam de montanhas sagradas e deuses que lutaram pela terra. Todas essas coisas me faziam pensar se talvez os homens não fossem iguais em todos os lugares.

Inclinei minha cabeça para trás. As servas esfregaram minhas costas, meus ombros e meu peito, maravilhadas com a cor de minha pele e o tamanho de meu corpo. O toque delas foi muito mais gentil do que quando Nobunaga tentou limpar o preto da minha pele no salão principal do templo em nosso primeiro encontro, mas não menos exploratório e curioso em sua natureza.

Deixei que o vapor e o toque das servas me consumisse. Fechei os olhos e lembrei-me do canto e da dança de minha aldeia, tanto quanto pude.

Elas me enxugaram com uma toalha, e eu me vesti, limpo e relaxado. Saí do banho, mas ainda não estava pronto para dormir e vaguei pelo complexo. O pátio estava barulhento com os sons dos homens na véspera da guerra. Saquê, música e fanfarrice para fortalecer o espírito dos soldados.

Nobunaga entrou no pátio, voltando de sua cerimônia, e me viu.

— Você gostou dos banhos?

— Eu estava pensando na primeira vez em que fui trazido até você. Você tentou remover minha pele com uma escova.

Nobunaga riu com vontade.

— Sim, pensei que tudo fosse um truque. Eu realmente nunca havia visto alguém como você. Venha, caminhe comigo.

— Você esteve ausente por horas.

— Ah, a cerimônia foi muito mais elaborada do que o simples chá que tomamos juntos. Admito que sou apenas um novato nos métodos da cerimônia do chá. Tenho muito mais para aprender.

— Parece haver muita história por trás disso. E também é assim para todas as coisas por aqui.

— Você ainda estranha nossos hábitos?

— Não. Sinto-me confortável aqui e agradeço a você por isso. É só que parece que há muito para aprender. História, cultura e etiqueta. Em alguns aspectos, sinto que faço parte, em outros, temo que nunca farei.

— Você gostaria?

— De que, meu senhor?

— De fazer parte.

Nobunaga parou e se virou para me olhar. O sol estava se pondo, pintando o topo do portão e os telhados em tons arroxeados e lançando longas sombras no pátio.

— Sim. Eu gostaria de me encaixar aqui.

Nobunaga sorriu, deu-me um tapinha no ombro e continuou a andar.

— Acredito que os homens fazem por merecer. Há muitos japoneses, mesmo de sangue nobre, que eu não aceitaria como limpadores de latrinas. E há homens como você, que não nasceram neste mundo, que tenho a honra de ter ao meu lado.

Eu queria agradecê-lo, mas não confiava nas minhas palavras.

— Eu costumava me arrepender da tolice da minha juventude — continuou ele. — Mas sua juventude não lhe deu a oportunidade de ser tolo. E isso se aplica a muitos outros sob meu comando. Passei a reconhecer o quanto eu sou afortunado por ter desperdiçado dádivas e ainda ser recompensado, enquanto outros têm um caminho tão estreito a trilhar. Essa é a lição que Masahide deu a vida para me ensinar, e é uma lição que não menosprezarei novamente. O Japão em breve estará unificado. Precisarei de homens como você ao meu lado para me lembrar de governar bem.

Agarrei minha espada e inclinei minha cabeça.

— Estou a seu serviço, meu senhor. Agora e sempre.

— E fico contente com isso — afirmou Nobunaga. — Com seu serviço, você trouxe honra ao clã. Você pode não ter nascido aqui, Yasuke, mas faz parte. Você é um homem de Oda. Espero que você nunca tenha sentido o contrário.

32

Acordei com o som do golpe suave de uma flecha cravando na madeira. Afastei os lençóis e peguei minha katana. Os outros três homens com quem eu dividia o alojamento ainda dormiam. Deslizei o painel da porta e saí para o corredor. Tudo estava quieto, ninguém parecia ter ouvido nada ou havia acordado.

Caminhei rapidamente, mas em silêncio, até o alpendre da área dos alojamentos. Minha espada estava embainhada, mas à mão. De onde eu estava, não conseguia ver os aposentos dos guardas nem o portão. Estava a ponto de sair do alpendre para realizar uma inspeção rápida, quando ouvi o assobio de outra flecha, seguido pelo som da batida que ela fez ao atingir seu destino.

Ela havia sido lançada nos estábulos, onde sabia-se que os cavalariços geralmente trabalhavam à noite preparando os cavalos para o dia seguinte. Eu estreitei os olhos na direção da origem da flecha. A princípio, não consegui enxergar nada na escuridão, mas então outra flecha foi lançada. E mais uma. Os cavalos relincharam e empinaram nas baias.

Meu instinto dizia para atacar, mas minha responsabilidade era com Nobunaga. Hesitei por um momento, pensando em voltar para colocar a armadura, mas não tinha ideia de como estava a situação e não queria perder tempo. Os cavalariços saíram dos estábulos para atacar um inimigo invisível, armados apenas com alicates e ferramentas de ferrageamento. Desejei silenciosamente que tivessem uma boa morte e corri para os aposentos de Nobunaga.

Um gongo soou, sinalizando um alerta geral, e eu sabia que alguém provavelmente havia dado a vida para tocá-lo. Quando cheguei nos aposentos de Nobunaga, os homens estavam levantando, tropeçando para fora de seus quartos, as cabeças enevoadas pelo sono e pelo saquê, confusos, mas despertando rapidamente. O quarto de Nobunaga estava vazio. Peguei a *naginata* de haste longa da estante e prossegui pelo corredor.

Nobunaga estava em pé no jardim particular que ficava atrás de seu quarto. Ranmaru já o havia alcançado, e ambos tinham arcos nas mãos e aljavas com flechas sobre os ombros.

— O que é? — perguntou.

— Não sei.

— Iga? — sugeriu Ranmaru, mas Nobunaga rejeitou a ideia.

— Se Iga tivesse enviado homens, eles estariam em cima de nós antes que acordássemos. — Ele se virou para me olhar. — Estão dentro do complexo?

— Acredito que sim. Tomaram os estábulos. Isso é tudo que eu sei.

— Então não vamos conseguir enviar mensageiros.

Alguns outros samurais Oda vieram pelo corredor, acompanhados por Ogura e Jingorou, e se reuniram ao redor de seu senhor. Ranmaru apontou para um dos soldados recém-chegados.

— Vá para o telhado.

Ele aquiesceu e desapareceu.

O pátio principal ganhou vida com o som de tambores, de aço contra aço, de homens gritando e morrendo. Qualquer esperança de que aquilo fosse uma luta de bêbados que havia ido longe demais foi extinta. Estávamos sob ataque. Ranmaru se virou para Nobunaga.

— Eles sabiam que os cavalariços estariam acordados. Provavelmente sabem onde você está. Concentrarão o ataque aqui. Se nos movermos, conseguiremos ganhar tempo.

— Eles já estão no pátio — argumentei. — Sair daqui é perigoso. Sim, eles vão concentrar seu ataque nesta área, mas nossos homens concentrarão sua defesa aqui também. Devemos esperar atrás da linha de defesa deles.

Os dois homens balançaram a cabeça, concordando.

O soldado que havia subido ao telhado voltou ao pátio, visivelmente abalado.

— Há estandartes — gaguejou ele.

— De quem?

— Os estandartes têm a campânula de cinco pétalas. São homens de Akechi. Há milhares deles do lado de fora.

— Os homens de Akechi receberam ordens para marchar para oeste — declarou Ranmaru, incrédulo.

— Quantos estão do lado de dentro?

A pergunta de Nobunaga foi instantânea, sem choque, raiva ou emoção de qualquer tipo pela notícia da traição de Akechi, e eu o admirei por isso. Éramos cem homens, mais cinquenta, se incluídos os servos, em menor número, assim como Takeda Katsuyori estivera em Tenmokuzan, mas Nobunaga não mostrou nenhum sinal de medo. O soldado balançou a cabeça e não conseguiu proferir uma resposta. Uma flecha atravessou a parede de tela e passou assobiando por nós antes de cravar na cerca dos fundos do jardim, atirada a esmo na esperança de atingir algo que não fosse papel ou madeira.

— O que está feito não tem volta — disse Nobunaga. Ele preparou uma flecha e retornou ao edifício. Nós o seguimos.

Uma dúzia de soldados de Akechi já estava no complexo. Nobunaga atirou uma flecha, então, encaixou outra e atirou, seus movimentos tranquilos e rápidos de uma forma quase desumana. Os primeiros dois corpos caíram no chão, impedindo o progresso dos que estavam atrás. Nós avançamos, derrubando-os com facilidade no espaço estreito.

No pátio, podíamos ouvir o estouro das espingardas, primeiro esporadicamente, depois em uma saraivada ritmada à medida que os soldados que estavam lá fora se recompunham e se organizavam melhor, dominados pelas horas, dias e meses de treinamento. Os sons dos duelos de espadas e os gritos dos homens cessaram, indicando que a onda inicial havia sido repelida.

— Vistam as armaduras — ordenou Nobunaga. — Peguem todas as armas que puderem. A trégua não vai durar muito.

O guarda noturno de Nobunaga, que já estava vestido para a batalha, ficou para trás enquanto o resto de nós corria para os respectivos aposentos para se preparar. Retornamos com aljavas de flechas, arcos, lanças e *naginatas*. Ajudamos uns aos outros com os fechos e laços ao vestir nossas armaduras.

— Akechi que fique ao alcance do meu arco, e vou colocar uma flecha dentro daquele olho traiçoeiro — esbravejou Ranmaru.

Pensei em Valignano saindo dos aposentos de Hatano Hideraru em Azuchi e em Hideraru provocando Nobunaga antes de ser abatido.

— Os Hatano. Eles devem ter ouvido sobre a morte de Hideraru e executado a mãe de Akechi.

— Ele sabia desse risco quando a trocou por eles — comentou Ranmaru com desdém.

— Bem, então vamos garantir que o nome dele só seja lembrado com desprezo.

Nós nos juntamos a Nobunaga no terraço da frente, onde ele estava gritando ordens sobre linhas e formações. Ogura e Jingorou pegaram vasos, cadeiras e tudo que conseguiram encontrar para bloquear o topo das escadas. Aljavas de flechas estavam alinhadas na parede dos fundos do terraço, a uma curta distância. Havia talvez cinco dúzias de soldados Oda no pátio e outros doze no terraço protegendo Nobunaga, mas os homens que haviam sido selecionados para marchar para Honnō-ji eram os melhores do clã. Se fôssemos derrotados aquela noite, não o seríamos facilmente.

Ouviu-se um grito, e outra onda dos homens de Akechi avançou pelo portão e, então, espalharam-se, o que foi um erro. Uma coluna estreita poderia ter perfurado nossas linhas, mas espalhados, eles se tornaram alvos fáceis para os arcabuzes Oda.

Depois de algumas saraivadas, o chão tremeu com a força de uma explosão. Na parte mais distante do complexo, uma fumaça escura subiu ao céu.

— Foi uma distração. Eles tomaram o arsenal.

A realidade começou a se instalar. As armas eram nosso grande nivelador, mas não haveria mais munição quando os homens gastassem o que traziam consigo. Seríamos menos de cem enfrentando milhares.

— Tokugawa ainda estará reunindo suas tropas. Os homens de Toyotomi estão em conflito com os Mori, e ainda que fiquem sabendo e interrompam o que estão fazendo, estão a pelo menos um dia de distância, talvez dois.

— Defendam nosso senhor! — clamou um soldado.

Os homens que estavam no pátio atiraram até que não houvesse mais nada para atirar, então sacaram suas espadas e se reorganizaram no espaço abaixo de nós, na base das escadas. O sol havia começado a se levantar, trazendo um suave tom acinzentado ao céu. E conforme a fumaça dos tiros se dissipava, tivemos o primeiro vislumbre do inimigo.

Eles avançavam como besouros, suas carapaças marrons e cinza com manchas ocasionais em amarelo e vermelho, seus rostos escondidos atrás das máscaras e dos elmos. Os homens colidiam uns com os outros e se misturavam, as tropas encouraçadas de Akechi cercando os soldados Oda, que em grande parte ainda vestiam suas roupas de dormir.

O pequeno grupo de arqueiros na varanda lançava flechas sobre os invasores, concentrando-se na linha de frente na esperança de retardar o progresso da força principal ao colocar os corpos de seus próprios mortos no caminho. Nobunaga e Ranmaru, treinados no arco desde que nasceram, encaixavam, puxavam e soltavam as flechas em um único movimento rítmico, repetido continuamente exatamente da mesma maneira.

A corda do arco de Nobunaga quebrou, e eu entreguei a ele a *naginata*. As aljavas já eram poucas, e os soldados Akechi haviam aberto uma brecha que quase chegava à base da escadaria.

— Para o topo da escada — ordenou Nobunaga. — Preparem-se para bloquear.

Os homens se reuniram no topo da escada. Contei vinte e dois de nós. No pátio, abaixo, os Akechi eram incontáveis, e havia mais deles esperando além do portão, caso fosse necessário. Ranmaru pareceu pressentir meus pensamentos.

— Você teria sido um velho feio, de qualquer forma.

Eu sorri de volta para ele.

— Mesmo com a morte batendo à nossa porta, você tem inveja de mim. Você deve ter sido o homem mais bonito do Japão antes de eu chegar.

Sorrimos com tristeza, seguramos nossas armas e esperamos.

Os primeiros homens que conseguiram ultrapassar o bloqueio na base da escada foram derrubados impiedosamente pelas nossas flechas, mas eles continuaram a avançar, por trás e por cima deles próprios. Eu tinha o maior alcance e perfurei com minha lança o primeiro homem a chegar ao topo, um soldado que avançava descontroladamente, atravessando-o no estômago, levantando-o e jogando-o na massa de corpos abaixo. Mas isso não impediu o próximo grupo de subir, ou quem veio depois.

Abaixo de nós, ainda havia grupos de homens Oda engajados na luta, mas haviam sido separados e subjugados. Nas escadas, mantínhamos nossa posição e afastávamos os Akechi. Atrás dos obstáculos que Ogura e Jingorou haviam espalhado, nos alinhamos em duas fileiras: a primeira, para bloquear o topo da escada; a segunda, para matar qualquer homem que conseguisse passar, bem como para preencher rapidamente qualquer buraco na primeira fileira.

Fiquei ombro a ombro com Nobunaga e Ranmaru na linha de frente. Derrubamos os homens que atacavam e depois chutamos seus corpos escada abaixo, na esperança de fazer os homens que estavam embaixo tropeçarem. Perdi minha katana na barriga de um soldado Akechi e tirei outra de um dos corpos aos meus pés para continuar a lutar.

À minha esquerda, senti o corpo de Nobunaga ceder. Dei uma olhada rápida e vi que ele havia sido atingido e tinha uma flecha profundamente cravada em sua perna. Ele não diminuiu a velocidade em nenhum momento, sua *naginata* entrando e saindo da tempestade de corpos com uma graça sobrenatural, mas o sangue escorrendo por sua perna logo o enfraqueceria. Chamei os homens atrás de mim.

— Nosso senhor foi atingido, levem-no para seus aposentos.

Nobunaga abriu a boca para revogar a ordem, mas não o fez. Ele foi rapidamente levado, e outro homem se adiantou para ocupar seu lugar. Era uma guerra por alguns metros de território, os cerca de vinte degraus entre o pátio e a varanda. Mantivemos nossa posição o melhor que pudemos, durante o tempo que pudemos, mas os números deles eram muito grandes.

— Recuem para o corredor — ordenou Ranmaru.

Saímos do alpendre e entramos no corredor da frente, cortando e retalhando enquanto nos movíamos. Os homens Akechi reuniram-se na varanda e pararam. O corredor estreito reduziria a vantagem de sua quantidade. Eles ainda acabariam nos subjugando, mas a um grande custo, e nenhum soldado estava ansioso em pagar por isso. Eles nos observaram pela porta aberta enquanto relaxávamos os ombros por um momento, ensinando nossos corpos a respirar novamente.

A manhã já havia chegado e a névoa matinal pairava ao redor dos pés dos homens Akechi que estavam do lado de fora. Vi que Jingorou também havia sido ferido e sangrava muito na altura do quadril.

— Cães traidores! — gritou Ranmaru. — Vou arrancar mil cabeças hoje. As mãos dos servos que as preparam sangrarão pela quantidade de trabalho e eles amaldiçoarão o meu nome por lhes trazer tantos mortos. A última cabeça que levarei será a de Akechi Mitsuhide. Vocês sabem tão bem quanto eu que os alojamentos dos guardas de Azuchi se enchem de risadas com a menção do nome dele. Vocês traem seu senhor para seguir um velho covarde e ignorante. Deixem Akechi se apresentar e eu lhes mostrarei como ele se posiciona ao ser confrontado por um verdadeiro homem de Oda.

Fiquei atrás de Ranmaru, e minha cabeça estava visível para os homens de Akechi, acima da dele. Eu sabia que apenas alguns deles já haviam me visto antes e que muitos me temiam como um demônio. Endireitei a coluna, permitindo que minha cabeça encostasse na viga transversal de madeira e que meus ombros preenchessem a largura do corredor. Meu rosto estava acima do nível das lanternas e envolto na escuridão.

— Meu amigo está sendo muito gentil com vocês. Ele lhes oferece mortes honrosas, mas eu não. Eu digo que hoje vocês abandonaram sua honra, voltando-se contra seu senhor. Não vou arrancar suas cabeças, não de cara. Primeiro vou tirar seus polegares. Então cortarei o narizes e os lábios de seus rostos. Vou arrancar os olhos de seus crânios. Vocês não serão homenageados ao serem exibidos diante do senhor Nobunaga. Deixarei seus corpos no pátio para que apodreçam ao sol e sejam bicados pelos corvos. Deixarei suas cabeças sem identificação e sem nenhuma chance de serem identificadas depois.

Os poucos homens Akechi que podíamos ver empalideceram. Eu vi os ombros de Ranmaru estremecerem e sabia que ele estava reprimindo o riso.

— Então você sabe contar vantagem — disse ele, sem virar a cabeça.

Coloquei minha mão em seu ombro e me aproximei de seu ouvido.

— Sim, e não esqueci que você me chamou de matador de porcos. Para sua sorte, outros são mais merecedores da minha raiva agora, mas quando terminarmos de eliminar esses traidores, ainda poderei testar sua espada contra a minha.

— Seria uma verdadeira honra. Eu lutaria com você como um irmão. E eu venceria.

Não consegui ver seu rosto, mas pude ouvir o sorriso em sua voz. Atrás de nós, os outros soldados Oda continuaram lançando provocações e insultos aos homens na varanda. Os Akechi se mexiam, agitados, entreolhando-se com incerteza. Ouvi uma voz rouca surgir atrás deles. Eles se separaram, e Hidemitsu entrou no corredor, as sombras em seu rosto exagerando o desvio para a direita de seu nariz quebrado.

— O que é isso? O tigre de estimação de Nobunaga esticou a cabeça para fora da gaiola para rugir para nós?

Apesar das sombras, eu podia ver o sorriso malicioso em seu rosto e ouvir as risadas dos homens atrás dele. Eu não tinha mais motivos para controlar minha raiva.

— Zombe o quanto quiser, Hidemitsu, mas bem fundo em suas entranhas você conhece esta verdade: a jaula não protege o tigre do menino. Protege o menino do tigre.

O sorriso malicioso de Hidemitsu se transformou em um olhar sombrio.

— Ouvir você falar nossa língua é um ataque aos meus ouvidos. Ver que carrega uma espada na cintura e aceita honras que não são destinadas a você é um insulto que não preciso mais engolir.

— Entre, então. Se você me acha indigno, prove suas palavras.

Ele olhou ao redor do corredor, e pude ver os cálculos maquinando em sua cabeça. O corredor estreito anularia sua habilidade, sua velocidade e seu trabalho de pés, entregando a vantagem ao meu tamanho, força e alcance. Ele recuou e ordenou que seus homens avançassem.

Houve gritos na varanda, incentivos de coragem, e a primeira onda de homens ergueu as armas e avançou para o corredor.

— Não há homens melhores com quem morrer — sussurrou Ranmaru.

Ouviu-se o som de aço contra aço, mas eles eram soldados de infantaria, e nós éramos samurais. Golpeei os homens com minha espada, meu ombro, meus cotovelos e meus pés. O sangue salpicou as paredes de vermelho e preto, e as colunas de madeira lascaram e racharam com a força dos golpes. Os Akechi recuaram.

Os insultos e provocações recomeçaram. Na porta, o rosto quebrado de Hidemitsu pairava sobre os ombros dos homens que respiravam pesadamente. Ele se virou e agitou os braços para alguém na direção do pátio. Alguns momentos depois, os soldados de infantaria Akechi se afastaram, e seus arqueiros se posicionaram na porta.

— Para os aposentos do nosso senhor — gritou Ranmaru, e nós nos apressamos pelo corredor.

Jingorou estava lento demais para correr devido ao quadril machucado e sabia disso. Ogura pegou seu ombro para arrastá-lo, mas Jingorou o jogou para longe, atirando seu irmão no chão. Virei-me para segurar Jingorou, mas nossos olhos se encontraram por um momento e enxerguei neles uma resolução serena. Em vez disso, agarrei Ogura, levantando-o.

Acenei com a cabeça para Jingorou, mas não houve tempo para transmitir nada significativo. Os arqueiros Akechi lançaram uma saraivada no corredor estreito. Jingorou avançou, abriu os braços, bloqueando o máximo de flechas que pôde para cobrir nossa retirada. Se Ogura gritou, eu não ouvi. Segui os outros pelo corredor em direção aos aposentos de Nobunaga, puxando Ogura, que estava a ponto de sucumbir, e torcendo para que ele tivesse evitado assistir ao sacrifício de seu irmão.

Nobunaga estava no tatame que ocupava o centro de seus aposentos. Um servo havia quebrado a haste da flecha e removido a ponta, e agora estava cuidando do ferimento. Nobunaga observou nossos rostos quando entramos na sala, e entendeu.

— Vá — ele ordenou ao servo. — Reúna todos os outros e saia agora, diga a eles que você está desarmado. Eles não vão deixar você passar, mas se tiverem alguma honra, não vão te machucar.

O servo assentiu e saiu correndo da sala. Olhei em volta para ver quem havíamos perdido. Nosso número havia diminuído para nove homens exaustos, cujos rostos estavam pálidos e ensanguentados.

— Está na hora — declarou Nobunaga.

— Não, meu senhor, nós podemos... — Ranmaru interrompeu a objeção. Ele não tinha respostas para oferecer e cerrou a mandíbula. — Do que você precisa?

— Queime o templo.

— Jingorou... — murmurou Ogura. Ele baixou a cabeça e lamentou, por não mais que um momento, a perda do irmão, recompondo-se em seguida. Ergueu o queixo, com a expressão dura e os olhos ardendo. — Eles estão nos corredores.

— Então vamos removê-los.

Limpei a lâmina que havia tirado de um soldado Akechi morto e me virei para voltar ao corredor.

Os outros se alinharam atrás de mim. Ranmaru reuniu os braseiros acesos e entregou um para cada homem, deixando um para iluminar o quarto de Nobunaga.

— Rápido e com força — afirmou.

Corremos para o corredor com um grito de guerra em nossos lábios. O corpo perfurado de Jingorou estava entre os mortos de ambos os lados, mas ninguém olhou. Os Akechi não estavam preparados para um ataque e recuaram rapidamente para a varanda, esperando que o espaço maior beneficiasse seu maior número.

Empurramos uma dúzia de homens por cima da grade, agitamos nossos braseiros e incendiamos a varanda. Alguns dos soldados Akechi perduraram e lutaram, mas a maioria deles desceu correndo as escadas para se reagrupar. Seus arqueiros se recuperaram rapidamente e enviaram uma saraivada de flechas.

Observei Ranmaru enquanto ele caía, a haste de uma flecha alojada profundamente na lateral de seu pescoço. Retalhei dois homens Akechi que estavam posicionados entre nós e corri até Ranmaru. Ele tentou falar, mas não conseguiu. Eu o levantei e carreguei-o pelo corredor até os aposentos de Nobunaga.

A varanda de madeira e papel pegou fogo rapidamente, e agora havia uma parede de fogo entre nós e os Akechi. Deitei Ranmaru no quarto de Nobunaga e olhei para ele, impotente, enquanto ele gaguejava e se contorcia. Nobunaga colocou a mão em seu peito e Ranmaru se acalmou. Nenhuma palavra foi trocada entre os dois homens e nenhuma foi necessária.

Ouvi o estrondo na varanda e percebi, pelo som, que nenhum homem Oda voltaria. Nobunaga colocou uma mão gentil em meu ombro, e eu me levantei.

Ele havia vestido um manto todo branco, aberto até a cintura. Uma faca curta, com o cabo embrulhado em papel, foi colocada cerimoniosamente sobre o tapete. Sua katana ainda estava na bainha, e ele a ofereceu para mim com as duas mãos.

— É uma honra, para mim, ter você como meu auxiliar — afirmou.

— Meu senhor, eu...

— Por favor. — Ele ergueu a espada, e eu a segurei. Removi meu elmo.

— Eu morrerei ao seu lado, meu senhor.

— Não, Yasuke. Akechi não deve ter minha cabeça nem minha espada. Se ele não tiver nenhum dos dois para exibir, será mais difícil para ele convencer os outros a segui-lo. Preciso que você lute, não que morra. Use minha espada. Dê ao meu corpo tempo para queimar. Você será meu milagre. Meu Vento Divino.

No dia em que me tornei samurai, Ranmaru me contou a história de Tomoe Gozen, personagem da peça Noh, a samurai que recebeu ordens de seu senhor para viver, e não para morrer. Quando perguntei a Ranmaru se ele cometeria *seppuku* pelo Senhor Nobunaga, ele disse que sim, sem hesitação. Quando perguntei se ele viveria, se fosse ordenado, ele não respondeu.

Sufoquei as lágrimas e concordei, assentindo.

— Em nossa primeira viagem para Azuchi, Ranmaru me disse que é uma honra servir, mas que cada um deveria ter a chance de escolher seu próprio mestre. Você é o mestre que eu teria escolhido. Serei eternamente grato. Não vou falhar com você.

Nobunaga segurou meus braços e sorriu para mim, sua expressão pacífica.

— Yasuke, eu nunca fui seu mestre.

Nossos olhos se encontraram por um momento, e então, respirando fundo, ele iniciou sua última tarefa.

Ele se ajoelhou no tapete. Não havia tempo para um poema de morte para rituais. Ele pegou a espada curta e enfiou-a no abdômen. Seu rosto se contorceu, mas ele manteve sua dignidade. Não houve grunhido ou choro. Ele puxou a lâmina para cima e para o lado, com o braço tremendo, e em seguida inclinou-se para a frente.

Desembainhei sua katana e executei o corte, rápido e misericordioso, mas preciso, deixando um pedaço intacto de pele na frente do pescoço para que a cabeça de meu senhor não caísse no chão. Ajoelhei-me ao lado dele. Esvaziei minha mente, me concentrei para não registrar o que meus olhos viam e cortei a pequena tira de pele, sem permitir nenhuma conexão entre meus pensamentos e minhas ações. Lavei a cabeça com óleo, alinhei a expressão de meu senhor para que estivesse pacífica e a enrolei em um pano.

A fumaça escura subia pelo corredor e começava a entrar na sala. Lá fora, eu podia ouvir a voz rouca de Hidemitsu pedindo areia para que eles pudessem apagar o fogo e recuperar a cabeça de Nobunaga. Posicionei-a ao lado de seu corpo. Toquei no pano embrulhado e chorei, mas só por um segundo. Não poderia permitir que eles chegassem a tempo.

Lembrei-me de quando me ajoelhei diante de meu povo, amarrado na fornalha da aldeia, minhas mãos calejadas puxando inutilmente as cordas que as prendiam.

— Não vou deixar que peguem vocês — fiquei repetindo. Eu sabia, mesmo naquela época, que havia pouco que eu pudesse fazer, mas não conseguia parar de falar, passando a mão em seus ombros e rostos. Minhas palavras não surtiram efeito sobre o medo deles, mas continuei falando de qualquer maneira. — Não vou deixar que peguem vocês. Não vou deixar que peguem vocês.

Ajoelhando-me diante do corpo de Nobunaga, fiz a mesma promessa que fiz quando menino ajoelhado diante de meu povo capturado. Uma promessa que um menino não poderia manter, mas que um guerreiro agora poderia.

— Eu não vou deixar que peguem você.

Peguei meu elmo, toquei o chifre de rinoceronte que eu havia esculpido para dançar para Nobunaga e que ele, tão atencioso, havia incluído no modelo de minha armadura. Suas palavras, ao entregá-lo para mim, haviam sido: "Deixe-os ver seu rosto e deixe que fujam dele."

Ranmaru estava deitado no canto da sala, morrendo silenciosamente. O corpo sem cabeça de Nobunaga estava tombado na minha frente.

— O que está feito não tem volta — ele havia dito, poucas horas antes, quando soube da traição de Akechi. Sem arrependimentos e sem ficar imaginando possibilidades. Eu estava pronto para seguir o exemplo dele. Se me foi assinado um destino quando nasci, ele terminou quando fui levado de minha aldeia. Este era o meu novo destino, que estava traçado para mim desde que fui vendido a um mercenário por dois sacos de sal: matar o maior número possível de pessoas. Lutar e resistir enquanto pudesse, para preservar o legado de Oda Nobunaga, meu senhor. Coloquei o elmo.

Corri pelo corredor e sobre a grade da varanda. Pulei através das chamas com a espada de Nobunaga na mão, o sangue do meu senhor ainda pingando dela, e se o medo repentino no rosto dos soldados Akechi fosse meu último prazer neste mundo, era o suficiente.

Lutei com a precisão que aprendi com os samurais e com a raiva que aprendi com os mercenários. Minha mente estava livre, e eu era apenas os movimentos de meu corpo. Imaginei meu pai dançando ao sol, e, como quando estudei sua dança quando criança, tudo ficou mais lento.

Meu pai estalou o pulso para fazer as nozes secas enroladas em seu pulso chacoalharem. Levantei a katana e golpeei primeiro as mãos e depois o peito, derrubando um soldado Akechi no chão. Meu pai pisou com uma perna de pau no chão e depois se inclinou para a frente, balançando os ombros. Executei um corte descendente, perfeitamente posicionado para evitar o elmo, mas pegar o rosto, dando fim a outro. Meu pai levou os dois joelhos ao chão e depois levantou-se com um movimento brusco. Girei e acertei um soldado que se aproximava pela retaguarda na lateral do elmo, com as costas do punho, depois rapidamente passei a espada de Nobunaga em sua garganta. Meu pai recostou-se, projetando o peito e a garganta para o céu. Derrubei um quarto soldado, um quinto, um sexto.

Senti uma lança atingir meu ombro. Agarrei a haste enquanto me virava, arrancando a lança das mãos do soldado que a empunhava, antes de chutá-lo gritando para dentro do fogo. Tirei a lança do ombro, virei-a e enterrei a ponta nas costelas de um soldado que avançava. Envolvi a haste da lança entre o antebraço e o braço e quebrei a haste ao meio. Atirei a ponta quebrada da flecha no soldado mais próximo e, quando ele levantou o braço para se proteger, cortei profundamente sua barriga. Empurrei seu corpo pingando para o lado e continuei em frente.

Três soldados vieram até mim em um ataque coordenado, com as *naginatas* levantadas. Movi a espada de Nobunaga com força suficiente para empurrar as três lanças para o lado, estilhaçando o bastão da primeira, e então acabei com os homens atordoados com três cortes rápidos. Vi Hidemitsu atrás de um aglomerado de homens, a protuberância branca como osso na ponte do nariz visível ao sol da manhã, os olhos arregalados de medo. Tive a satisfação de vê-lo virar-se e fugir. Que vivesse com a vergonha de ter escolhido a própria vida. Eu morreria ali, a serviço do meu senhor. Ele estava certo: não éramos iguais.

Os soldados reuniram-se à minha volta, desorganizados e amedrontados, e eu lhes dei motivos para alimentarem o medo que sentiam. Depois de uma vida inteira lutando por nenhum outro motivo além do cumprimento de ordens recebidas, eu finalmente tinha um motivo para lutar; uma convicção. Retalhei e golpeei e voltei a ser aquele jovem escravo na Índia golpeando todos os meninos que eram postos diante de mim no pátio, sem remorso, sem consideração, sem hesitação, mas não mais sem propósito. Não mais sem escolha.

Empilhei na minha frente os corpos dos Akechi mortos. Suas espadas e flechas atingiram o alvo, mas não me atrasaram. Fechei os olhos contra o suor, a fumaça, o sangue e as lágrimas, e lutei cego. Meus braços estavam cansados demais para empunhar uma espada, minhas pernas, pesadas demais para me mover, mas me forcei a lutar até que as chamas atrás de mim ficassem quentes o suficiente para queimar a pele e os ossos. Imaginei meu pai colocando as mãos e os joelhos na terra, os tambores ficando em silêncio, sua dança concluída, e só então cedi à exaustão de meus membros. Só então sucumbi e caí.

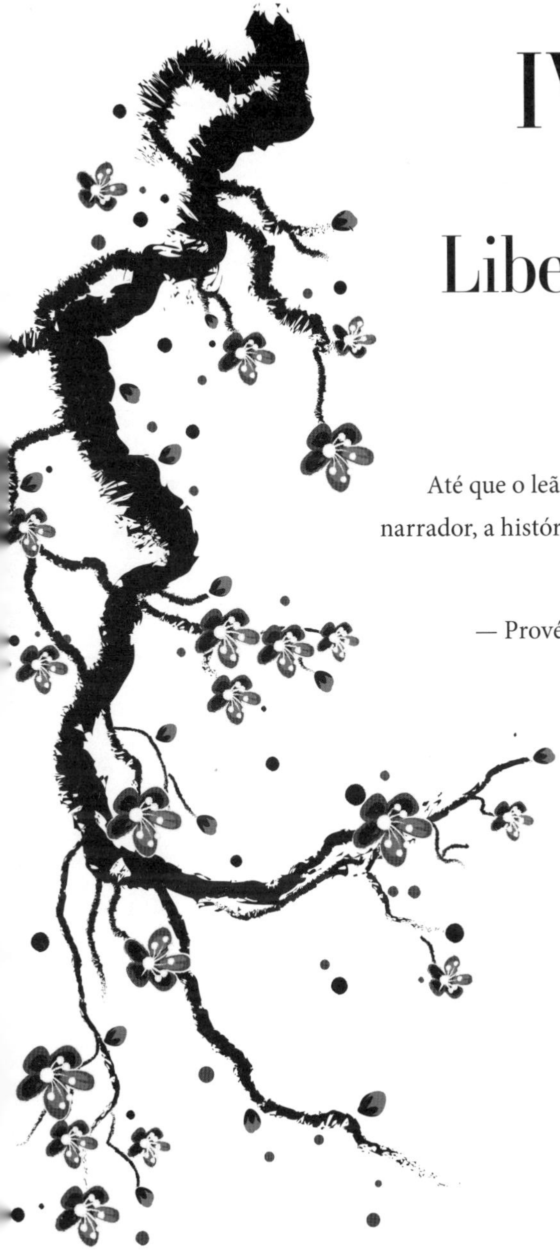

IV

Liberdade

Até que o leão tenha seu próprio narrador, a história exaltará o caçador.

— Provérbio africano

33

Eu estava segurando a mão de minha mãe na longa caminhada até a praia. Ela estava vestida como meu pai contava que as rainhas e princesas das principais cidades africanas se vestiam. Nove argolas de ouro envolviam seu pescoço, entalhados com padrões de videiras. Ela usava um anel de ouro no nariz, e duas correntes de ouro saiam dele e chegavam às orelhas. Seus olhos estavam cobertos com asas de borboleta mergulhadas em prata. Seus cabelos estavam presos em uma trança longa entremeada de orquídeas, que descia pelas costas, e em cima da sua cabeça se equilibrava o crânio de um avestruz, seu pelo curto e cinza penteado delicadamente, o bico projetando-se majestosamente de sua testa, o olho gigante rodeado de diamantes e rubis, a íris preta, brilhante e eterna.

O céu estava limpo, e a lua cheia, iluminando nosso caminho como se fosse dia. Diante de nós, a areia tremia e se elevava, e a praia ganhava vida com os bicos e as barbatanas de minúsculas tartarugas marinhas vendo o mundo pela primeira vez e, ainda assim, sabendo com precisão o trajeto que deveriam seguir.

Elas avançavam pela areia raspando a barriga macia no cascalho, os cascos ainda não enrijecidos em suas costas. Moviam-se como uma só, atraídas pela grande extensão do mar, e uma por uma, elas deslizaram nas ondas suaves e mergulharam abaixo da superfície. Onde pertenciam. Trocando a areia e o céu pelo sal e pela profundidade. Nascidas em um mundo, mas destinadas a outro.

Virei para minha mãe, mas ela havia desaparecido, assim como a areia e o mar, substituídos pela estrada poeirenta que ligava as fazendas à aldeia.

Vislumbrei as costas de minha mãe descendo a colina em direção à cidade, a bainha da saia enrolada em um braço, sua risada, livre e clara, trazida de volta para mim pelo vento. Ao meu redor, estavam os cestos que deixei cair depois que ela e suas amigas os empilharam em meus braços, os inhames quicando, rolando e pousando na terra marrom-avermelhada.

Recolhi os inhames caídos e carreguei os cestos colina abaixo até a aldeia, com o riso da minha mãe ainda ressoando em meus ouvidos. As construções estavam intactas, mas vazias. Nenhuma fumaça ou ruína, mas também nenhuma pessoa, pelo menos que eu pudesse ver. Havia sons de crianças perseguindo umas às outras, seus gritos e passos agitados ecoando pelas ruas, mas não vi nenhum sinal delas.

Coloquei as cestas do lado de fora da porta da frente e balancei os braços, aliviando a dor incômoda que havia se acumulado neles. Fui até o quintal e levantei a tampa da mesa de escultura. Passei os dedos pelas ferramentas, pelas máscaras semiesculpidas, pelos blocos de acácia que ainda não haviam sido tocados. Senti uma mão em meu ombro.

Virei e me deparei com meu pai, já idoso. Seu cabelo estava grisalho e caía em cachos curtos sobre as orelhas. Suas bochechas e testa estavam enrugadas, a mão que me alcançou estava manchada e frágil, e os dedos tremiam levemente quando ele a afastou, mas seus olhos estavam brilhantes, saudáveis e jovens.

— Você me encontrou.

Minha voz falhou, tanto de admiração quanto de tristeza. Ele sorriu, e as rugas em sua bochecha suavizaram. Sua expressão era calma.

— Não — disse ele. — Ainda não.

Acordei com o som dos sinos da igreja e o cheiro de incenso.

Tentei me levantar da pequena cama de madeira em que estava deitado, mas uma dúzia de partes diferentes de meu corpo gritaram em recusa. Gemi e voltei a deitar.

Havia fragmentos de memória. Eu, trazido diante de Akechi, sangrando, espancado, quase inconsciente.

— O africano de Nobunaga — ele cuspiu. Havia soldados ao nosso redor, mas eu não sabia quantos e não conseguia levantar a cabeça para olhar.

— Qualquer homem que se oponha a nós merece a própria morte — declarou Akechi, mais alto do que o necessário, falando mais para os homens que estavam ali reunidos do que para mim. — Mas este não é um dos nossos. Nobunaga insulta a todos ao colocar este homem entre nós.

Vi sangue escorrendo no chão à minha frente. A espada de Nobunaga repousava no meu cinturão, mas meus braços estavam presos, e mesmo que não estivessem, eu não tinha forças para erguê-los. Ouvi as palavras de Akechi em meio a uma névoa, mas o veneno nelas parecia falso. Ele não havia aprovado minha ascensão a samurai, mas na recepção depois de Tenmokuzan, ele havia falado comigo respeitosamente. Aquelas palavras pareceram mais verdadeiras saindo dele do que as que ele proferia agora, mas eu as deixei incontestadas e lutei apenas para permanecer acordado.

— Ele nem é humano, não é digno da morte.

Os soldados celebraram atrás de mim, e em seguida, a mão de Akechi estava no meu queixo, aproximando meu rosto do dele. Sua expressão suavizou, seu olhar assumiu a mesma compleição estoica que tinha em Tenmokuzan, e pude ver em seus olhos que essa raiva era apenas uma demonstração.

— Envie esta fera preta de volta aos jesuítas.

Um pânico repentino tomou conta de mim e me fez sentar na cama. Eu endireitei as costas, apesar da dor, e examinei a sala. Ali, em um dos cantos, estava a espada de Nobunaga. Akechi não a reconheceu como sendo de Nobunaga e não considerou que meu senhor pudesse tê-la dado a mim.

— Calma, calma — disse uma voz conhecida.

Irmão Organtino entrou no quarto sorrindo, como sempre. Virei na direção dele e senti um espasmo em minhas costelas.

— Recoste-se. Por favor.

— Há quanto tempo estou aqui?

— Mais de uma semana, lamento dizer. Algumas de suas feridas infeccionaram bastante. Você despertou algumas vezes, e conseguimos fazer com que bebesse água e comesse um pouco. Mas esta é a primeira vez que vejo em você algo próximo da lucidez. Está com fome?

À menção de comida, meu estômago doeu de vazio. Assenti, e Organtino fez sinal para outro padre no corredor.

— Estamos em Quioto?

— Sim — respondeu lentamente Organtino, decidindo o quanto me contar. — A igreja em Azuchi... não existe mais. Na verdade, nem o próprio castelo de Azuchi.

Engoli em seco e recostei a cabeça, pensando nos criados que ficaram para trás para cuidar de minha pequena casa e de meu jardim. Pensando em Tomiko. Eu não tinha dúvidas de que os guardiões de Azuchi haviam lutado bem, mas Akechi conhecia o castelo muito melhor do que qualquer inimigo. O que quer que tenha acontecido, eu esperava que eles tivessem escapado.

— Conte-me.

— Sim. — Organtino limpou a garganta. — Depois de Honnō-ji, Akechi enviou seus homens pelas ruas de Quioto para eliminar os homens leais a Oda. Houve execuções no terreno do templo, entre as ruínas. Foi tudo muito... difícil. Ele também enviou tropas para Azuchi. O castelo, como você bem sabe, permaneceu apenas com um número simbólico de homens para sua defesa, e Akechi conhece o local tão bem quanto qualquer um. O castelo foi subjugado com rapidez e totalmente queimado.

— Akechi governa agora? — perguntei entredentes, já planejando como chegaria até ele.

— Não. Akechi cometeu um grave erro de cálculo. Os vassalos de Oda não queriam ser manchados pela traição de Akechi. Eles não resistiram, mas também não se juntaram a ele. Eles o deixaram para cair ou vencer sozinho. E ele também calculou mal a respeito de Toyotomi. Em uma manobra tola, Akechi havia enviado um mensageiro aos Mori, pedindo que apoiassem sua reivindicação. Mas um dos homens de Toyotomi interceptou o mensageiro. Toyotomi negociou um tratado de paz apressado com os Mori e marchou com seu exército de volta para Quioto antes que Akechi tivesse tempo de consolidar seu poder. Nobunaga foi vingado, se isso significa algo para você.

Ele disse a última frase com delicadeza. Estava agora ao lado da cama, limpando meu rosto e meus braços com um pano úmido. Pensei na expressão de Akechi quando me levaram diante dele. Foi a primeira vez, em todo o tempo que permaneci no Japão, que alguém desdenhou de mim por causa de minha pele. A raiva que Akechi demonstrou enquanto me insultava, dispensava e ordenava que eu fosse entregue aos jesuítas era muito diferente da calma com que ele havia falado comigo depois da derrota dos Takeda.

Era uma atuação? Será que ele esperava que, me devolvendo, asseguraria o apoio dos jesuítas?

— Akechi também calculou mal o apoio de Valignano?

Irmão Organtino se mexeu, nervoso, sem querer me olhar.

— Por que o Padre Valignano visitou Hatano Hideraru em Azuchi? O que ele disse a Hideraru que o fez provocar Nobunaga?

— Eu não entrei. Não participei da conversa deles.

— Mas certamente você…

— Por favor — interrompeu ele. — Você não precisa mais se preocupar com a política japonesa.

— Por quê? — perguntei, mas o rosto de Organtino pareceu tão torturado, em resposta, que deixei para lá.

— Onde está Padre Valignano?

— Viajando. Está no norte, mas planeja sair do Japão em breve. Vai retornar para a cidade portuária de Nagasaki e, depois, para a Europa. — Organtino juntou as mãos em frente ao corpo e hesitou, com o olhar distante. — Há sinais iniciais… de hostilidade contra a nossa missão. De Toyotomi. Talvez Akechi não seja o único que calculou mal.

Outro padre entrou no quarto, com uma bandeja, uma tigela fumegante de sopa e um pedaço de pão que parecia fresco. Meu estômago doeu, e eu me sentei ligeiramente.

Lembrei-me das palavras de Irmão Organtino durante nosso último encontro em Azuchi, falando de Valignano. "Ele gosta mais de você do que você imagina. E ele te protegeu mais do que você imagina."

— Valignano disse a Akechi para não me matar. Foi parte do acordo.

Organtino respirou fundo e sinalizou para que o outro padre saísse.

— Valignano é duro, como você sabe, mas não é injusto. Talvez ele tenha sentido que sua vida já foi negociada o bastante.

Organtino ficou em pé.

— Vou deixar você comer e descansar.

Quando ele se virou para sair do quarto, chamei-o de volta.

— Nobunaga. Eles encontraram os restos mortais?

— Nenhum que pudesse ser identificado — respondeu Organtino com gentileza. — Ao que parece, ele foi consumido pelo fogo.

Quando fiquei bem o suficiente, recebi tarefas para executar na igreja. Varrer, limpar, fazer pequenos reparos em roupas ou equipamentos. Mas nunca fora do complexo. Ainda assim, ouvi boatos. Toyotomi havia garantido sua liderança, derrotando as tropas Akechi remanescentes e solicitando promessas de fidelidade dos vassalos Oda, principalmente por intermédio de membros de suas famílias.

Tokugawa, seu grande rival pela posição, havia se mudado com discrição da província de Suruga, que tinha sido dada a ele por Nobunaga, e voltado para sua província natal de Mikawa, completando uma travessia traiçoeira pela província de Iga ao longo do caminho. Havia paz entre os dois homens, mas era uma paz desconfortável.

— Eu estou preso aqui? — perguntei, um dia.

Irmão Organtino remexeu as mãos debaixo da túnica e respondeu o mais honestamente que ousou.

— Você é o último membro sobrevivente do círculo interno de Nobunaga. A justificativa para mantê-lo alojado aqui… ainda é incerta.

Depois de várias semanas, fui chamado para ir ao portão do complexo. Eu sabia o que isso significaria e já tinha tomado minha decisão. Vesti minhas roupas, arrumei uma pequena mala e coloquei a espada e a bainha de Nobunaga em um cinturão.

À sombra do portão de entrada da igreja, o Irmão Organtino recebia um pequeno círculo de sacerdotes. À frente e no centro deles, estava Padre Valignano, com a barba um pouco mais longa e a pele um pouco mais escura, mas ainda com o mesmo ar arrogante. Ao seu lado, estava Irmão Ambrosius, o padre que nos recebeu pela primeira vez em Nagasaki, com a longa cicatriz no lado esquerdo do queixo separando a barba por fazer. Meia dúzia de outros o acompanhavam, todos com o mesmo olhar severo. Rostos de soldados em trajes sacerdotais. Valignano gesticulava para um deles, oferecendo instruções.

— Você está muito longe de Nagasaki — falei.

Valignano voltou-se para mim, confuso por ter sido interrompido.

— Sim. Eu me esforcei bastante para vir buscá-lo. Estamos prestes a voltar para a Europa.

— Desejo-lhe uma boa viagem, mas não irei acompanhá-lo. Vou ficar aqui, no Japão.

O sorriso presunçoso de Valignano congelou. Seu rosto endureceu com a expressão fria que eu o vi usar em muitos noviços. Ele cruzou as mãos à sua frente, adotando sua postura preferida de comando.

— Essa escolha não é sua, Irmão Isaque.

No seu olhar, vi o traficante de escravos sem nome que me arrastou para o mercado, o mercenário português que me treinou, o padre jesuíta que me disse que meu povo era animalesco. Todas as pessoas a quem eu cedi. Mas eu não estava mais satisfeito com a mera sobrevivência, nem mesmo com as migalhas de bondade ocasional oferecidas por aqueles que me desprezavam. Não quando Nobunaga havia me mostrado que eu merecia mais.

— Meu nome é Yasuke — falei, encarando-o. — E sim, a escolha é minha. Sempre foi.

Rocei nele quando passei. Surpreso, ele deu um passo para trás, fazendo cara feia. Os outros homens não se moveram. Enquanto eu saía pelo portão e entrava nas ruas de Quioto, Irmão Organtino me abençoou com um último sorriso.

34

Viver.

Esta havia sido a última ordem que recebi do Senhor Nobunaga, e eu a honraria.

Negociei um cavalo forte e cavalguei para Azuchi. Não tive pressa, não havia necessidade. Segui o mesmo caminho que havia seguido na minha primeira viagem a Azuchi, ao lado de Ranmaru e Nobunaga. Senti uma pontada de arrependimento quando cheguei à penúltima colina, no início da madrugada. Apesar de já ter recebido as notícias, eu ainda esperava ver o pagode dourado do Castelo Azuchi brilhando ao sol nascente, aguardando a visita do imperador. Em vez disso, vi os escombros dos edifícios destruídos, as marcas queimadas na terra, os campos arrasados.

Algumas das casas ainda estavam de pé, outras não. Enquanto eu guiava o cavalo pelo caminho que levava ao portão do castelo, não aguentei virar e olhar para o caminho estreito que levava à casa que me fora dada. Torcia para que ainda estivesse de pé, mas não queria saber.

Quanto aos criados, esperava que estivessem seguros. O que quer que Akechi fosse, ele acreditava em honrar os velhos costumes. Os servos não seriam feridos, desde que não levantassem armas nos combates.

Se Toyotomi governava agora, então talvez Tomiko estivesse a seu serviço, mas eu torcia para que não estivesse. Meu desejo era o de que ela houvesse sido libertada e estivesse cavalgando para o oeste, para as terras Mori, para reencontrar seu irmão e seu pai.

Quando falei com ela antes de partir para Tenmokuzan, quando lhe contei como achava que minha vida teria sido se eu não tivesse sido levado, ela considerou tudo por um momento e depois respondeu com sua voz calma.

— Você sabe o que teria sido se seu passado fosse diferente. Você sabe o que você é hoje, o que os homens fizeram de você. A única coisa que importa é quem você será amanhã. E essa escolha é sua.

Esse foi o presente que Nobunaga me deu: a liberdade de escolher quem eu seria.

As escadas foram tudo o que restou de Masahide-ji. Encontrei uma pedra com uma ponta afiada e comecei a cavar na frente delas. Quando consegui cavar um buraco longo e profundo o suficiente, coloquei a espada de Nobunaga dentro dele e a cobri. Eu não sabia como os japoneses oravam, então ofereci minhas próprias palavras. Clamei por Masahide, para que ele soubesse que seu sacrifício não havia sido em vão. Que seu jovem pupilo, Nobunaga, havia trazido honra ao clã Oda. Que o Louco de Owari havia sido, durante algum tempo, o homem mais poderoso do Japão.

O sol começava a se revelar por completo atrás das montanhas, tingindo o vale e o lago de um laranja vibrante. Lembrei-me de minha mãe e de meu pai, quando se despediram pela última vez, suas sombras tocando a testa uma na outra sob o sol da manhã.

Baixei os olhos. Embaixo de mim, havia principalmente lajes de rocha que haviam sido enterradas e niveladas para criar um piso ao redor do templo, mas perto das escadas, onde eu havia cavado, uma pedra rachada havia deixado um pedaço de terra descoberto. Nele, eu havia deixado uma única pegada solitária. Talvez meus ancestrais tivessem cuidado de mim, afinal. Mesmo naquele lugar tão longe de casa, eu não estava sozinho.

Eu agora estava sem espada e sem mestre. Havia escolhas a serem feitas, mas nenhuma que precisasse ser decidida imediatamente. Fiquei parado por um momento, admirando a vista. Eu começaria vendo um pouco da terra que meu senhor amou. Que meu amigo amou. Escolhi uma direção e montei em meu cavalo.

NOTA DO AUTOR

Yasuke foi um homem de origem africana, nascido no século XVI, levado de sua casa ainda criança por traficantes de escravos. Quando jovem, acompanhou missionários jesuítas ao Japão, onde foi "dado" a Oda Nobunaga, um senhor de guerra japonês.

Ao escrever *O Samurai Africano*, aderi o mais fielmente possível aos fatos e à sequência de eventos conhecidos. É claro que existem relatos conflitantes sobre alguns deles, mas, como é o costume, optei pelos mais amplamente aceitos. Há duas áreas em que fiz alterações conscientes, mas em ambos os casos, acredito que permaneci fiel ao espírito dos acontecimentos e não fui longe demais com as mudanças.

O primeiro elemento que recriei envolveu a execução de Hatano Hideharu e a subsequente execução da mãe de Akechi pelo clã Hatano. Esses eventos ocorreram, mas alguns anos antes de sua apresentação na obra. Antecipei esses eventos para tornar a conexão com a traição de Akechi mais imediata e para evitar a narração dos detalhes em *flashbacks* ou em conversas.

O segundo envolveu os eventos culminantes em Honnō-ji. Yasuke estava entre o pequeno grupo que acompanhou Nobunaga até Honnō-ji antes de ele ser traído. Ele também foi capturado pelas forças de Akechi e levado perante o general, que o insultou e ordenou que ele fosse enviado de volta aos jesuítas. No entanto, Yasuke não foi capturado em Honnō-ji, como foi apresentado. Ele conseguiu escapar das linhas de combate de Akechi e chegou a um complexo próximo, onde um dos filhos de Nobunaga estava hospedado, para alertá-lo. Se isso foi feito por vontade própria ou por orientação de Nobunaga, é discutível. Independente disso, o aviso chegou tarde demais, as forças de Akechi os dominaram, o filho de Nobunaga também teve de cometer *seppuku*, e Yasuke foi capturado lá. Modifiquei essa parte da história porque seria anticlimático, a menos que eu transformasse os próprios filhos de Nobunaga em personagens principais, e eu não queria expandir o número de personagens.

Outro elemento, este relacionado à pesquisa: há alguma controvérsia sobre a origem de Yasuke. Alguns sugerem que ele era etíope, outros, do Sudão. A maioria pensa que ele era da tribo Macua, em Moçambique, e foi isso que usei como base para os costumes africanos, as lendas, e assim por diante. Por causa da controvérsia, porém, não cheguei a declarar explicitamente a tribo ou a localização. Muito pouco foi registrado sobre a vida dele antes do Japão, e, por isso, os trechos que têm lugar na Índia, Portugal e China são, em grande parte, especulações.

O que aconteceu com Yasuke depois que Akechi o mandou de volta aos jesuítas é incerto. Pode ter voltado para Portugal ou mesmo para a África, ou pode ter permanecido no Japão. Há descrições de pessoas que podem ter sido Yasuke vistas lutando em Kuchinotsu, a cidade portuária por onde ele chegou, e na Coreia, onde Toyotomi Hideyoshi mobilizou exércitos após completar o esforço de Nobunaga pela unificação. No entanto, não há relatos confirmados. A vida de Yasuke pós-Nobunaga é em grande parte desconhecida porque não há registros produzidos pelo próprio Yasuke, apenas registros de observações de outras pessoas sobre ele. Isso me fez pensar, em maior escala, sobre a história em geral. Costuma-se dizer que o que sabemos é distorcido porque os livros de história são escritos por vencedores, mas acho que isso é excessivamente simplista. Acho que o que sabemos é distorcido porque os livros de história são *escritos*, ponto-final. Estamos profundamente familiarizados com o passado das culturas que forneceram histórias escritas e ignoramos, em grande parte, o passado daquelas que transmitiram suas histórias oralmente, como as culturas indígenas e africanas. Essa é a importância de registrar nossas histórias e de compartilhá-las uns com os outros. Fico grato por ter podido compartilhar esta história com você.

BIBLIOGRAFIA SELECIONADA

Chaplin, Danny. *Sengoku Jidai: Nobunaga, Hideyoshi, and Ieyasu: Three Unifiers of Japan*. Createspace, 2018.

Lockley, Thomas e Geoffrey Girard. *Yasuke: The True Story of the Legendary African Samurai*. Great Britain: Sphere, 2020.

Mason, R. H. P. e J. G. Caiger. *A History of Japan*. Tokyo: Tuttle, 1997.

Ota, Gyūichi. *The Chronicle of Lord Nobunaga*. Traduzido e editado por J. S. A. Elisonas e J. P. Lamers. Leiden: Brill, 2011.

Russel, John G. "The Other Other: The Black Presence in the Japanese Experience." *Japan's Minorities: The Illusion of Homogeneity*. Editado por Michael Weiner. Nova York: Routledge, 2009.

Turnbull, Stephen. *War in Japan 1467–1615*. Great Britain: Osprey, 2002.

Yamamoto, Tsunetomo. *Hagakure: The Way of the Samurai*. 1716.

Fontes adicionais

The Shogunate, série documental do YouTube.

History of Japan, podcast de Isaac Meyer.

SengokuArchives.com

Feudal Japanese Miniature Wargaming — grupo do Facebook.

A descrição da mãe de Yasuke, constante do Capítulo 33, é baseada na arte de Adeyemi Adegbesan. Você pode conhecer o trabalho dele em yungyemi.com.

O poema inserido no Capítulo 26 foi tirado de *Yasuke: The True Story of the Legendary African Samurai*.

AGRADECIMENTOS

Uma enorme gratidão e créditos são devidos à minha editora, Janie Yoon, que soube exatamente como extrair o melhor desta história. Posso dizer com honestidade que esta história não é minha, é nossa.

Ao meu agente, Chris Casuccio, que tem sido um defensor incansável deste livro desde o início, e seus esforços em meu benefício foram muito além do esperado.

Meus agradecimentos a Diane Young por sua contribuição inestimável nos primeiros rascunhos e sua orientação profissional em geral, e a David Oiye por suas leituras iniciais e comentários.

Com as viagens sendo restringidas pela pandemia, fiquei procurando soluções alternativas. Fujimoto Kenji, da *Japan Exploration Tours*, veio em meu socorro, realizando pesquisas em locais importantes para mim, incluindo visitas ao vivo e gravações de vídeo.

Obrigado à Fundação Japonesa de Toronto e a G. Coyote, da *Paradise Bound*, pelo envio de materiais de pesquisa adicionais.

Quero agradecer à comunidade da *One Academy* por acreditar em mim e por me lembrar constantemente de que não só é possível enfrentar grandes desafios, como é necessário.

Por último, mas não menos importante, agradeço o apoio que recebi de todos meus familiares e amigos. Agradecimentos especiais são devidos a Beth Jean Evans, por muitas reuniões de escrita "sem conversa", pela playlist que me acompanhou durante a maior parte do trabalho e por sempre ter lanches.

O SAMURAI AFRICANO

CRAIG SHREVE

Este guia de grupo de leitura de O Samurai Africano *inclui uma introdução e perguntas para debate, a fim de aprimorar as conversas desencadeadas pelo livro. As perguntas sugeridas têm como objetivo ajudar seu grupo de leitura a encontrar perspectivas e tópicos novos e interessantes para debate. Esperamos que essas ideias enriqueçam sua conversa e melhorem sua experiência com o livro.*

INTRODUÇÃO

Ambientado na África, na Índia, em Portugal e no Japão do final do século XVI, *O Samurai Africano* é baseado na história real da vida de Yasuke, o primeiro samurai nascido fora do Japão e o único samurai de ascendência africana. Atemporal e épico, o romance é uma reconstrução magnífica e um estudo comovente de uma figura histórica perdida e uma dramatização verdadeiramente fascinante das complexas maquinações políticas da época, das quais surge o mais improvável dos heróis.

TÓPICOS & QUESTÕES PARA DEBATE

1. A primeira memória que Yasuke tem de casa é a de ver as tartarugas nascerem e irem para o mar. Qual é o significado dessa memória para ele?

2. Quais são as diferentes formas por meio das quais a ideia de lar é representada no livro? O que o lar significa para Nobunaga? O que o lar significa para Yasuke?

3. Quando conhecemos Yasuke, ele está a serviço do Padre Valignano. Yasuke serve como guarda-costas? Confidente? De que modo o relacionamento deles parece superficialmente simples, mas se revela complicado à medida que a história se desenrola?

4. Yasuke é dado como "presente" a Oda Nobunaga, pois Valignano considera Yasuke a chave para obter permissão para construir uma igreja no Japão. O que isso diz sobre Nobunaga?

5. Qual é o significado de "*tenka fubu*: o reino sob uma espada" no livro? Refere-se apenas à visão e as ambições de Oda Nobunaga para o Japão?

6. Como a visão de Nobunaga para um Japão unido se relaciona com o seu fascínio por "tudo que é estrangeiro"?
7. Uma vez a serviço de Nobunaga, Yasuke começa a recordar e a recompor seu passado: na sua aldeia natal na África, sua infância como soldado na Índia, e em Portugal sob a tutela dos Jesuítas. Discuta sua jornada e como ela caracteriza seu serviço a Nobunaga.
8. Como as memórias de Yasuke sobre sua mãe e seu pai influenciam sua vida atual?
9. Como a experiência de treinamento e trabalho de Yasuke como soldado quando criança na Índia molda o caminho de sua vida?
10. Em que medida a instrução e o tratamento dos Jesuítas em Portugal diferem do tratamento e da instrução que Yasuke recebe posteriormente do Padre Valignano?
11. Luta de sumô, teatro Noh, samurai, *seppuku* — Yasuke mergulha na cultura e na tradição japonesas. Que significado e simbolismo mais profundos podem ser derivados dessas tradições? Por que Nobunaga os apresenta a Yasuke?
12. Nobunaga é descrito como alguém que "respeita a tradição, mas não se restringe a ela". De que modo ele demonstra respeito pela tradição e como ele mostra que não se restringe a ela?
13. Qual é o significado de Nobunaga pedir a Yasuke para ser seu auxiliar ao realizar o ritual *seppuku*?
14. O que a liberdade significa para Yasuke?

©Jay Crews Photography

CRAIG SHREVE nasceu e foi criado em North Buxton, Ontário, uma pequena cidade que foi reconhecida pelo governo canadense como Sítio Histórico Nacional devido à sua antiga condição de terminal popular da Ferrovia Subterrânea, o sistema de rotas e abrigos que ajudou os escravos que escapavam dos estados do sul. Ele é descendente de Abraham Doras Shadd, o primeiro negro no Canadá a ser eleito para um cargo público, e de sua filha, Mary Ann Shadd, a pioneira abolicionista, sufragista e editora de jornal que foi empossada postumamente no *National Women's Hall of Fame* nos Estados Unidos. Craig é o autor de *One Night in Mississippi*, se formou na Humber School for Writers e mora em Toronto, Ontário. Conecte-se com ele no Twitter @CG_Shreve.

Este livro foi impresso nas oficinas gráficas da Editora Vozes Ltda.,
Rua Frei Luís, 100 – Petrópolis, RJ.